KB185023

쇼는 없다

쇼는 없다

제12회 수림문학상 수상작

초판 1쇄 발행 | 2024년 11월 30일

지은이 | 이룽

발행인 | 황대일
편집인 | 김재홍
주　간 | 한승호
기　획 | 안정원
제작진행 | 엄희재 · 김도현

발행처 | 연합뉴스
주　소 | 03143 서울시 종로구 율곡로2길 25
www.yna.co.kr

인　쇄 | 평화당인쇄(02-735-4009)

정　가 | 16,800원
구입문의 | 02-398-3615

ISBN 978-89-7433-143-6 03810

• 이 책은 수림문화재단의 지원을 받아 출간되었습니다.
• 광화문글방은 연합뉴스의 출판 전용 브랜드입니다.

제12회 수림문학상 수상작

광화문글방

일러두기

모든 주석은 필자가 달았다.
신문·잡지·단행본은『 』, 단편은「 」,
앨범은《 》, 노래·영화 제목은〈 〉로 표기하였다.

#0

기억이 불쑥 되살아나, 견딜 수 없는 날이 있다. 오늘이 내겐, 그런 날이었다.

#1

"나를 기다렸나?"

워리어가 내게 물었다. 뭐라고 대답해야 할지 몰라서, 나는 고개를 숙였다. "맞다"고 하면 거짓말이 될 테고, "아니다" 역시 옳은 대답은 아닐 터였다. 어떻게 말한다고 해도 절반은 맞고, 절반은 틀린 대답이었다. 무슨 대답을 한들, 진실에 100% 다가갈 수 없었다.

내가 워리어를 기다린 건 분명했다. 그러니 내가 워리어를 기다렸다고 워리어에게 말하는 건, 틀린 대답이 아닐 것이다. 그러나 엄밀히 말해, 내가 기다린 건 지금 내 눈앞에 서 있는 워리어가 아니었다. 그렇기에 워리어의 질문에 "아니다"라고 답한대도, 딱히 거짓말은 아니었다.

머뭇거리는 사이, 워리어는 내가 앉아 있는 안내데스크 앞에 바투 다가서서 데스크 한쪽에 놓인 바구니에서 스카치캔디 한

톨을 집어 들었다. 그리고 사탕을 입안에 넣곤, 혀로 녹이는 과정을 생략한 채, 꽉 깨물었다. 오도독, 뭔가 그의 입안에서 으스러지는 소리가 났다. 사탕이 부서지는 소리인지, 치아가 깨지는 소리인지 분간할 수 없었지만, 사탕을 먹는 모습조차 참으로 워리어스럽다고, 나는 생각했다.

남자가 게스트하우스 출입구를 열고 안으로 들어올 때, 나는 그가 아침에 체크인하기로 한 예약 손님인 '미스터 블레이크'일 거라고 믿었다. '호텔콤비네이션닷컴' 사이트를 통해 사흘 전 방을 예약한 ID 미스터 블레이크, 실명이 블레이크로 추정되는 남아공 국적의 투숙객은 오늘부터 2박 3일간 투숙하기로 돼 있었고, 그는 참고란에 '체크인 당일 아침 일찍 도착할 예정'이라는 추가 메모를 남겼다.

남자가 로비를 가로질러 안내데스크로 걸어올 때, 나는 그가 왕년의 인기 프로레슬러 워리어[1]의 열혈 팬이 분명하다고 생각했다. 내가 '미스터 블레이크'라고 여겼던 남자는, 워리어의 트레이드마크였던, 치렁치렁한 섀기 헤어컷을 하고 있었다.

1 이 소설 속 허구의 등장인물 워리어의 실제 모델로 추정되는 프로레슬러 얼티밋 워리어(1959~2014)는 미국 인기 프로레슬링 단체 WWF(현 WWE)에서 1988~1991년 사이 짧은 기간 동안 폭발적인 인기를 얻으며 대륙 챔피언에 두 차례, 세계 헤비웨이트 챔피언에 한 차례 올랐던 인기 스타였다.

얼굴엔 인디언 전사처럼 알록달록 화려한 마스크페인팅을 했고, 상의를 탈의한 채 수영팬티 한 장만 달랑 걸친 차림새였다. 입구로 걸어 들어오는 남자의 얼굴과 헤어스타일, 옷차림 모두 워리어와 판박이였으나, 정작 그가 프로레슬러 워리어 본인일 거라는 생각을 당시엔 하지 못했다.

핼러윈데이를 앞둔 주말이 아니었다면, 남자의 정체에 관해 한 번 더 고민해 봤을지 모른다. 그러나 날이 날이니만큼, 딱히 내 눈앞에 나타난 사람의 워리어 분장과 복장이 이상하거나 희한하다는 느낌을 받진 않았다. 여느 때 같았다면 눈앞 사내의 요란한 분장이 이상하거나 희한하다고 느꼈을지 모르겠으나, 이 거리의 핼러윈데이는 원래 이상하고, 희한한 게 정상으로 느껴지는 날이었다. 어떤 인물을 흉내 내도, 어떤 복장을 몸에 걸쳐도 이상하게 보이지 않는 날이었다. 아예 옷을 걸치지 않아도, 옷을 수십 벌 걸쳐도 괜찮아 보이는 하루였다. 희한한 게 전혀 희한하게 여겨지지 않고, 희한하지 않은 것이 오히려 희한해 보이는, 희한한 날이었다. 아니, 예전엔 그랬었다. 그러나 1년 전 상황이 바뀌었다. 더는 이상하고 희한한 분장과 복장이 용납되지 않았다. 적어도 이 거리에선 그랬다. 앞으로도 그럴지는 모르지만 당분간, 어쩌면 꽤 오랫동안 그럴 터였다. 핼러윈데이임에도, 핼러윈데이를 표현하는 어떤 상징물들도 거리에 나부끼지 않았다. 상대적으로 다른 사람의 눈치를 덜 봐도

되는 외국인들만이, 이 거리에서 핼러윈데이를 즐기는 걸, 암묵적으로 허락받았다.

워리어를 기억하는 WWE[2] 프로레슬링 팬이 전세계적으로 한두 명은 아닐 것이며 그들 중 한 명이 핼러윈데이에 워리어 분장을 얼굴에 하고, 팬티 한 장만 달랑 걸친 채 우리 게스트하우스를 찾아온다는 게 그리 이상한 일은 아닐 것이다.

남자의 모습은, 근육질의 서양인 남성이 충분히 시도해 볼 만한 코스튬이었다. 워리어가 아닌 사람이 워리어처럼 보일 정도로, 시간을 들여 스스로를 꾸민 그 노력은 나름대로 가치를 인정받을 만했다. 얼핏 '진짜 워리어인가?' 생각이 들 정도의 완성도였다.

남자는 안내데스크 앞에서 걸음을 멈췄다.

"사탕 하나 드시겠습니까? 핼러윈데이라 사탕을 좀 준비해 보았습니다."

나는 안내데스크 위에 둔 바구니를 손으로 가리켰다. 어젯밤 용산의 대형마트에 갔을 때, 매대에 누워 있는, 백파이프를 연

2 WWE(World Wrestling Entertainment)는 2002년까지 WWF(World Wrestling Federration)란 이름을 사용했지만, 세계자연보호기금(World Wide Fund for Nature)과의 소송전에서 패소해 단체명을 변경했다. 그러나 WWF 시절 경기 영상을 송출할 땐 WWF라는 옛 이름을 그대로 사용하기도 한다.

주하는 스코틀랜드인 남성의 그림을 보곤, 옛 친구를 만난 듯 반가운 기분이 들어 장바구니에 담은 사탕이었다.

스카치캔디는, 어린 시절, 외국에 대한 동경을 키워준 매개체 중 하나였다. 버터보다 마가린을 먼저 접했던 나는, 버터 맛을 실제 버터가 아닌 버터 맛 스카치캔디로 처음 알았다. 나는 스카치캔디를 먹을 땐, 입안에서 녹이는 대신 꼭 어금니 사이에 끼워서 오도독 소리가 나도록 씹었다. 사탕이 깨지는 소리는, 마치 스코틀랜드의 초원 위에서 전통의상을 입은 이가 부는 백파이프 연주처럼 들리곤 했다.

남자가 사탕을 입에 넣고 씹는 소리를 듣는 순간, 오랜만에 백파이프 연주가 귓가에 울려 퍼졌다. 지금 내 앞에 서 있는 사람이 어쩌면 미스터 블레이크가 아닐 수 있으며, 내가 알고 있는, 어릴 때 TV로 봤던, 실제의 워리어일지 모른다는 생각이 불현듯 들었다. 그런 생각이 떠오르자마자, 터무니없는 생각이란 걸 바로 깨달았기에, 굳이 남자에게, 혹시 워리어 본인이냐고, 되묻진 않았다. 혀와 입천장에 들쩍지근한 버터향이 달라붙은 것처럼, 묻지 못한 질문은 입안에만 맴돌았다.

나는 남자의 머리부터 발끝까지 찬찬히 살펴보았다. 남자의 긴 파마머리 끄트머리는 어깨를 살짝 가리고 있었다. 남자의 몸 구석구석에 자리한 근육들은 잔뜩 부풀어 있었다. 그때 그 시절, 그때 그 사람이 아니라면 구현할 수 없는 느낌을, 그는 온몸으로 발산하고 있었다. 워리어 분장을 한 워리어의 팬이라고 여겼던 그가, 어쩌면 실제 워리어일지도 모른다는 생각이 점점 강해졌고, 어느 순간부터는 그런 생각이 마냥 터무니없이 느껴지지 않았다.

워리어 분장을 한다고 누구나 워리어가 될 수 있는 건 아니다. 분위기나 흉내를 내는 수준에서 재현하는 건 어렵지 않은 일인지 모르나, 나 같은 오래된 팬의 마음을 움직일 정도로 그 느낌을 완벽히 재현해 내는 수준에 이르는 건, 결코 쉬운 일이 아니다. 워리어의 마스크페인팅이 어울리는 이는 오직 워리어뿐이다. 그 마스크페인팅은 워리어 고유의 것이며 다른 누가 워리어처럼 분장을 한다 해도 워리어 고유의 기운을 발산할 수는 없는 것이다.

내가 기억하는 링 위의 워리어에겐, 다른 이가 흉내 내지 못할 특유의 아우라가 있었다. 그런데 지금 내 앞에 서 있는 남자에게서, 오래전 워리어가 풍겼던 그 아우라가 느껴졌다. TV 채널 2번 AFKN[3] 방송을 보며 TV 브라운관으로 전해졌던 독특한

3 American Forces Network(AFN)의 주한미군 관할 방송국. 2001년 이전 이름이 AFKN(American Forces Korean Network)이었다. 1957년 TV 방송이 개국했는데, 1980~90년대에 서울 지역 TV 채널이 VHF 2번이었고, 이 시절에 미국 스포츠, 애니메이션, 드라마, 영화 등을 소개하며 KBS 1TV, KBS 2TV, MBC TV에 이은 제4의 지상파 채널로 인식되기도 했다. 1980~90년대에 WWF 프로그램 '슈퍼스

기운이, 눈앞의 남자에게서 뿜어져 나왔다. 워리어는 워리어의 마스크페인팅을 해야 워리어다운데, 내 앞에 서 있는 워리어의 마스크페인팅은 지극히 워리어다웠다. 다른 사람이 워리어의 마스크페인팅을 한다면 진짜인지 아닌지 정도는 구분할 수 있을 만큼, 나는 워리어를 오랫동안 TV와 비디오로 접해 왔다. 적어도 나는, 워리어를 흉내 내는 사람을 보고, 가슴이 두근거리지 않을 정도의 분별력은 갖췄다고 자부할 수 있을 정도로는 워리어를 알았다. 비록 워리어의 실물을 직접 본 적은 없지만, 그렇더라도, 34년간 워리어를 지켜봐 왔고, 34년이란 세월은 누군가를 파악하기엔 충분한 시간이었다.

자기를 기다렸냐는 말에, 내가 아무 대꾸가 없자, 그는 얼굴 분장을 우그러뜨리며 말을 돌렸다.

"술 냄새가 왜 이렇게 나나, 아침부터."

나도 모르게 얼굴을 찡그렸는데, 이런 표정을 워리어에게 보이고 싶진 않았다. 그랬다간 멱살을 잡히거나 촙이나 해머링을 당할지 모른다는 생각이 들어서, 나는 재빨리 얼굴에 웃음기를 띠었다.

타스 오브 레슬링'이 AFKN에서 토요일 오후마다 방영됐는데, 입소문을 타기 시작하며 어린이들 사이에 폭발적인 인기를 얻었다.

"내가 누군지 모르겠나?"

그의 말투가, 그의 알통처럼 딱딱해졌다. 더는 대답을 미룰 수 없었다.

"손님을 알고 있는 것 같습니다."

절반의 진실, 절반의 거짓. 대답을 할 때, 머릿속에서 다시 백파이프 연주가 들려왔다.

"그럼 빨리 방 열쇠 줘."

그는 세계 챔피언 타이틀 결정전에서 승리를 거둔 뒤 챔피언 벨트를 자신의 허리에 대신 둘러 달라고 요청하듯, 당당하게 방 열쇠를 요구했다. 내가 방 열쇠를 바로 내주지 않은 건, 게스트하우스 매니저로서 직업의식이 최소한으로나마 작동했기 때문이었다.

"예약하셨나요?"

워리어는 내 물음에 아무런 대꾸도 하지 않았다.

아무래도 그에게 숙박비를 받아내는 건, 쉽지 않을 것 같았다.

내가 순순히 방 열쇠를 내놓을 마음이 없다는 걸 눈치챘는지, 그는 오른팔을 안내데스크 위에 올려놓으며 몸을 내 쪽으로 기울였다. 내게 위압감을 주려는 동작이고 의도였다면, 그의 시도는 충분히 성공적이었다.

1990년대 중반에 우리나라 프로레슬링 팬 사이에선 "워리어가, 알통이 터져서 죽었다."라는 괴소문이 나돌았는데 지금 눈 앞에 보이는 워리어의 알통보다 내 심장이 먼저 터질 것 같았다. 갑자기 현기증이 일어서, 나는 눈을 감았다.

#2

턱시도를 갖춰 입고 검은 보타이를 맨 남자가, 링 가운데 서 있었다. 워리어가 링 반대편에서 나를 노려보고 있었다. 나와 워리어 사이에서, 남자는 천천히 마이크를 들어 올렸다. 남자의 얼굴이 낯익었다. 프로레슬링 경기뿐 아니라 복싱 세계 타이틀매치 등 여러 해외 스포츠 대형 이벤트의 위성 생중계 혹은 이원생방송에 자주 등장하던 링아나운서 '버퍼'란 이름이 금세 떠올랐다.

남자가 오른손으로 마이크 가운데를 가볍게 쥐고, 45도 각도로 틀어 입에 댔다. 그 모습은, 나훈아의 콘서트 장면처럼, 카리스마가 있었다.

버퍼가 귀에 쏙쏙 들어오는 또렷한 중저음 톤으로 외쳤다.

"렛츠 겟 레디 투~(Let's get ready to~)"

그가 외칠 다음 단어가 뭔지, 이미 나는 알고 있었다.

"럼블(rumble)"이라는 마지막 단어를 그의 목소리로 듣고 싶었다. 격투기 팬에겐 너무나도 친숙한 버퍼의 캐치프레이즈[4]를, 내가 직접 듣게 될 날이 올 줄은 꿈에도 몰랐다.

그러나 한편으론 걱정이 됐다. 그의 유명한 멘트를 직접 듣거나 사용하려면 적지 않은 비용을 지불해야 한다는 뉴스를 어디선가 보았던 기억이 났기 때문이다.

"잠깐만요, 버퍼 씨."

나는 버퍼가 마지막 단어를 내뱉기 전에 크게 소리쳐 버퍼의 말을 끊었다.

버퍼가 마이크를 45도 각도로 튼 자세 그대로, 고개만 돌려 나를 힐끔 바라보았다.

"이거 돈 내야 하는 건가요?"

워리어와 버퍼가 서울 이태원에 위치한 우리 게스트하우스

4 이 소설 속 허구의 등장인물 버퍼의 실제 모델은 미국 링아나운서인 마이클 버퍼로 추정된다. "Let's get ready to rumble"은 마이클 버퍼의 유명한 캐치프레이즈다. 전설적 권투선수 무하마드 알리의 "I'm ready to rumble"과 뉴욕 스포츠 아나운서 살 마치아노의 "We're ready to rumble from Resort International"을 합쳐 만들어 낸 표현이다. 1984년부터 버퍼는 각종 스포츠 행사장에서 자신이 만든 이 말을 외쳐 왔고, 1992년엔 이 멘트를 상표등록했다. 'CelebrityNetWorth'에 따르면 버퍼가 행사에 참여할 때 받는 회당 출연료는 2만 5000~10만 달러에 이른다. 그는 자신의 캐치프레이즈 라이선스 계약으로 약 4억 달러 이상의 수익을 창출한 것으로 전해진다. 역대 가장 수익성이 높은 캐치프레이즈 중 하나로 알려져 있다.

에 나란히 방문한 상황이 믿기지 않았다. 꿈인지 생시인지 혼란스러워서, 볼을 꼬집어 볼까 했지만, 실제로 볼을 꼬집어 보진 않았다. 꿈이면 어떻고, 꿈이 아니면 어떤가 싶었기 때문이다. 꿈이어도 좋고 꿈이 아니어도 괜찮았다.

그런데 꿈이 아니라면 약간의 문제가 생길 여지가 있었다. 버퍼의 유명한 캐치프레이즈를 직접 듣는 건 좋았으나, 그에 따른 비용이 발생하는 건 현실적으로 감당할 수 없을 것 같았다. 비용 지불 여부를 먼저 확인해 볼 필요가 있었다.

버퍼에게 질문을 할 때 내 말투가 삐딱하게 들렸을 수 있는데, 오래된 프로레슬링 팬으로서, 마이클 버퍼가 링 위에 서 있는 모습을 보는 게, 왠지 불편했기 때문이다. 버퍼는 격투 종목에서 가장 유명한 장내 링아나운서일지는 몰라도, WWE로 범위를 좁혀서 보면 하워드 핀켈[5]이 내겐 더 친숙한 존재였다. 혹시 버퍼가 돈을 달라고 하면, 링아나운서를 하워드 핀켈로 교체해 달라는 말을 할까, 하는 고민도 잠시 해보았다.

버퍼가 멘트를 잠시 멈추고, 한숨을 내쉬었다

5 하워드 핀켈은 1980년 WWF에 입사해 다양한 역할을 수행했는데, WWE를 대표하는 링아나운서로 명성을 떨쳤다. 그는 WWE 최장수 직원으로 유명했다. 2020년 향년 69세로 타계하기 전까지도 프로레슬링계와 인연을 이어 갔다. 2009년 WWE 명예의 전당에 헌액됐다.

"당연히 비용은 발생하지. 그런데 충분히 네고[6] 가능하네."

나는 고개를 끄덕였지만, 사실 한가하게 버퍼와 네고를 할 상황은 아니었다.

나는 링 위라는 공간이 익숙하지 않았고, 빨리 이곳에서 내려가는 게 내 신상에 이로우리란 걸 본능적으로 깨달았다. 당장 몇 초 후 무슨 일이 벌어질지도, 알 수 없었다.

하지만 한편으론 링 위에 오래오래 머물고 싶다는 마음도 있었다. 내가 왜 링 위에 서 있게 됐는지 영문을 알 수 없었고, 내가 링 위에 서는 데 적합한 사람이 아니라는 건 알고 있었지만, 나를 향해 비추는 스포트라이트가 눈부셔서, 어린 시절로 돌아간 듯 설레서, 링 밖으로 나가기 위한 발걸음이 쉽게 떨어지지 않았다. 몸을 돌려 링 위를 빠져나가는 게 여러모로 옳은 결정일 거란 생각은 들었으나, 나갈 수 없었다. 아니, 나가고 싶지 않았다. 이 상황이 꿈이라면 일찍 꿈에서 깨는 게 아쉬울 거 같았고, 꿈이 아니어도 링 위에서 내려간다면 아쉬움이 남을 것 같아서, 나는 이러지도 저러지도 못한 채 엉거주춤 서 있었다.

버퍼는 링 중앙에서 마이크를 든 상태로, 나에게 시선을 고정했다. 우리는 눈이 마주쳤다. 버퍼는 한심하다는 듯 고개를

6 네고는, 협상이란 뜻의 영어 단어인 'Negotiation'의 앞에서 nego를 따와 만든 신조어이자, 영어에는 없는, 소위 콩글리시로 분류되는 단어다.

가로저었다. 그의 굳은 표정을 보며, 링 아래로 도망가지 않은 내 결정이 대단히 잘못됐다는 걸 깨달았다. 버퍼는 마이크를 가슴팍으로 내리며 내게 외쳤다.

"뒤돌아. 도망쳐. 언제나처럼!"

버퍼의 말을 들었어야 했지만, 나는, 언제나처럼, 타이밍을 놓치고 말았다.

버퍼의 말이 끝나자마자, 버퍼 반대편에 서 있던 워리어가 나를 향해 달려왔다. 워리어는 왼손을 번쩍 들더니 내가 미처 대응할 새도 없이 재빠르게 내 왼팔을 낚아챘다. 그리고 오른손으로 내 등을 감싸안았다. 그의 동작엔 절도와 위엄이 있었다. 나는 속으로, 멋있다,라고 외쳤다. 팬의 시선으로, 아무 반항 없이, 나는 워리어의 동작을 온몸으로 느꼈다. 그가 다음에 어떤 동작을 취할지가 궁금해졌고, 그 호기심은 마음속 한쪽에 자리한 두려움을 밀어냈다. 그 순간, 호기심은 무모함의 동의어였다.

그가 두 팔에 힘을 주자, 그네에 실린 아이처럼 내 몸이 위로 솟구쳐 오르나 싶었는데, 어느새 나는 로프를 향해 달려가고 있었다. 몸이 로프에 거의 다다르자, 머릿속이 혼란스러워졌다. 달려온 탄성을 이용해 몸을 뒤로 돌린 뒤 다시 워리어를 향해 달려가야 할지, 아니면 로프를 손으로 잡고 제자리에 멈춰

서야 할지 선뜻 판단이 들지 않았다.

로프를 붙잡고 몸을 멈춰 세워야 한다는 걸, 그리고 로프 아래로 몸을 굴려 링 밖으로 나가야 한다는 걸 알았지만, 로프에 몸을 반동시키며 뒤돌아서 다시 워리어를 향해 뛰어가고 싶은 마음도, 멈추고 싶은 마음 못지않게 간절했다.

워리어가 나를 로프 쪽으로 보냈다는 건, 내가 되돌아올 것이란 걸 워리어가 확신했다는 의미일 텐데, 그런 워리어의 믿음을 저버리고 싶지 않았다. 내가 로프를 향해 뛰어가는 순간, 내가 로프 반동을 해서 원래 자리로 돌아오겠다는 암묵적 약속 같은 게, 워리어와 나 사이에 이미 맺어졌을지 모른다는 생각도 들었다. 나는 약속을 일방적으로 깨는 사람 따위는 되고 싶지 않았다.

한편으론 링에 튕겨 가속도가 붙은 채 되돌아온 나에게, 워리어는 자신의 필살기를 구사할 텐데, 그 기술을 온몸으로 받아보고 싶기도 했다. 내 몸이 그 기술을 견딜 수 있을지 궁금했고, 견디지 못해 몸이 부서져도 괜찮을 것 같았다. 그 순간, 호기심은 어리석음의 동의어였다.

로프에 다다르자마자, 나는 몸을 돌렸다. 내 등이 닿자마자 로프가 크게 출렁였고, 이내 복원력을 회복한 로프가 나를 워리어 쪽으로 강하게 밀어냈다. 약속을 지켰다는 뿌듯함은 잠시뿐이었다. 로프는 내 편이 아니었고, 내가 머뭇거릴 일말의 틈조차 주지 않았다. 그 순간, 로프는 워리어의 무기가 되었다. 탄성과 복원력이라는 자연의 법칙들마저 워리어를 도왔다. 마치 온 우주가 워리어의 편인 듯했다.

어느새 링 위는 깜깜해져 있었다. 로프에 튕겨진 뒤, 왔던 방향으로 다시 달려가는데, 눈앞에 아무것도 보이지 않았다. 뛰는 건, 지금 내가 취할 수 있는 유일한 동작이었다. 의지할 건, 오직 두 다리의 감각뿐이었다.

로프에 몸을 튕긴 직후 몸에 가속도가 붙어서, 속도를 줄이는 건 이미 불가능했다. 관성의 법칙도 나에게 불리하게 작용하고 있었다. 어둠 속을 달리다가, 좀 전에 로프를 잡고 발걸음을 멈췄어야 했나, 순간 후회가 됐다.

불안한 마음에, 로프 쪽을 돌아보았다. 깊은 어둠 속, 아무것도 보이지 않았으나, 다시 돌아갈 수 없을 정도로 긴 거리를 뛰어왔다는 건, 알 수 있었다.

얼마나 달렸을까. 다리가 뻣뻣해지고, 무릎 관절이 욱신거렸다. 서너 걸음을 뛸 때마다 한 번씩 가쁜 숨을 내뱉었는데, 그럴 때마다 소주 한 잔이 간절했다.

어느 순간, 정체를 알 수 없는 사람들의 웅성거림이 사방에서 들려왔는데, 그 소리가 내게 호의적으로 느껴지진 않았다. 웅성거림이 환호성으로 바뀐다고 생각되는 찰나, 앞쪽에서 거친 숨소리가 들려오기 시작했다. 먹잇감을 발견한 짐승처럼,

숨소리는 빠르게 나를 향해 다가왔다. 이 뜀박질의 끝에, 아마 워리어가 기다리고 있을 것이다. 나는, 몸을 움츠리고 고개를 숙였다. 상대의 믿음을 저버리지 않고, 약속을 지킨 대가는 혹독할 것이다. 그 순간, 호기심은 후회의 동의어였다.

#3

술기운에 깜빡 잠이 든 것 같았다. 기분 나쁜 꿈이었다. 우리 게스트하우스에 워리어라니, 어처구니가 없었다. 워리어가 몇 년 전 죽었다는 사실이 생각났다. 갑자기 머리가 지끈거렸는데, 경험상, 이럴 땐 해장술이 필요했다. 서랍에서 소주와 소주잔, 마른오징어를 꺼내려고 몸을 숙였다.

"계속 기다리게 할 건가?"

그 말에 깜짝 놀라 허리를 펴보니, 눈앞에 여전히 워리어가 서 있었다.

나는 자리에서 벌떡 일어났다. 순간, 지금 여기가 링 위인지, 게스트하우스인지 구분이 되질 않았다.

본능적으로 나는 워리어를 향해, 허리를 숙였다. 내 시선은 자연스럽게 바닥을 향했다. 갑작스러운 움직임 탓에 허리가 뻐근했지만, 그런 걸 신경 쓸 겨를은 없었다. 몸은 불편했지만,

허리를 굽힌 자세 자체는 익숙했다. 나는 조금 더, 허리를 굽혔다. 더 내려가야 했다. 더 내려가고 싶었다. 나는 몸을 굽힐 때 90도 각도를 선호하는 편이었다. 고개도, 허리도 펴는 것보다 90도 각도로 굽히는 게 편했다. 그런데 지금 상황은 내게, 90도보다 더 큰 각도를 요구했다.

내가 몸을 숙이는 각도를 중시한 건 20여 년 전부터다. 힘센 대장 고릴라에게 굴복하는 힘없는 졸개 고릴라처럼, 앞쪽을 향해 정수리를 드러내는 것이 상대와 눈을 마주치는 것보다 편했다. 자기네 무리 중 가장 힘이 약한 고릴라의 습성이 나와 비슷하다는 걸, 나는 케이블TV에서 방영하는 다큐멘터리를 보며 우연히 알게 되었다.

처음부터 90도 각도로 몸을 숙인 건 아니었다. 45도 각도에서, 나의 동작은 소박하게 시작되었다. 그때의 나는 비굴한 졸개 고릴라보다 오히려 대장 고릴라와 비슷했다. 이후 나는 몸을 굽히는 각도를 차츰차츰 늘려 왔다. 그러다 어느 순간 내 모습은, 대장 고릴라보단 비굴한 졸개 고릴라에 가까워졌다. 내가 75도 정도쯤 굽히는 사람이 되었을 무렵부터였다.

내가 반드시 90도 각도만을 고집하는 건 아니었다. 90도 각도를 유지해야 한다는 확고한 신념이 있는 것도 아니었다. 몸이 더 유연했더라면 허리를 120도 정도까지 내렸을 텐데, 유연성의 한계 탓에 거기에 이르진 못했다.

언젠간 더 큰 각도를 만들어 보고 싶었다. 내 몸이 내려갈 수 있는 바닥의 끝이 어디인지, 나도 궁금했다. 바닥에 닿았다고 생각할 때마다 늘 내겐 더 깊은 바닥이 있었고, 허리를 더 굽힐 때마다 바닥은 조금씩 더 깊어졌다.

지금 내 앞에 서 있는 사람은 워리어, 어린 시절 나의 우상. 그에게 90도 각도로 허리를 숙이는 행위가 굴욕적이라는 생각은 들지 않았다. 다른 때, 다른 상대에게 허리를 굽힐 때보다 마음이 편했다. 한참 고개를 숙이고 있던 나는, 머리와 허리를 동시에 들며 '비굴한 미소'를 지어 보였다.

몇 년 전, 이 게스트하우스의 사장인 삼촌에게 웃는 모습이 비굴해 보인다는 말을 처음 들었을 때, 나는 내가 웃는 모습이 남들에게 어떻게 보이는지를 깨닫게 되었다. 이후에도 삼촌에게 비굴해 보인다는 지적을 여러 차례 들었으나, 나는 비굴하게 웃는 걸 포기하지 않았다. 비굴하게 웃는 건, 내가 스스로의 삶을 비굴하지 않게 여긴다는 반증이라고 나는 생각했다. 그렇게라도 웃지 않으면, 내 인생이 정말로 비굴해질 것 같아서, 나는 최대한 비굴하게 웃으려고 노력해 왔다.

나는 허리를 굽힌 상태로, 최대한 정중하게, 워리어에게 내 소개를 했다.

"반갑습니다. 저는 김남일입니다. 한국 나이로 마흔일곱 살, 뱀띠입니다. 아마 워리어 님과는 띠동갑쯤 될 겁니다."

워리어가 미국 사람이란 사실이 생각나서 "한국도 이제 만 나이가 공식적으로 사용되고 있지만,[7] 아직 저는 한국 나이가 조금 익숙해서요. 만 나이로는 생일이 지나지 않아 마흔다섯 살입니다."라고 덧붙였다.

상대가 어떤 반응을 보이기 전에, 나는 허를 찌르듯 "저는 워리어, 당신의 오랜 팬입니다."라고 고백했다.

"나 워리어의 팬이라고?"

워리어의 표정은 방 열쇠를 달라고 목소리를 높일 때와 크게 다르지 않았다. 마스크페인팅이 얼굴을 가려서, 그가 화났는지, 기쁜지, 슬픈지, 우울한지 알 수 없었다. 내 코앞까지 바짝 다가온 그에게선, 달콤한 오이비누 냄새가 났다. 나는 다시 고개를 숙였다. 오이를 싫어하는 나로선 고개를 숙여야 하는 이유가 하나 더 늘어난 셈이었다. 그가 내 쪽으로 한 걸음을 더 내디딜 때 자연스럽게 내 정수리가 그의 얼굴 쪽을 향했다.

"언제부터 나를 좋아했나?"

그의 말투는 한층 부드러워져 있었다.

7 윤석열 정부 국정과제로 도입이 추진된 '만 나이 통일법(행정기본법 및 민법 일부 개정법률)'은 2023년 6월부터 시행됐다.

#4

그에게, 워리어 당신을 오랫동안 흠모해 왔고, 당신의 경기를 봤던 건 참으로 행복했던 기억이라고 말하며, 나는 목소리 톤을 한껏 끌어올렸다.

어린 시절 나는 토요일마다 그의 경기를 실제로 즐겨 봤다.

당시 WWF의 간판스타는 누가 뭐래도 헐크[8]였다. 미국에서뿐 아니라 우리나라에서도 WWF에서 뛰는 헐크의 인기는 레슬링 선수 중 단연 압도적이었다. 그러나 내가 가장 좋아했던 레슬링 스타는 헐크가 아니라 워리어였다.

8 이 소설 속 등장인물 헐크의 실제 모델로 추정되는 프로레슬러 헐크 호건은 1980년대 중반부터 1990년대 초반까지 WWF의 메인 이벤터이자 당대 메이저 프로레슬링 업계의 최정점으로 군림했다. 화려한 쇼맨십에 강렬한 마이크워크, 개성 넘치는 캐릭터 등 현대 프로레슬링 업계가 내세우는 '스포츠 엔터테인먼트'라는 기본 공식이 모두 헐크 호건으로부터 시작되었다는 평가를 받는다.

워리어를 좋아해서 늘 행복했던 건 아니었으나, 그에게 꼭 진실만을 이야기할 필요는 없을 것 같았다. 워리어 앞에서 늘어놓는 내 추억의 에피소드들 속에, 어느 순간, 나조차 경계를 구분 짓지 못할 정도로 진실과 거짓이 뒤섞이기 시작했다. 내가 실제 겪은 일뿐 아니라 내 생각과 상상, 친구에게 전해 들은 이야기가 한데 뒤엉켰다. 진실과 거짓은 이야기 곳곳에 덩어리져서, 어느 순간 둘을 구분하는 게 무의미하게 되었다. 그러나 나는 진심을 담아 이야기를 전했기에, 진실과 거짓의 경계가 흐릿한 게 큰 흠은 아니라는 생각이 들어서, 죄책감 같은 건 느끼지 않았다.

내가 헐크와 워리어의 라이벌 관계에 관해 언급하자, 워리어가 "나 때는 말이야."라고 내 말을 받았다. 미국 사람이라는 걸 인증이라도 하듯 그의 "나 때"는 "라떼"처럼 들렸다. 그는 'T' 발음을 우유처럼 부드럽게 입안에서 굴렸다.

워리어는 자신의 라이벌이었던 전성기의 헐크는 인정하지만, 헐크의 말년 행보는 조금 아쉽다고 했다. 워리어 본인의 말년도 그렇게 아름다웠던 거 같진 않은데 당사자의 생각은 좀 다른 모양이었다.

자신의 가장 친한 친구의 아내와 정사를 벌인 일과 그 섹스 동영상의 실체를 폭로한 한 언론 매체와 소송을 벌여 해당 언론 매체를 망하게 한 일,[9] 흑인 비하 발언이 대중에게 공개돼 곤욕을 치른 일, 그 일련의 행보 탓에 헐크가 과거 명성과 영광을 '아이스라테'처럼 시원하게 말아먹은 게 아쉽다며 워리어는 입맛을 다셨는데, 딱히 아쉬워하는 말투는 아니었다. "라테"를 발음할 때 그의 'T'는 거친 파열음으로 바뀌어 있었다.

헐크의 연기력, 흡입력, 스타성, 카리스마는 인정하지만, 왕년의 보디빌더인 자신의 전문가적 관점에서 봤을 때 헐크의 근육 형태가 멋있다고 느낀 적은 한번도 없었다고 워리어는 회상했다. 헐크의 근육에 대해선, 이른바 '실전 노가다 근육'이라고 평가절하했다. 헐크의 턱수염, 콧수염이 멋있는 형태라는 건 인정하지만 탈모가 심각한 건 대중의 인기를 먹고 사는 스타에겐 치명적인 핸디캡이라고 했다.

인터넷에 공개된 헐크의 섹스 동영상을 자기도 봤는데, 그의 잠자리 테크닉은 본인의 레슬링 테크닉에 한참 미치지 못하는, 매우 실망스러운 수준이라고도 했다. 물론 자신은 헐크의 섹스 동영상을, 미국의 유료 사이트에서 정가를 주고 정식으로

9 이 소설 속 등장인물 헐크의 실제 모델로 추정되는 프로레슬러 헐크 호건이 친구 DJ 버바 클렘의 아내와 가진 성관계 동영상이 2012년 인터넷 뉴스-가십 사이트 '고커'를 통해 공개됐는데, 호건은 소송을 벌여 1억 1500만 달러를 배상하라는 판결을 2016년 얻었고, 결국 '고커'는 파산했다. 이 외에도 헐크 호건은 가족 문제, 인종차별 발언 등 잦은 물의를 일으켰다.

구매했고, 그 영상을 본 건 미국 현지법에 저촉되지 않는 행동이라는 말도 잊지 않았다. 말하는 도중에 워리어는 자신의 근육을 자랑하듯 서 있는 자세를 수시로 바꾸었다. 자세를 바꿀 때마다 그의 팔뚝 알통이 풍선처럼 부풀어 올랐다.

워리어는 링 위에서 연기력이나 마이크워크 측면에서 자신이 헐크보다 한참 아래라는 평가를 받았던 게 사실이지만, 그런 말을 하는 사람들은 자신의 진가를 제대로 알지 못하는 소인배, 시정잡배들일 뿐이라고 혹평했다. 자신의 마이크워크가 점점 향상돼서 나중엔 헐크 못지않은 입심을 보였다는 것이었다. 되돌아보니 자신의 연기력이 지나치게 과소평가를 받았다고 했고, 예전 경기 영상을 돌려보면 의외로 꽤 탁월한 연기력을 선보인 때도 많으나, 얼굴을 분장으로 가리는 마스크페인팅 탓에 농익은 내면 연기가 밖으로 잘 드러나지 않았을 따름이라며 아쉬워했다.

"내 마지막 연설[10] 모두 기억하나?"

10 이 소설 속 등장인물 워리어의 실제 모델로 추정되는 얼티밋 워리어는 한때 사이가 좋지 않았던 WWE와 차츰 관계가 개선되던 시기였던 2014년 WWE 명예의 전당에 헌액되어 명예의 전당 헌액일 당일(그해 4월 5일)과 레슬매니아(그해 4월 6일), RAW(그해 4월 7일)까지 3일 연속 WWE 쇼에 출연했다. 그러나 RAW에서 마이크를 잡은 게 그의 생전 마지막 연설이 되고 말았다. 불과 하루 뒤인 2014년 4월 8일 그는 심근경색증으로 갑작스럽게 세상을 떠났다. 향년 54세.

나는 "당연히 기억한다."고 했다. 물론 거짓말이었다. 구체적인 내용이 정확히 기억나진 않았다. 나는 그런 걸 모두 기억할 만큼 머리가 좋은 편이 아니었다. 워리어의 말에 맞장구를 치자마자 나는 고개를 숙이고, 데스크 밑에서 핸드폰을 열어 그가 말한 영상을 검색했다.

RAW[11] 링 위에 오른 워리어. 전성기 때와 달리 짧은 머리 스타일이었다. 그날의 그는 마스크페인팅을 지우고 맨얼굴로 링 위에 섰다. 그는 조금 지쳐 보였는데, 단지 분장을 하지 않았기 때문만은 아니었다.

나는 핸드폰 음량을 최대한 키웠다. 핸드폰 화면을 쳐다보느라 고개를 숙이고 있는 나를 워리어가 쏘아보는 눈빛이 느껴져, 정수리에서 땀이 났다.

그의 영어 연설을 알아들을 수가 없었는데, 다행히 한국어 자막이 달려 있었다. 나는 크게 헛기침을 해 목을 가다듬고, 워리어의 입 모양에 맞춰 한국어로 번역된 그의 연설을 낭독했다.

11 1992년까지 PPV 이벤트나 비정규적인 TV 쇼 위주로 대회를 진행하던 WWF는 팬층 확보와 또 다른 도약을 위해 주간 쇼 브랜드인 RAW를 론칭했다. 레슬링 쇼가 매주 방영된다는 점과 이를 생방송으로 진행한다는 점이 당시 큰 화제를 모았다. 현재도 스맥다운, NXT와 함께 매주 방송된다. WWE 내에서 가장 오래되고, 영향력 있는 TV 쇼로 꼽힌다.

"모든 이는 언젠가 심장이 멈추는 날이 오고, 폐가 제 기능을 하지 못해 마지막 숨결을 내뱉는 순간을 맞이한다. 하지만 그가 일생 다른 이들의 심장을 두근거리게 하고, 삶 자체보다 더 웅장한 떨림을 안겨 줬다면, 그의 존재는 영원히 기억될 것이다."

워리어의 연설을 소리내서 따라 읽어 보니, 지금 내 앞에 서 있는 워리어가, 화면 속에서 연설을 하고 있는 워리어와 왠지 다른 사람 같았다. 그날 그의 연설은 워리어답지 않게, 지나치게 현학적이고 철학적이었지만, 그래서 더 워리어답게 느껴졌다. 워리어스럽지 않게 들리는 말이기에 역설적으로 워리어스럽게 느껴지는 말을, 워리어는 워리어답지 않게, 그래서 오히려 워리어다워 보이게 소화해 내고 있었다.

그는 내 말을 듣다가 고개를 갸웃거렸다.

"내가 그 연설 초반부에 했던 표현 기억나나?"

내가 다시 핸드폰을 들여다보려고 하자 그가 팔을 들어 나를 가로막았다.

그는 "영어 한마디 하겠네."라고 말한 뒤 감정을 잡으려는 듯 잠시 허공을 바라보다가, 소리를 질렀다.

"As I thought about what I was gonna say this evening, it's been hard for me to find the words."

무슨 뜻인지 알 순 없었으나 그의 쉰 목소리, 그리고 일부러

그러는 듯한 뭉개지는 발음이 꽤 근사하게 들렸다. 어느새 그는 'T'를 'R'에 가깝게 발음하고 있었다.

"내가 여기까지 말하고, 링 위에서 고무줄 달린 마스크를 꺼내 쓰지 않았나. 그날 분장을 좀 하고 무대에 오를 걸 그랬어. 귀찮아서 분장을 하는 대신 마스크를 썼거든, 나중에 유튜브로 모니터링해 보았는데, 내 모습이 썩 마음에 들지 않더군."

그는 내게 다시 자신의 연설을 한국어로 통역해서 읊어 보라고 시켰다. 나는 TV 프로그램 '신비한TV 서프라이즈' 속 재연배우가 된 심정으로 워리어 앞에서 혼신의 연기를 선보였다.

고개를 끄덕이며 내 연기를 감상하던 그는 영어 원문과 다른 의역, 번역투 문장들이 다소 거슬리긴 하지만 기본적으로 나쁜 통번역은 아닌 것 같다며 흡족해했다. 내 연기에 대해선, 깊이가 부족하지만 발성과 발음은 생각보다 나쁘지 않다며, 수시로 거울을 보며 표정 연기를 연습하다 보면 보는 이가 거슬려 하지 않을 정도의 수준에는 이를 것이라고 격려해 주었다.

정상급 프로레슬러치곤 연기력이 부족하다는 평가를 받았던 워리어에게 연기력이 부족하다는 평가를 받으니 기분이 썩 좋진 않았지만, 나는 "고맙다."고 말했다.

#5

"그런데 마지막 연설을 한 다음 날…."

물음표 대신 줄임표로 끝낼 수밖에 없는 질문을, 워리어에게 던졌다.

링 위에서 유독 지쳐 보였던 그는 그날 실제로 지친 상태였는지 모른다. 거친 한숨과도 같았던 그의 연설은, 그가 실제로 링 위에서 내뿜은 마지막 숨결이 되었다.

"그 연설에서 내가 마지막에 뭐라고 했나?"

내가 머뭇거리자, 그는 "그 부분을 다시 낭독해 보게."라고 재촉했다.

나는 핸드폰을 다시 열었다. 그리고 다시 연기를 펼쳤다.

"워리어의 영혼은 영원할 것이다."

워리어가 주먹으로 데스크를 내리쳤다.

"이런 걸 고도의 마케팅 전략이라고 하는 거야. 훗날 대반전을 위한. 우리 프로레슬링에서 즐겨 사용하는, 일종의 설정이지. WWE와 함께 만든 비밀 계획이었지. 상식적으로 생각해 보게, 이 멍청한 친구야. 멋진 연설을 한 다음 날의 거짓말 같은 죽음, 얼마나 극적인가. 결국 그 완벽한 시나리오 덕분에 워리어의 전설은 완벽해졌지. 그러나 전설은 여전히 현재진행형이네. 내가 죽음을 이겨내고 다시 링 위에 선다면, 그것이야말로 전설의 완성 아니겠나. 그래서 나는 다시 링 위에 올라갈 날을 기다리고 있네. WWE 명예의 전당에 이름을 올리긴 했으나, 한 번만 거기 들어가는 건 성에 차질 않아. 죽었다가 부활한 워리어, 명예의 전당에 또 오를 만하지 않나? 아직까지 누구도 명예의 전당에 두 번 이름을 올린 레슬러는 없거든. 천하의 헐크도 두 번 이름을 올리진 못했지."

워리어는 자기가 좋아하는 주제의 이야기를 할 땐, 듣는 사람을 신경 쓰지 않고 제 할 말만 해 나갔다. 그의 레슬링 스타일과도 비슷했다. 그는 전형적인 '파워하우스'[12] 유형의 선수였다. 레슬러로서 전성기였던 시절, 그는 링 위에서 상대와 호흡,

12 폭발적인 힘을 앞세워 경기를 해 나가는 유형. 괴력을 어필하고 강함을 보여주므로, 일반 대중들에게 인기 있는 경기 스타일로 평가된다. 파워하우스 유형의 메인 이벤터들은 대개 프로레슬링 역사에 매우 거대한 족적을 남긴 경우가 많다. 1990년대 초반 얼티밋 워리어의 라이벌이기도 했던 헐크 호건 역시 파워하우스 유형이다.

기술의 합이 그리 매끄러운 편은 아니었다. 상대의 개성을 살려 가며 경기를 풀어 가기보단 자기 기술을 사용하는 데만 치중했다. 그래서 그의 경기는 재미없다는 평가가 꽤 많았다. 근거는 명확했다. 상대 선수와 경기 흐름을 밀고 당기는 리듬감이 없었기 때문이다. 제 페이스대로만 경기를 풀어 가니, 당연히, 함께 링 위에서 활동했던 선수들에게 좋은 평가를 받았을 리도 없었다. 그의 전성기가 길지 않았던 이유[13]였다.

"링 위의 워리어는 죽었어. 그러나 링 밖에서, 이렇게 세계 방방곡곡을 돌아다니며 레슬링 외적인 활동을 하는 워리어는 여전히 건재하네. WWE와 복귀 플랜을 짜놓았고, 계약서상 비밀 유지 조항이 있긴 하지만 미국 외 지역에서 이렇게 돌아다니는 건 WWE에서도 묵인해 주고 있지. 한국어로 된 웹페이지들엔 이런 내용이 안 쓰여 있나? 한국어로 이런 내용을 발설하는 건 괜찮을 텐데. 그런 금지 조항은 계약서에서 못 봤거든."

나는 그의 이름을 검색해 보았다.

13 이 소설 속 등장인물 워리어의 실제 모델로 알려진 얼티밋 워리어는 파워하우스 원 패턴 레슬링의 정도가 심했다. 짧은 시간(3분~5분)에 대충 힘으로 밀어붙여서 속전속결로 경기를 끝내 버렸기 때문에 평이 나빴다. 한두 번 치고받다가 상대 피니시를 무시하고서 자신의 필승 공식인 워리어 프레스와 워리어 스플래시 콤보를 펼치는 것이 주요 경기 패턴이었다. 그는 전성기 시절에도 '레슬링 옵저버 선정 가장 과대평가된 선수'에 3년 연속(1989, 1990, 1991)으로 선정되는 등 레슬링 스킬이나 경기력 측면에서는 혹평을 면치 못했다.

"그냥… 사망했다고만 나오는데요?"

워리어는 고개를 절레절레 저었다.

"영국이나 프랑스 등 구라파 선진국의 웹사이트에도 아직 그런 내용은 업데이트가 되지 않았거든. WWE가 못하게 막았지. WWE에서 내게 당분간 사망 상태를 유지해 달라고, 오랫동안 숨어 있으라고 했는데…. 생각해 보니, 속은 기분이 들어서 말야. 전설이 되는 건 좋은데, 오랫동안 죽은 척하다 보니, 이러다가 굶어 죽기 십상이겠더군. 다행히 이번 한국 방문 이후 차츰 내 비밀 아닌 비밀이 알려지기 시작할 걸세. 서서히 대외 활동을 늘려 갈 생각이거든. 자네가 한국에서 나의 비밀을 세상에 먼저 공개해 보게. 나 워리어는 죽지 않았다고. 이거 백만 불짜리 독점 기사를 주는 거 같은데. 마음 같아서는 구라파 쪽에 먼저 주고 싶은 단독 뉴스감인데, 개인적으로는 불어의 부드러운 뉘앙스를 좋아하거든. 그런데 오늘은 눈 딱 감고, 특별히 자네에게 소스를 주겠네. 영어로는 쓰지 말게. WWE 모니터링 시스템이 보통이 아니거든. 그래도 영어로만 안 쓰면 안 걸릴 거야. 꼭 한국어로 쓰게. 자네는 그 소스의 한국어 권한만 갖는 거네. 영어 뉴스 소스는 나중에 할리우드의 타블로이드지 기자에게 유료로 독점 제공할 계획이네."

나는 그가 줬다는 '소스'를 어디에 어떻게 써먹어야 할지 알 수 없었다. 인터넷에 글 올리는 법을 잘 알지 못했고, 어디에 어떤 형태로 글을 올려야 할지도 감이 잡히지 않았다. 그런 걸 하기엔, 나는 너무 멍청했다.

내가 원래부터 멍청했던 건 아니다. 멍청해진 계기가 있었다. 나는, 워리어를 좋아하는 바람에 멍청해지고 말았다. 멍청한 말로 들릴 수도 있지만, 그건 엄연한 사실이었다. 나를 멍청하게 만든 사건은, 워리어와 연관이 있었다. 워리어를 사랑한 게, 사건의 발단이 되었다. 워리어 당사자에게 어떻게 말한대도 멍청한 소리를 한다고 타박당할 게 뻔하니, 나는 그 말을 굳이 워리어에게 하진 않았다. 당신 때문에 내가 멍청해졌다고 외치고 싶은 마음을 꾹꾹 억누르며, 나는 졸개 고릴라처럼 조용히 고개를 숙였다. 그런 뒤 나는 비굴한 웃음을 지어 보였다. 워리어에게서 풍겨 오는 오이비누 냄새 때문에, 웃는 표정을 유지하는 게 조금 힘들었다. 얼굴에 경련이 일어났지만, 끝내 나는 웃음기를 풀지 않았다.

워리어는 내가 고릴라를 흉내 내는 걸, 곧바로 알아챘다.

"아니, 자네 꼭 웃는 모습이 졸개 고릴라 같군. 내 주특기 워리어 프레스[14]의 원래 이름이 고릴라 프레스인 거 혹시 아나?"

14 프로레슬러가 상대를 머리 위로 역기 들듯 번쩍 들었다가 내던지는 기술. 팬들에게는 고릴라 프레스라는 이름으로 가장 유명하다. 시전자를 들어올린 상태

내가 그 기술을 모를 리 없었다. 고릴라 프레스는, 어린 시절 내가 수차례 시도했지만 한번도 성공해 보지 못한 기술이었다.

'고릴라 프레스'란 단어를 들으니 옛 기억이 떠올라 가슴 한구석이 저려 왔다.

에서 앞이나 뒤, 혹은 옆 등등, 떨어뜨리는 위치에 따라 밀리터리 프레스 드랍, 밀리터리 프레스 슬램 같은 약간의 명칭 차이가 있다. 이 소설 속 등장인물 워리어의 실제 모델로 추정되는 얼티밋 워리어의 워리어 프레스 기술은 일종의 변형된 형태의 고릴라 프레스다. 기술을 시전할 때 상대를 호쾌하게 던지는 것이 아니라 자신이 앞으로 달려가면서 상대를 자신의 후방 쪽으로 떨어지게 만들었다. 워리어는 1992년 이후에는 체력 저하가 왔는지 마무리 콤보로 고릴라 프레스를 거의 시전하지 않고, 상대적으로 힘이 덜 드는 기술인 점핑 숄더 태클 기술로 대체했다.

#6

나는 서둘러 화제를 돌렸다. 워리어가 한국에서 무슨 활동을 할 거라는 건지 알 수 없으나 그의 논리를 따라, 그의 말을 그의 처지에서 되짚어 보곤, "WWE에서 지금 이런 행보를 문제 삼지 않겠냐?"고 물었다. 별로 걱정이 되진 않았으나, 걱정해 주는 척을 하면 그가 기뻐할 것 같아서, 걱정스러운 표정을 지어 보였다.

"자기네가 아쉬우면 나를 링 위에 올려야지. 빈스 맥[15] 그 자

15 이 소설 속 등장인물 빈스 맥의 실제 모델로 추정되는 빈스 맥마흔은 1982년 WWF의 CEO를 맡은 뒤 프로레슬링에 엔터테인먼트와 쇼의 요소를 공격적으로 도입하여 WWE를 전 세계 프로레슬링의 표준으로 제시하였고, 일개 레슬링 프로모션 단체를 세계 굴지의 기업으로 발돋움시켰으며, 프로레슬링을 전 세계적으로 알리고 흥행시키는 데 지대한 공헌을 한 인물로 널리 알려져 있다. 성추문 사건 등으로 구설에 휘말린 2022년 7월 공식 은퇴를 선언하고 경영 일선에서 물러난 그에 대해서는 프로레슬링을 메이저 문화로 끌어올린 천재라

식, 나중에 화해하긴 했지만, 늘 마음에 안 들었어. 나를 자주 섭섭하게 했거든. 물론 지난 얘기일 뿐이지. 어쨌든 곧 모든 일이 해결될 거야. 이젠 WWE에서 링 위로 나를 부를 수밖에 없다고."

워리어와 대화를 나누는 게 즐거웠다. 그런데 술이 점점 깨가는 동시에, 내 앞에 있는 이 남자가 실제 워리어인지에 대한 의구심이 고개를 들었다.

그가 실제 워리어라는 증기는 없었다. 그러나 그가 워리어가 아니란 증거 역시 없었다. 그는 내가 아는 워리어의 모든 특성을 갖추고 있었다. 특히, 내 앞에 그가 서 있다는 사실 자체가, 그가 워리어라는 걸 입증해 주고 있었다.

눈앞의 워리어가 실제 워리어가 아닐 수 있다는 증거가 온라인에 일부[16] 있긴 했으나, 그런 뉴스와 웹페이지들은 지금 워리어가 나와 대화를 나누고 있는 이 현실 자체를 반박하지 못했

는 평가가 주를 이루지만 동시에 현대 프로레슬링과 WWE를 위기로 몰아넣은 장본인이라는 상반된 반응도 존재한다. WWE는 지난 2023년 4월 종합격투기 단체 UFC를 소유한 엔데버 그룹과의 인수합병 과정을 거쳐 종합 스포츠 엔터테인먼트 회사 TKO 그룹의 자회사가 됐다. 빈스 맥마흔은 WWE 합병 이후 WWE 경영 일선에서 물러났다가 모회사 TKO의 회장으로 취임했지만 각종 성착취 및 성학대 의혹 등에 휩싸인 끝에 지난 2024년 1월 회장직을 사임했다.

16 워리어의 사망 관련 내용을 다룬 뉴스와 웹페이지는 구글에서 검색을 통해 어렵지 않게 확인할 수 있다.

다. 명백한 진실이 눈앞에 있기에, 인터넷에 넘쳐나는 가짜뉴스와 음모론에 흔들려선 안 된다고, 스스로를 설득했다.

워리어와 이야기를 한참 나누다 보니, 그를 의심한 나 자신이 한심하게 느껴졌고, 그를 잠시나마 의심한 데 대해 죄책감이 들기까지 했다. 내 생각을 읽기라도 한 듯, 그가 두목 고릴라처럼 늠름한 말투로 말했다.

"이봐, 졸개 고릴라. 자네가 나를 불렀잖나. 난 자네 앞에 나타났고. 그거면 된 거지. 믿게."

믿으라는 그의 말이 레슬링의 슬램 기술처럼 귀에 쾅 꽂혔다. 오늘은 핼러윈데이를 앞둔 주말이 아닌가. 누가 내 앞에 서 있더라도, 어떤 일이 일어나더라도, 전혀 놀랍지 않은 날이다. 적어도 오늘만큼은, 그를 믿기로 했다.

나는 가볍게 촙을 날리듯 계속 질문을 던졌다. 내 눈앞에 서 있는 워리어와, 함께할 수 있는 제한된 시간 안에 될 수 있는 한 이야기를 많이 나누고 싶었다. 워리어와 대화할 기회가 앞으로 또 있을까 싶었고, 기적처럼 찾아온 이 기회를 놓치면 나중에 후회할 것 같았다. 후회에 관해서는 전문가라고 자부할 만큼, 여러 상황에서 다양한 방식으로 수백, 수천 번 후회를 해 본 터라, 내가 나중에 이 순간을 후회하게 될지 아닐지 정도는 가늠할 수 있었다. 이건 분명, 놓치면 후회할 종류의 기회였다.

워리어의 한국어 실력이 예상외로 뛰어났지만, 원활한 대화를 위해서 나도 영어를 조금 섞었다.

"두 유 노우 김일[17]?"

워리어가 어리둥절한 표정을 지었다. 나는 "헤딩"이라고 외치며 탁자에 머리를 박는 시늉을 해 보았지만, 그는 두 손을 하늘로 올리며 고개를 갸웃거렸다. 내가 "두 유 노우 역도산[18]?"이라고 묻자 그는 "역발산기개세? '개' 자가 '덮을 개(蓋)' 자던가?"라고 되물었다.

워리어는 인구 14억 중국 시장에 진출하기 위해 중국어와 각종 사자성어, 고사성어를 공부하고 있다고 했다. 한국식 한자 발음과 중국의 한자 발음, 일본식 한자 발음이 달라서 헷갈린다고 했다. 일본어는 예전에 일본 시장에 진출할 뻔한 적이 있어 히라가나와 가타카나 정도를 간신히 뗐다고 했다. 중국어는 사성 어조가 헷갈려 회화에 애를 먹고 있다고 했다.

17 한국의 1세대 프로레슬링 선두주자로 불리는 프로레슬러. 국내 프로레슬링 역사상 가장 인지도가 높은 인물이다. 역도산의 제자로 일본 프로레슬링계에서도 활약했고, 1960~70년대 일본과 한국에서 '박치기왕'이라는 별명을 얻으며 최고의 인기를 누렸다. 2006년 향년 77세를 일기로 타계했다.

18 한국계 일본인 프로레슬러. 본명은 김광호(金光浩). 1939년에 일본으로 건너가 스모를 시작하였으며, 1951년에 레슬링 선수로 전향하여, 1958년에 세계 헤비급 챔피언이 되는 등 일본 프로레슬링 업계를 개척한 최초의 스타였다. 안토니오 이노키, 자이언트 바바, 김일 등 여러 한일 양국 프로레슬러 제자들을 양성했다. 1963년 야쿠자의 칼에 찔려 향년 39세로 타계했다.

"두 유 노우 강남스타일?"

"두 유 노우 BTS?"

프로레슬링 외에 여러 분야에 관한 질문도 던졌지만, 대화 사이 사이의 정적이 점점 길어졌다.

"프로레슬링 얘기나 할까? 내가 좀 대중문화 쪽 이슈와 토픽에는 취약해서 말이야."

내가 아는 모든 영어 단어와 숙어, 문장을, 1형식부터 5형식까지 골고루 활용해 그에게 쏟아내었다. 그러나 금세 소재와 주제가 고갈되고 말았다. 현재 WWE의 상황, 프로레슬링의 미래를 주제로 심도 있는 토론을 하고 싶었으나, 정작 내가 요즘 프로레슬링에 대해 잘 알지 못했다. WWE에 대한 내 지식과 정보는 1992년[19] 무렵에 업데이트가 멎어 있었다.

심지어 프로레슬링 단체명이 WWE로 바뀐 지 한참인데도 여전히 내겐 WWE보다 예전 명칭인 WWF란 단체명이 친숙했다. 내게 WWF는 '세계자연보호기금'이 아니었다.

19 WWE 역사에서 1982~1992년(혹은 1993년)의 시기는 '황금기(Golden Era)' 혹은 '호황기(Boom period)'로 불린다. 아직 단체명이 WWF였던 시절, 헐크 호건, 안드레 더 자이언트, 얼티밋 워리어, 마초맨 랜디 새비지 등이 프로레슬링의 전성기를 이끌었는데, 국내 팬들도 이 시기에 대거 유입되었다. 이후 스테로이드 파문, 라이벌 단체 WCW의 급부상 등에 위기감을 느낀 WWE는 자의 반 타의 반 선수들의 세대 교체 등을 단행하며 '황금기'를 이끌었던 선수들과 작별을 고했고, 이후 '새로운 세대(New Generation, 1992~1997)' 시대로 바뀌었다.

#7

그와 이야기를 더 나누고 싶었지만, 오전에 청소를 끝마쳐야 하는 방이 네 개나 됐다. 두 시간 후 공식적인 체크인 시간이 시작되는데, 온라인으로 숙박을 예약한 남아공 국적의 미스터 블레이크를 비롯해 미국, 이탈리아 등지에서 날아올 팀들을 맞이할 준비를 해야 했다.

물론 꽤 바쁜 날이긴 했지만, 예전 핼러윈데이만큼은 아니었다. 불과 1년 전만 해도 핼러윈데이는 이 거리에서, 한 해 중 가장 높은 매출을 기대할 수 있는 축제의 날이었다. 그러나 이젠 아니다. 그 어느 동네보다 '핼러윈데이' 문화를 일찍 받아들였던 이 거리에서 '핼러윈데이'는 금기어에 가깝게 되었다. 더는 축제의 날도 아니었고, 게스트하우스의 만실을 기대할 수 있는 날도 아니었다. 내년엔 어떻게 될지 알 수 없지만 적어도 올해는 그러했다.

삼촌은 몇 달 전 부동산에 게스트하우스를 매물로 내놓았지만, 건물을 보러 오는 사람은 없었다. 지역 경기 침체의 여파 탓인 듯했다. 삼촌은 헐값에라도 건물을 내놓겠다고 최근 나에게 말했다. 삼촌이 게스트하우스를 팔 뜻을 굳힌 건, 사촌 동생의 갑작스러운 죽음과 직접적으로 연관이 있는 듯한데, 굳이 이유를 물어본 적은 없다.

삼촌이 게스트하우스 매각에 성공한다면, 이번은 내가 이곳에서 보내는 마지막 핼러윈데이가 될 것이다. 그렇게 된다면 내 인생에 다시 핼러윈데이가 있을 것 같지는 않았다. 나는 10월 말이 되면 '핼러윈데이'란 단어보단 노래 〈잊혀진 계절〉[20]을 먼저 떠올리는 사람이었다. 이 거리를 떠난다면 핼러윈데이와 나의 접점은 사라질 것이다.

때마침, 워리어도 오래 서 있었더니 무릎이 쑤신다며 자기 방으로 올라가겠다고 했다.

그와 대화를 나누는 사이, 부쩍 친해진 기분이 들어서, 결국

20 1982년에 발표한 가수 이용의 노래. 한국갤럽 선정 '가을 하면 생각나는 노래 2위'에 랭크된 대표적인 가을 노래로 매년 10월의 마지막 날에 모든 방송 매체, 거의 모든 라디오에서 흘러나오는 노래다. 이용은 이 노래를 발표한 해에 MBC 10대 가수 가요제에서 최고 인기가수상과 최고 인기가요상을 휩쓸었다. 지금도 10월만 되면 이용에게 공연 제의가 쏟아진다는 후문.

나는 그에게 303호 열쇠를 내주고 말았다. 그 순간의 나는, 게스트하우스 직원이 아닌, 열혈 팬일 뿐이었다. 얼마 안 가 후회하게 될 행동이란 걸, 행동을 하기 전부터 알았다. 그의 손에 열쇠를 쥐어 준 순간부터 후회가 밀려들었지만 이미 엎질러진 물이었다.

그는 언제 화를 냈었냐는 듯 고개를 들고 껄껄 웃었다. 입으로 웃는 소리를 냈기에 웃고 있다고 추측하긴 했지만, 분장 속에 가려진 그의 표정이 실제로 어떤지는 가늠할 수 없었다.

"영광인 줄 알게. 나를 한국으로 부른 첫 번째 열혈 팬이니까."

무의식적으로 "영광입니다."라고 되받았다.

"그런데… 제가 불렀다고요?"

내가 워리어를 한국으로 부른 대한민국 열혈 팬 공식 1호로 인정받았다는 사실이, 믿기지 않았다. 기분이 잠시 좋았다가 이내 혼란스러워졌다. 그는 내가 자신을 불렀고, 자신을 기다렸다고 자꾸 주장하는데, 나는 워리어를 기다린 적도 부른 적도 없으니 난감할 노릇이었다. 부른 적이 없는데 자꾸 내가 불렀다고 하니까, 내가 그를 실제로 불렀는데 그걸 나도 모르게 잊은 게 아닐까 불안해졌다. 차라리 내가 그를 부른 게 맞으면 좋겠다는 생각마저 들었다.

"아니면 내가 여기 왜 왔겠나?"

그의 대꾸에 나는 아무 대답도 할 수 없었다.

"그러게요, 왜 오셨습니까?"라고 되묻고 싶었지만, 그러면 안 될 것 같았다. 워리어와 조금 멀어진 기분이었다.

그때, 201호에 사흘째 묵고 있는 네덜란드 여성이 계단을 내려오며 워리어를 힐끗 쳐다보았다. 그 여성은 『플레이보이』 잡지에서 예전에 봤음직한 토끼 복장을 하고 있었다. 핼러윈데이에 특별히 튀어 보일 것 없는 복장이긴 했지만, 상의를 탈의하고 있는 워리어보다 좀 더 눈길을 끄는 복장이긴 했다. 네덜란드 여성이 워리어 뒤쪽으로 지나갈 때 워리어의 시선은 그녀의 뒤태로 향했다. 엉덩이가 훤히 드러나 있었다. 나도 워리어의 시선을 좇았다. 그녀가 문을 열고 밖으로 나간 뒤, 나와 워리어는 눈이 마주쳤다. 우리는 함께 소리 내 웃었다.(여전히 워리어의 눈은 웃지 않고 있었다.) 네덜란드 여성이 우리 옆을 지나가기 전보다, 워리어와 조금 가까워진 기분이었다.

우리 숙소에 묵는 외국인 대부분은, 아침부터 특이한 복장을 하고 숙소 출입구를 들락날락했다. 해리 포터 분장을 한 미국 남자, 블랙 위도우 복장을 한 영국 남자, 캡틴 아메리카 분장을 한 태국 남자, 그리고 토끼 분장을 한 네덜란드 여성까지. 워리어 분장을 한 워리어는, 거기에 비교하면 전혀 튀어 보이지 않았다. 10월 말의 서울은 아직 한여름이었다. 오늘 낮 최고 기온은 섭씨 29도에 이른다고 아침 뉴스의 일기예보 기상 캐스터가 말해 주었다.

워리어는 303호 열쇠를 움켜쥐고 심호흡을 크게 하더니 계단을 향해 뛰었다. 첫 계단을 오를 때 "우두둑" 소리가 안내데스크에까지 들려왔다. 그의 무릎에서 나는 소리인지, 스카치캔디를 씹는 소리인지 알 수 없었다. 그는 아무렇지 않다는 듯 힘차게 다음 발을 내디뎠다.

현역 시절 워리어는 링으로 입장할 때 100m 달리기를 하듯 전력 질주를 했다. 대부분 레슬러들이 링사이드의 관중들과 교감하며 여유 있게 걸어 나오는 것과는 달랐다. 전력 질주는 워리어의 트레이드마크와도 같은 입장 퍼포먼스였다. 오랜만에 그 모습을 보니, 어쩐지 눈물이 날 것 같았다. 워리어는 층계참에 오른 뒤 가쁜 숨을 내쉬며 나를 내려다보았다. 나는 빨개진 눈시울을 들키고 싶지 않아 황급히 손을 들어 올려 양쪽 눈을 비볐다. 손의 마찰이 정전기를 일으킨 탓에 눈이 뜨거워졌고, 그 열기 탓에 고여 있던 눈물이 양쪽 볼을 타고 흐르기 시작했다.

"지금 울었나? 그럼 내가 이긴 거로군. 방값은 못 내."

뜨거웠던 눈물이 차갑게 식어 갔다.

워리어와 대화를 나눈 값을 하는 셈 치고 그의 방값을 지불할 수도 있을 것이다. 경매로 50억 원을 내야 한다는 워런 버핏과의 점심 식사보다, 워리어와의 대화가 내겐 훨씬 값어치 있게 여겨지는 것도 사실이다.

워리어가 WWF의 한 시대를 대표하는 부동의 톱스타는 결코 아니었다. 그러나 무하마드 알리, 슈가 레이 레너드, 마이크 타이슨 대신 토마스 헌즈, 마빈 헤글러를 좋아하는 복싱 팬이 존재하듯, 한 프로레슬링 팬이 가장 좋아하는 레슬러가 워리어일 수 있는 것이었다.

워리어를 좋아한다는 것을 공개적으로 표방한다는 건, 오래전 레슬링 팬들 사이에서 그리 창피할 일 정도까진 아니었고, 자신만의 취향을 가졌다고 평가받을 정도는 되었다.

자신의 취향을 지키려면, 어쩔 수 없이 돈을 써야 하는 순간이 찾아오게 마련이다. 워런 버핏과의 점심, 워리어와의 대화 둘 중 하나를 고르라면 나는 기꺼이 워리어를 선택할 사람이니, 그의 숙박비를 한 번쯤 대신 내주는 게 크게 억울할 것까진 없을 듯도 했다.

그러나 숙박비를 대신 내주기 전 해소할 의혹이 있었다. 분명 어디서부터 무엇인가 어긋나 있는데, 그게 무엇인지 확인해야만 했다.

분명 짚고 넘어가야 할 뭔가가 있었다. 내가 아무리 멍청하다지만, 어디서부터 상황이 꼬였는지 결론을 내는 건 그리 어렵지 않았다.

"망할 DHR…."

#8

나도 모르게 튀어나온 혼잣말에, 답이 담겨 있었다. 멍청한 나조차 어렵지 않게 문제점을 파악할 수 있을 정도로, 모든 상황의 초점이 한데로 모였다.

이 일은, 세계 최고의 글로벌 물류업체라는 DHR 때문에 벌어졌다. WWF도 아니고, WWE도 아니고, 워리어도 아니고, 나도 아닌, DHR이 모든 문제의 원인이었다.

이건 배달 사고였다. 당연히 DHR이 워리어의 방값 일부 혹은 전체를 책임져야 했다. 워리어는 DHR 탓에, 잘못된 시간, 잘못된 장소에 도착한 것이다.

"망할 DHR…."

나는 다시 혼잣말을 중얼거렸다.

DHR에 워리어의 방값을 다 내줄 수 있는지, 그게 안 된다면 나와 나눠서 낼 수 있는지, 확인해 볼 필요가 있었다. DHR이 자신들의 잘못을 부분적으로라도 시인한다면, 나 혼자 워리어의 방값을 모두 부담할 필요가 없게 된다.

워리어에게 방을 공짜로 빌려주고 싶었지만, 내 입장에선 쉽게 결정 내릴 수 있는 사안이 아니었다. 삼촌이 이 상황을 분명히 CCTV로 확인할 테고, 단호하게 내 월급에서 워리어의 방값을 제할 터였다. 삼촌은, 절대 누구에게도, 어떤 경우든, 방을 공짜로 제공할 사람이 아니었다. 워리어가 아니라 워리어 할아버지가 온다 해도 어림없는 일이었다.

워리어의 방값을 나 혼자 부담하는 건, 내 처지엔 버거운 일이었다. 조카라는 이유로, 임시로 아르바이트를 한다는 이유로, 나는 최저 시급에도 못 미치는 월급을 받고 있었다. 내 월급의 인상폭은 늘 물가상승률을 밑돌았고, 거기엔 삼촌의 확고한 경영철학이 반영돼 있었다. 임시직으로 이곳에서 일하고 있는 처지라, 워리어의 방값을 기꺼이 내주는 호기를 부릴 만큼의 여유가 없었다.

나는 잠깐 아르바이트를 할 겸 겸사겸사 이곳에 들어왔다. 쉬듯 놀 듯 머리를 식힐 겸 일한다는 가벼운 마음으로, 안내데스크를 지켰다. 20여 년째 이 공간에 그렇게, 나는, 잠깐, 겸사겸사, 머물러 있는 중이다.

일을 그만둘까 고민한 적은 없었다. 잠깐, 쉬듯 놀 듯, 가볍게 일할 만한 다른 곳을 찾는 건 쉽지 않았다. 아무 때나 마음 편하게 앉아서 술을 홀짝이며 일할 수 있는 곳이, 여기 말고 있을 리 만무했다.

이 장소가 여관이었다가 모텔이었다가 게스트하우스로 바뀌어 가는 동안 나는 줄곧 안내데스크에 앉아 있었다. 그동안 안내데스크의 명칭은 카운터, 인포(뒤의 '메이션'은 처음부터 생략됐다.)를 차례로 거쳐 왔다.

숙박업소의 명칭이 유행을 타는 주기는, 희석식 소주 도수가 점점 낮아지는 속도와 모종의 연관성이 있었다. 안내데스크에 앉아 오랫동안 소주를 마셔 오며 내가 우연히 발견한 묘한 주기성이었다. 공교롭게도, 소주 도수가 1도 내려갈 때마다 나는 승진했는데, 내 직책은 여관 직원을 거쳐 모텔 실장, 게스트하우스 매니저로 바뀌었다.

내겐, 소주 도수가 점점 내려가는 게, 필연이자 숙명처럼 느껴졌다. 소주의 목넘김이 부드러워질 때마다, 나는 내가 새로 얻을 직위가 궁금해졌다. 직위가 바뀔 때마다 내 주량도 증가했다.

나와 소주는 공통점이 있었다. 국민 술인 소주의 가격이 좀처럼 오르지 않는 것처럼 내 월급도 좀처럼 오르지 않았다. 소주 값이 어쩌다 한번 확 뛸 때가 있긴 했는데, 그럴 때 내 월급

인상률은 소주 가격 인상률을 따라잡지 못했다.

삼촌은 자주 내게 말했다. 먹여 주고, 재워 주고, 너 같은 알코올중독자가 일하기에 이곳은 천국이 아니냐고, 하는 일도 별로 없고. 그리고 얼마 전엔 컴퓨터를 인텔 코어 i3 12세대 기반의 최신형 보급형 노트북으로 바꾸어 주며 자신의 호의와 배려를 다시 한번 강조했다. 내게, 호의를 권리로 아는 우를 범하지 말라는 경고를 하기도 했다. 삼촌의 말에 틀린 부분은 하나도 없었고, 나는 삼촌의 말을 들을 때마다 그의 논리에 수긍했다. 삼촌의 주장에 납득이 안 가는 부분은 없었으며, 삼촌의 말을 들을 때마다 삼촌에게 감사하는 마음이 커져만 갔다. 나는 호의를 권리로 아는 우를 범할 생각이 추호도 없었다.

숙소의 주 고객층은 가난한 외국인 백패커였다. 여관 간판을 달든, 모텔 간판을 달든, 게스트하우스 간판을 달든 가난한 외국인들은, 귀신같이 우리 숙소를 찾아냈다. 백패커들이 우리 가게에 오는 주된 이유는 저렴한 숙박비에 있었다. 시설이나 서비스의 수준에 기대감을 품는 손님은 많지 않았다. 삼촌은 그걸 잘 알았고, 저렴한 숙박비를 경영철학의 기반으로 삼았기에, 굳이 업소의 인테리어나 제반 시설에 큰 투자를 하진 않았다. 이태원 땅값이 높지 않을 때 건물을 지은 터라 1층 로비는 운동장만큼 널찍했는데, 흔한 장식품 하나 두지 않았다. 그때

그때 유행에 맞춰 숙소 이름과 간판을 바꿀 뿐이었다. 대규모 인테리어 공사는 쓸데없는 낭비라는 게 삼촌의 판단이었다.

삼촌이 바꾸지 않아야 한다고, 바꾸지 말아야 한다고 믿은 것 중 하나가 내 월급 액수라는 게 불만족스럽긴 했지만, 삼촌과 그런 문제로 크게 부딪친 적은 없었다. 삼촌과 부딪친다 해도, 말싸움이나 몸싸움, 어떤 종류의 싸움으로도 삼촌을 이길 자신이 없었다. 자연스럽게 나의 월급은, 게스트하우스의 인테리어랄 것도 없는 인테리어와 비슷한 취급을 받았다.

내가 하는 일은, 시간이 흐른다고 노하우가 쌓이는 성격의 일은 아니었는데, 요령은 날이 갈수록 늘었다. 그래서 내 청소 실력은 20여 년 전 처음 여기 왔을 때보다 오히려 뒷걸음질 쳤다. 내 업소라는 책임감, 주인의식 같은 게 있을 리 없었다. 삼촌이 내게, 그런 걸 강요하지도 않았다. 책임감과 주인의식은, 삼촌의 경영철학에서 큰 비중을 차지하는 요소가 아니었다. 자연스럽게, 나는 이 게스트하우스의 게스트들이 내 손님이라는 생각을 해본 적이 없었다.

이곳을 잠시 스쳐 지나는 이방인이라는 건, 이곳에 묵는 백패커와 나의 공통점이었다. 그들과 나 사이엔, 단지 백팩을 등에 멨냐, 메지 않았냐의 차이만 있을 뿐이었다. 그들처럼 나도, 낯선 공간에 잠깐 머물고 있는 여행자일 뿐이었다. 그런 나의 생각이 구글 속 우리 게스트하우스에 달리는 낮은 평점, 이용 소감문 속 부정적인 내용에 영향을 미쳤을 것이라 어렴풋이 짐작할 수 있었지만, 그런 글을 읽어도, 스스로 달라져야 한다는 절박함이나 변화의 필요성을 딱히 느끼진 못했다.

나 또한 내게 형편없는 별점을 남긴 게스트들과 마찬가지로, 이 게스트하우스가 썩 마음에 들진 않았다. 나 스스로 별점을 매길 수 있다면, 나 역시 기꺼이 낮은 별점을 매겼을 것이다.

다른 게스트들과 마찬가지로, 여러 난섬에도 불구하고 이곳에 머물 이유가 분명하기에, 나는 이곳에 임시로 머물고 있을 뿐이었다.

#9

2주 전 워리어가 꿈에 나왔다. 워리어가 꿈에 등장한 건 처음이었다. 워리어의 팬이긴 했지만 꿈에 나올 정도로 좋아했다는 사실을 오랫동안 잊고 있었는데, 꿈에 그가 나온 뒤에야, 그가 나온 꿈을 꾼 게 꿈같다고 느낄 정도로 내가 그를 좋아했다는 걸, 비로소 알게 되었다. 내가 그를 잊고 지냈다는 사실조차 까맣게 잊고 있었기에, 그가 등장하는 꿈을 꾸게 되리란 걸, 꿈에도 알지 못했다. 꿈속에서 나는, 그를 만나고 있는 상황이 꿈이라는 걸 일찌감치 알아챘는데, 그러면서도 꿈이 아니면 좋겠다고 생각했다.

어린 시절 워리어를 직접 만나 보고 싶다는 바람을 가졌었다는 걸, 꿈속에서 나는 기억해 냈고, 내가 잊고 있던 오래전 꿈이 엉겁결에 이뤄졌다는 걸 알게 된 꿈속의 나는 눈물을 흘렸는데, 꿈속에서나마, 꿈인지 잊고 있던 간절했던 꿈을 마침내 이뤘다는 사실이, 마치 꿈만 같았다. 꿈속에서 나는, 꿈꾸는 기분이었다.

꿈속의 워리어는 34년 전 처음 레슬링 잡지에서 본 모습 그대로였다. 몸에 걸치고 있는 건 팬티 한 장이 전부였지만, 구립 실내 수영장에서 만난 수영 코치처럼, 팬티가 옷이 아니라 피부의 일부인 듯, 자연스러웠다.

꿈에서 만난 그의 머리부터 발끝까지 모든 게 좋았다. 심지어 그가 입고 있는 팬티까지 탐이 났다. 벗어 달라고 요청할 생각이 들 정도까지는 아니었는데, 내가 그걸 입고 다닐 일은 없을 듯해서였다. 하지만 그가 입고 있는 팬티를 어디서 살 수 있는지, 궁금하긴 했다. 입고 싶은 건 아니었고, 다만 소장용으로 간직하고 싶을 뿐이었는데, 꿈속이지만, 팬티를 어디서 살 수 있냐고 워리어에게 차마 묻지 못했다. 꿈이든 실제로든 그를 만난 것이 처음이기에, 그가 낯설고 멀게 느껴졌으며, 그래서 우린 서먹서먹했고, 그에게 말 한마디 붙이는 것도 쉽지 않았다. 그와 조금 더 친해져서, 팬티 구매처 같은 정보를 스스럼없이 나눌 만한 사이가 되면 좋겠다고, 꿈속의 나는 생각했고, 그와 더 친해진 미래를, 잠시나마 꿈꾸었다. 그가 팔에 두른 화려한 술의 구매처도 궁금했다. 그가 발목에 두른 알록달록한 보호대도 갖고 싶었다.

꿈속의 나는, 어쩌면, 내 앞에 있는 존재가 바로 나이기를 바랐는지 모르겠다. 꿈속의 나는 90도 각도로 고개를 숙이고 있었는데, 워리어가 내 숙인 머리를 쓰다듬으며 "공부 열심히 해서 나같이 훌륭한 사람이 돼야 한다."라고 말했다.

꿈속의 나는, 어느 순간, 1989년의 초등학생으로 돌아가 있었다. 34년 전의 나인 꿈속의 내가, 나는 낯설었다. 꿈속의 나는, 공부를 열심히 하면 워리어처럼 될 수 있다는 말을 이해할 수 없었으나, 굳이 그 말의 의미를 되묻진 않았다. 꿈속의 워리어는 입을 열지 않을 때가 조금 더 멋있었다. 그에게서 풍겨 오는 오이비누 냄새에 어쩔 수 없이 얼굴을 찡그려야 했는데, 꿈속이어선지, 내 표정을 완벽하게 통제할 수는 없었다. 워리어가 내 표정을 보고 언짢아하지 않기만을 바랄 뿐이었다.

잠에서 깼는데, 머리 밑 베갯잇이 차가웠다. 나는 축축한 부위를 피하기 위에 몸을 돌리다가 눈을 떴다. 그리고 발길질을 해서 이불을 하늘 위로 띄웠다. 공중에서 풀럭거리는 이불을 바라보며 곰곰이 생각해 보니, 참으로 멍청하게 살았구나, 싶었다. 멍청해서 멍청하게 살았겠지만, 멍청하게 살아서 좀 더 멍청해진 것 같기도 했다. 공중에 떴다가 가라앉은 이불에 몸이 깔렸는데, 이불은 풀럭거리기 전보다 조금 더 무거워져 있었다.

이후 좀처럼 잠에 들지 못했다. 나는 어둠 속에서 천장을 노려보았다. 천장 벽지의 모양이 사각의 링처럼 보였다. 나는 이불 속에서, 다시 한번 세차게 발길질을 했다. 무거워진 이불은, 다시 하늘로 오를 조금의 힘조차 남아 있지 않다는 듯, 내 배 위에 쩍 달라붙은 채 꼼짝도 하지 않았다. 1, 2, 3. 어디선가 카운트다운 소리가 들렸다. 나는 이불 밖으로 빠져나가기 위해 발버둥을 쳐 보았지만, 끝내 이불을 밀쳐낼 수 없었다.

내가 워리어를 좋아한 건 1989년 여름부터였다. 1970년대에 미국에 이민을 가 당시 LA에 살던 삼촌이 그때 한국에 잠깐 들어와 우리 집에 머물게 됐는데, 내게 줄 선물이라며 영어로 된 WWF 매거진 8월호를 가져왔다. 삼촌은 미국 틴에이저 사이에서 최근 프로레슬링 열풍이 불고 있다는 소식을 전했다.

그전에도 토요일 오후마다 AFKN에서 방영되는 WWF 프로그램을 이따금 보았는데, 미국의 내 또래에게 인기 있는 스포츠라는 말을 들으니, 프로레슬링을 좋아하는 내가 마치 미국인이 된 것처럼 느껴졌다. 미국인이 된 듯한 착각은, 나를 들뜨게 만들기에 충분했다.

당시 WWF엔 개성 넘치는 스타 플레이어가 차고 넘쳤다. 혼자 집에서 AFKN 채널로 레슬링을 볼 때만 해도 워리어는 수많은 스타 중 한 명일 뿐이었다. 그런데 삼촌이 가져온 그해 WWF 매거진 8월호 표지 모델이 하필 워리어였고, 이후 워리어는, 단숨에 내가 가장 좋아하는 레슬링 스타가 되었다.

그다음부턴 AFKN이나 비디오 가게에서 프로레슬링 경기를 빌려 볼 때[21]면, 내 눈엔 워리어만 보였다. 그가 꼭 내 속의 또 다른 나인 건 아니었지만, 이따금 내가 되고 싶은 나였고, 대부분의 경우 나보다 더 큰 나, 혹은 나의 상상 속의 나였다. 워리어의 경기를 본 날의 나는, 하루 종일 워리어가 되어 있었다. 자연스럽게 워리어는 내 삶의 일부, 때로는 전부가 되었다.

삼촌에게 받은 잡지에 적힌 영어는 당시엔 전혀 읽지 못했다. 나는 성문기본영어를 막 공부하기 시작한 터라 영어 문장을 거의 해석하지 못했는데도 그 잡지를 꽤 오랫동안 책상 서랍에 넣어 두었다. 그리고 WWF 경기에 워리어가 나오면 그가 즐겨 사용하는 기술인 촙, 필살기인 워리어 프레스를 눈여겨 보았다가, 나중에 거울을 보고 동작을 흉내 내곤 했다.

어린 내 눈에도, 워리어는 다른 레슬러와 비교해 기술의 정교함, 화려함이 조금 떨어져 보였다. 하지만 그는 온몸으로 분노를 표출하는 법을 알았고, 분노를 극대화하는 퍼포먼스로 단

21 1990년경 BM코리아란 업체에서 WWF 경기 비디오테이프를 한글 자막으로 정식 발매했다. 당시 일부 비디오 가게에선 프로레슬링 녹화본을 불법으로 대여 서비스하기도 했다.

순한 플레이의 단점을 극복해 냈다. 사람이 늘 저렇게 화가 나 있을 수도 있나 싶을 정도로 그는 링 밖 인터뷰 때도 화를 냈고, 링 위로 뛰어 들어올 때도 화를 냈고, 링 위에서도 화를 냈다. 쉼 없이 화를 냈는데, 숨을 내쉴 때도, 숨을 들이마실 때도 화를 냈다. 슬플 때도, 기쁠 때도 늘 화를 내지 않을까 싶을 정도로 그는 화가 많았다. 마치 24시간 화만 내는 사람 같았다.

그래서 워리어의 경기를 본 날엔 나도 화가 많아졌다. 그렇게 화가 난 날엔, 서랍을 열어 잡지 표지를 보며 화를 달래곤 했다. 거울을 보며 수십 번, 수백 번씩 표지 모델 워리어의 포즈를 흉내 냈다. 그러다 한 번씩은 워리어처럼 치밀어 오르는 화를 어찌할지 모를 정도로 화가 솟구치는 순간을 경험했다. 그럴 때마다 워리어에 한층 더 다가간 것 같은 친밀감이 들어 기분이 좋아졌다. 그래서 나의 화는 금세 사그라들기 일쑤였다. 화난 상태를 길게 유지하지 못하는 나 자신이, 가끔은 못마땅했다. 그러다 학교에서 나보다 덩치 큰 놈들에게 몇 번 얼굴을 주먹으로 맞아 본 뒤에야, 상대를 봐 가면서 화를 내야 한다는 걸 깨닫게 되었다.

#10

만약 워리어를 좋아하지 않았다면 내 인생은 달라졌을까. 달라졌을 수도, 달라지지 않았을 수도 있다. 긍정적으로 생각해도, 부정적으로 생각해도 워리어가 내 인생에 미친 영향을 부정할 순 없다. 긍정적이지 않더라도, 그걸 부정할 순 없다.

워리어 덕분에 행복했지만, 그렇다고 그를 알게 된 뒤 늘 행복한 건 아니었다. 내 인생을 송두리째 흔들었다고 지금까지 믿고 있는 사건의 중심엔, 워리어가 있었다.

워리어가 헐크와 맞붙어 화제가 됐던 WWF '레슬매니아6'[22]

22 '레슬매니아'는 1985년 1회를 시작으로, 매년 빠지지 않고 개최되는 대회. 한 해 동안 WWE 내에서 최고의 활약을 펼친 선수들이 경기를 펼치는 무대다.

대회가 끝난 뒤 전국 초등학교, 중학교엔 프로레슬링 열풍이 불었다. 아이들은 TV로 프로레슬링 경기를 보는 것에만 만족하지 않고, 학교 교실과 운동장에서 친구들과 프로레슬링 흉내를 내는 데 열을 올렸다.

내가 다니던 중학교 학생들은, 쉬는 시간마다 운동장 한쪽 구석에 놓인 높이뛰기용 매트에 몰려갔다. 전문 육상부도 없는 중학교의 운동장에 왜 그런 대형 매트가 놓여 있었는지 알 수 없다. 육상부가 없으니 높이뛰기 선수도 없었고, 높이뛰기를 할 때 그런 매트가 필요할 만큼 높이 뛰어오를 수 있는 학생도 없었다. 아무도 높이뛰기를 하지 않는데 높이뛰기용 매트만 운동장 한쪽에 덩그러니 놓여 있었다.

그래서 그 매트는, 학생들에 의해 자연스럽게 용도가 변경되었고 대형 트램펄린, 당시 용어로 텀블링장(혹은 방방이)처럼 놀이와 유희의 용도로 쓰이게 되었다. 전국적인 WWF 열풍을 인지하고 있던 선생님들도 학생들의 놀이를 묵인해 주었다.

1990년 4월 1일 캐나다 토론토에서 열린 WWF '레슬매니아6'에선 얼티밋 워리어와 헐크 호건의 챔피언 결정전이 메인 이벤트로 펼쳐졌다. 총 관중 수는 6만 7678명. 국내에서 WWF의 인기가 최전성기를 구가하던 시기에 펼쳐진 대회라, 렌탈 비디오숍에서 가장 인기가 좋은 비디오가 바로 이 대회 영상이었다. 당시 BM코리아에서 상·하편으로 나눠서 출시했는데, 없어서 못 빌릴 정도로 높은 인기를 자랑했다.

선생님들도, 높이뛰기 매트에서 반드시 높이뛰기를 해야 할 만큼 높이 뛸 수 있는 학생이 학내에 없기에 높이뛰기 매트를 다른 용도로 사용할 수밖에 없다는 사실을, 뒤늦게 깨달았던 것이다. 학생들은 쉬는 시간, 점심시간마다 그곳에 올라가 높이뛰기 대신 프로레슬링 경기를 펼쳤다.

그곳에서 열리는 프로레슬링 경기 방식은, '로열럼블'[23]과 흡사했다.

그곳은 실력만큼 운도 필요한 무대였다. 선수들이 서로 정신없이 치고받고 던지고, 조르고 꺾는 가운데, 앞의 선수가 적이 되었다가 별안간 뒤에 있는 선수가 적이 되고, 옆에서 다른 선수와 싸움을 하던 선수가 친구가 되었다가, 다시 적으로 바뀌기도 했다.

23 WWE에서 1989년부터 개최하고 있는 PPV 대회의 명칭. 개최 시기는 1월. 레슬매니아, 섬머슬램, 서바이벌 시리즈와 함께 WWE의 4대 PPV 중 하나다. 일반적인 일대일 매치와는 경기 진행 방식이 다르다. 메인 이벤트 매치인 로열럼블은 30명의 선수가 참여하는 게 기본. 경기가 시작되면 정해진 차례로 1번 선수와 2번 선수가 링에서 겨루게 된다. 일정한 시간 간격마다 링에는 한 명씩 추가로 들어간다. 프로레슬링의 일반적인 승리 방법인 3카운트 핀폴은 적용되지 않는다. 경기장 3단 로프의 최상단 위로 넘어간 레슬러의 두 발이 모두 링 바깥쪽 땅에 닿게 될 때에만 탈락이 확정된다. 레슬러 수십 명이 좁은 링 위에서 한데 뒤엉켜 아수라장 속에서 싸움을 벌이다가, 마지막에 혼자 링 위에 남는 선수가 최후의 승자가 된다. 이 경기의 승자는 챔피언 결정전을 치를 자격을 받는다.

높이뛰기 매트 위에서 프로레슬링을 할 때는, 시멘트로 된 교실 바닥에서 레슬링을 할 때와 달리, 몸을 공중에 띄우는 화려한 기술을 구사할 수 있었다. 몸을 날려 두 발로 상대를 가격하는 드롭킥, 상대를 바닥에 내리꽂거나 집어던지는 수플렉스는, 특히 매트 위에서 학생들이 사용하고 싶어 하는 기술이었다. 바닥이 푹신해서 공중에 솟구쳐 올랐다가 떨어져도 아프지 않았고, 누가 자신을 집어던져도 기분이 덜 나빴다.

높이뛰기 매트 위의 게임은, 링 밖으로 이탈하면 실격 처리되는 WWF의 정식 로열럼블 대회와 달리 선수가 매트 바깥으로 떨어진다고 탈락이 확정되는 건 아니었다. 밑으로 떨어진 학생이라도, 마음이 내키면 다시 매트 위로 올라가, 또 싸울 수 있었다.

1학년부터 3학년까지, 전교생이 쉬는 시간에 높이뛰기 매트 주변으로 몰려들었는데, 직접 매트에 오르지 않고 옆에서 지켜보는 이들은, 마치 실제 경기를 보듯 진지한 표정으로 관전했다.

높이뛰기 매트에서 펼쳐지는 프로레슬링은, 하는 사람에게나 보는 사람에게나, 전자오락실에서 인기몰이 중이던 프로레슬링 게임 '슈퍼스타'[24]의 연장선에 있었다. 중학생 꿈나무 아

24 원제목은 'WWF Superstars'. 1989년에 테크노스 저팬에서 만든 오락실용 프로레슬링 게임. 1980년대 말 오락실게임 대작 중 하나로 오락실에 여러 대를

마추어 프로레슬러들에게, 높이뛰기 매트는 생각지 못하게 너무 일찍 만난 꿈의 링이었다. 학교가 의도치 않게, 레슬링을 하기 위한 최고의 환경을 제공해 준 셈이었다.

나는 쉬는 시간마다 매트로 달려갔다. 친구들에게 나는, 몸을 띄워 바닥에 쓰러진 상대 위로 덮치는 워리어의 피니시 기술인 워리어 스플래시를 주로 구사했다.

가끔은 워리어의 마스크페인팅을 따라한답시고, 당시 스키장 등지에서 유행했던 알록달록한 '징카'[25]를 얼굴에 두세 줄 긋기도 했다. 아직 중학생이라, 머리를 치렁치렁하게 기르거나 파마를 하지 못하는 게 아쉬울 따름이었다.

그때까지만 해도 나는 몸이 가벼웠고, 힘이 세진 않아도 꽤 날렵한 편이었다.

공중으로 솟구쳐 올랐다가 떨어질 때는 순발력 못지않게 상대에 대한 배려심이 필요했다. 누워 있는 상대의 배를 온몸으

들여놓은 곳이 꽤 되었다. 게임의 인기 덕에 WWF 레슬링 팬이 크게 늘었다는 평가도 있었다. 플레이어가 게임 내에서 고를 수 있는 캐릭터는 헐크 호건, 얼티밋 워리어, 마초맨, 핵소우 짐 더갠, 빅 보스맨, 홍키통크맨 등 총 6명이었다. 안드레 더 자이언트와 밀리언 달러맨 테드 디비아시가 보스로 등장했다. 그 외에 WWF의 유명 인터뷰어였던 민 진 오클랜드, 달러맨의 비서 역할을 하는 캐릭터 버질의 모습도 화면으로 만날 수 있었다.

25 1980년대 후반 큰 인기를 모은 미국의 선스크린(자외선 차단제) 브랜드. 총 아홉 가지 다양한 색깔로 출시된 게 특징이다.

로 덮칠 때 상대가 가슴팍에 통증을 느끼지 않아야 했다. 매트 위에서 일류 아마추어 프로레슬러로 인정받으려면, 상대를 실제로 때리지 않으면서도 때리는 것처럼 보여야 했다. 아프지 않게 기술을 걸되, 당하는 사람보다 옆에서 지켜보는 사람이 더 아프다고 느끼게 해야 기술이 좋다고 인정받을 수 있었다. 그렇게 할 줄 알아야 높이뛰기 매트에서 일류 선수로 평가받았다. 과장된 동작을 펼치더라도 상대가 다치지 않도록 배려하는 모습을 보이는 게 중요했다. 그래야만 링 위에서 화려한 기술을 시도하는 걸 상대에게 허락받을 수 있었다.

워리어가 '레슬매니아6'를 통해 WWF 세계 챔피언에 오르고 얼마 뒤, 4교시 체육 시간을 마치고 점심시간이 시작되자마자 나는 매트로 뛰어갔다. 도시락은 이미 3교시를 마치고 미리 먹은 상태였다. 매트 위에 수십 명이 속속 모여들었다.

한창 레슬링을 하고 있는데, 한 학년 선배가 내 쪽으로 다가왔다. 명찰 색깔이 1학년인 나완 달리 2학년을 상징하는 빨간색이었다.

"너, 기분 나쁘게 지금 워리어를 흉내 내고 있네? 1학년 맞지? 너한테 기술 하나만 걸어보자. 내가 헐크의 열혈 팬이거든. 워리어에게 타이틀 벨트를 빼앗긴 게 너무 분해서 그래."

선배의 입에서 나는 담배 냄새가, 제안을 거부할 수 없게 했다. 그는 중학생이라기엔 믿기지 않을 만큼 체구가 우람했다. 나는 담배 냄새와 체격에 압도돼 얼떨결에 알겠다고 대답하고 말았다. 주위에 담배를 피우는 친구가 몇몇 있었지만, 이 선배처럼 입에서 담배 냄새가 심하게 나는 사람은 처음이었다. 나는 얼굴을 찡그렸는데 담배 냄새에 오이비누 냄새가 섞여 역하게 느껴졌기 때문이다. 그가 나에게 가벼운 드롭킥 정도를 시도할 줄 알았는데, 아니었다. 그는 설명도 없이 다짜고짜 나를 번쩍 들어 올렸다.

나는 몸의 아래위가 뒤집힌 자세로 그의 몸에 매미처럼 매달렸다. 나는 그의 몸 앞쪽에 달라붙어서, 그의 바지 호주머니 위로 삐죽 튀어나온 담뱃갑에 볼을 갖다 댔다. 빨간색 말보로였다.

그가 숨을 크게 들이마셨다 뱉을 때마다 가래 끓는 소리가 뱃속 깊숙이에서 올라왔다. 그는 나를 바로 메치지 않고, 전리품을 자랑하듯 나를 들고 매트 위를 걸어 다녔다. 그가 프로레슬링 최고의 슈퍼스타 헐크 같은 표정을 지을 때마다 매트 바깥에서 구경하던 관객들 사이에서 박수가 터져 나왔다.

선배의 몸에 매달려 있었지만, 그리 긴장되진 않았다. 어차피 매트 위에 몸이 처박혀도 아프지 않으니까.

그러다 어느 순간, 갑자기 몸이 공중에 솟구쳤다. 그가 나를 곧장 바닥에 내리꽂지 않고 앞으로 힘껏 던지는 게 이상하다고, 순간 생각했다. 그러나 나는 선배를 믿었고, 링 위에서 늘 지켜지는 무언의 약속을 믿었다.

그건 큰 실수였다. 그때, 나는 몸을 움츠렸어야 했다. 그랬다면 덜 다쳤을 수도 있었을 것이다. 불행히도, 나는 불안감을 느끼지 않았고, 몸을 움츠리지도 않았다.

바닥에 머리를 부딪친 직후, '왜 아프지?' 의아했고, 곧바로 나는 정신을 잃었다.

나중에 알게 됐는데, 그가 나를 내리꽂은 곳은 매트 위가 아닌, 땅바닥이었다. 다쳤을 당시의 나는, 그저 내가 멍청해서 벌어진 일이라고만 생각했다.

그 선배가 무슨 생각으로 그랬는지는, 알지 못한다. 이후 당사자에게 사과를 받은 적도 없고, 해명을 듣지도 못했다. 변명이라도 들을 기회조차, 주어지지 않았다. 나를 내동댕이친 그 선배를, 사건 이후 본 적도 없었는데, 그때는 그런 종류의 사고가 단지 운이 없어 벌어진 단순 해프닝 정도로 치부되던 시절이었다. '학폭'이란 단어도 아직 존재하지 않았다.

눈을 떴을 땐 병원이었다. 의사는, 머리엔 큰 이상이 없고 팔에 깁스만 하면 된다고 했는데, 나는 뭔가 크게 달라진 것을 느꼈다. 그날 이후 나는 오이비누 냄새를 싫어하게 되었다. 그 외에도 많은 게 달라졌다는 걸 어렴풋이 느꼈지만, 당시엔 뭐가 달라졌는지 정확하게 알지 못했다. 그땐 내가 달라졌다는 걸 나만 알고 있다고 여겼는데, 나만 그 사실을 알았던 건 아니라는 걸, 한참 후 우연히 엄마가 엄마 친구와 통화하는 걸 들으며 알게 되었다.

"애가 원래 참 똑똑한 애였는데, 중학교 때 크게 머리를 다친 뒤 멍청해졌어."

어릴 땐 게으르지만 머리는 좋다는 소리를 들었는데, 공교롭게도 매트 바깥으로 떨어진 사건 이후부터, 그런 비슷한 말을 들어본 적은 한번도 없었다. 우연인지 모르겠으나 그 이후 머리가 자주 아팠다. 공부를 하려고만 하면, 머리가 지끈거렸다. 나는 그걸, 높이뛰기 매트 바깥으로 떨어진 탓이라 확신했다. 머리를 다친 직후부터 줄곧 그렇게 여겨 왔다.

실제 WWF 로열럼블과 달리, 중학교에서 펼쳐지던 그 경기 규칙상 매트 바깥으로 떨어진다고 해서 나의 탈락이 확정되는 건 아니었고, 마음이 내키면 다시 매트 위로 올라가 경기를 재개할 수도 있었다. 그러나 나는 그날 이후 두 번 다시, 매트 위로 돌아가지 못했다.

소주에 처음 입을 댄 건 고등학교 1학년 때였다. 그 무렵, 소주는 빠르게 내 삶의 에너지원이 되었다. 그때부터 난 소주를 마시지 않고는 잠이 들 수 없었다. 마시지 않으면 밤새 머리가 아팠다.

이후의 내 삶은, 실온에 보관한 소주처럼, 늘 미적지근했다. 나는 차가워지는 법을, 알지 못했고, 배우지도 못했다. 나는, 다시 링에 올라갈 엄두를 내지 못하고, 링 밖을 배회하는, 실패한 레슬러 같은 처지가 되었다.

어쩌면 나는, 승패가 기울어지기도 전에, 너무 이른 시점에 나도 모르게 탭 아웃[26]을 했는지 모르겠다. 그런데 포기 의사를 직간접적으로 수차례 밝혔음에도, 경기를 중단시켜 줄 심판이 어디에도 없다는 것이, 내겐 비극이었다. 오랫동안, 그게 비극이라는 것조차 알지 못한 건, 더 큰 비극이었다.

26 TAP OUT, 프로레슬링 경기 중 항복 의사 표시의 하나. 레슬러가 손으로 매트나 상대방을 세 번 이상 치는 걸 탭아웃이라 하는데, 이때는 항복 의사가 인정된다.

#11

워리어를 내 곁에 두고 싶었다. 내가 직접 워리어가 될 수 없다면, 워리어를 가지는 게 대안이 될 수 있을 것 같았다. 꿈에서 만난 그를 갖는 가장 현실적인 방법은, 그의 얼굴이 새겨진 티셔츠를 구매하는 거였다. 돼지 꿈을 꾼 사람이 복권을 사듯, 워리어 꿈을 꾼 내가 워리어 티셔츠를 사기로 마음 먹은 건, 너무도 자연스러운 흐름이었다. 꿈속에서 더 갖고 싶었던 건 워리어의 팬티였지만, 쓰임새 측면에서 보면 티셔츠를 사는 게 합리적이고 가치 있는 소비일 것 같았다.

워리어 티셔츠를 입은 나를 상상해 보았다. 게스트하우스 안에서 워리어 티셔츠를 입고 있으면 나 스스로가 특별한 사람이 된 듯한, 특별한 기분을 느낄 것 같았다. 워리어의 얼굴이 새겨진 티셔츠는, 다가올 핼러윈데이에 일하며 입어도 괜찮을 만한 의상이었다.

그날, 워리어 티셔츠를 입고 안내데스크에 앉아, 〈잊혀진 계절〉을 반복 재생해 놓고 혼자 소주잔을 기울이며, 게스트하우스에서의 마지막 핼러윈데이를 보낼 내 모습을 떠올렸다. 절로 입맛이 다셔졌다. 더는 주저하면 안 될 것 같았다. 나는 안내데스크 뒷방에 놓인 접이식 침대에서 일어나, 삼촌이 사준 최신형 보급형 컴퓨터를 켜서 구글에 접속했다. 그러곤 '워리어'를 검색창에 입력했다.

중학생 때, 엄마는 내가 WWF 프로레슬링 경기를 TV로 보는 걸 탐탁지 않게 여겼다.

하루는, 엄마가 신문에서 봤다며 "네가 공부를 열심히 안 해서 그렇지, 머리는 좋잖아. 그런데 아직 정신적으로 성숙하지 못한 청소년이 저질 외국 스포츠쇼 문화에 빠져들면 문제가 될 수 있다더라."[27]라고 말하기도 했다.

엄마는 프로레슬링 경기 시청이 "스포츠의 페어플레이 정신을 외면하도록 하고 폭력을 정당화하거나 부추길 우려가 크다."는 전문가의 주장도 내게 전해 줬다.

이미 엄마의 우려대로 '룰도 무시하고 갈수록 잔인해지는 외

27 「"반칙·폭력" 판치는 美 프로레슬링 안방 침투」, 『서울신문』 1990.12.04.

국의 저질 스포츠문화'에 깊이 물들어 있던 터라, 나는 그 말을 들은 체도 하지 않았다.

그때 엄마 말을 들었어야 했다. 아이는 엄마 말을 반드시 잘 들어야 한다는 걸, 엄마 말을 꼭 들어야 하는 나이였던 나는 알지 못했다. 그 시기에 누구나 그렇듯, 내겐 밝은 미래와 희망이 있을 거라 믿었다. 그때 자신에게 자주 다짐하곤 했다. '훗날 어른이 되면 원 없이 WWF를 즐길 거야. 아무 간섭도 받지 않고, 경기장에도 가고, 사고 싶은 것도 마음대로 살 거야.'

몇 년 뒤, 내 예상보다 빠른 시기에, 어른이라 불리는 나이가 되었지만, 내가 생각했던 '훗날'은 찾아오지 않았다. '어른'과 '훗날'이 전혀 인과관계가 없는 단어라는 것을, 동의어나 유의어보다 오히려 반대말에 가깝다는 것을, 엄마 말을 듣지 않던 어린 날의 나는 알지 못했다. '훗날'이 언젠가 찾아오리라는 막연한 기대, '훗날'을 마음껏 즐기리라는 근거 없는 설렘을 나는 오래오래 간직했다. 그런 희망 따위는 일찌감치 접었어야 한다는 것을, 나는 오랫동안 알지 못했다.

사실 지금도 잘 알지 못한다. 일찍 눈치챘더라면, 어쩌면 내 삶이 조금은 달라지지 않았을까. 달라졌을지, 달라지지 않았을지 알 수 없으나, 이런 후회를 뒤늦게 한다고 해서 달라질 건 아무것도 없다는 것 정도는, 어렴풋이 이해하는 나이가 되었다.

내가 생각한 '훗날의 나'에, 아직 나는 다다르지 못했다. 내가 예약해 두었다고 믿었던 '훗날의 나'에 닿지 못한 것이다. 본의 아니게 '노쇼족'[28]이 되고 말았다.

'훗날'은 언제나 훗날로 남아 있을 뿐이며, 유예된 약속에 대한 그럴듯한 핑곗거리일 뿐이라는 사실을, 나이 마흔을 훌쩍 넘어 오십대에 가까워진 요즘에 와서야, 조금씩 깨닫고 있다. 머리가 나빠서, 그 분명한 사실을, 빨리 깨닫지 못했다. 어쩌면 너무 어릴 때 '외국의 저질 스포츠문화'에 물든 부작용 탓일지 모른다. 신문 기사 속 우려는, 소름 돋게도, 단 하나도 틀리지 않았다.

여전히 '훗날'은 오지 않고 있고, 언제 올지 알 수 없지만, 워리어가 나온 꿈을 꾼 뒤, 워리어의 이름을 검색하며 워리어에 대한 옛 애정이 되살아났고, 그러면서 내게도 어쩌면 '훗날'이 있을지 모르며, 그 '훗날'이 순식간에 다가올지 모른다고 생각하게 되었다. 결국, 어릴 때 물든 '외국의 저질 스포츠문화'의 부작용은 실로 대단하다고 볼 수밖에 없다. 그 여파가 여전히 이어지고 있으니 말이다.

28 No-Show, '예약부도'라고도 한다. 예약했지만 취소한다는 연락 없이 예약 장소에 나타나지 않는 행위나 그러한 행위를 하는 사람을 가리키며, 사람의 경우 '노쇼족'이라고 한다.

워리어의 오랜 팬이지만 그의 이름을 구글에 검색해 보는 것은 오랜만이었다. '누가 워리어를 기억이나 하랴' 싶었지만, 아니었다. 검색을 하며, 아직도 많은 이들이 그를 기억하고, 나처럼 검색창에 그의 이름을 쳐보고 있다는 걸 알게 되어서, 조금은 뭉클했고, 조금은 눈물이 나서, 어쩔 수 없이 서랍에서 소주병을 꺼냈다.

'호텔러브닷넷'을 통해 방을 예약한 벨기에 손님이 밤새 술을 마시고 새벽 4시 21분에 안내데스크 앞에 나타나 혀 꼬인 목소리로 "한국 사랑해요."를 외쳐 흐름을 끊지만 않았다면 소주 네 병 정도는 혼자 거뜬히 비워냈을 밤이었다.

벨기에 손님이 방으로 올라간 뒤, 워리어에 대한 기억이 다시 사라지게 두지 말자고 스스로에게 다짐했다. 한참 동안 내가 잃어버렸을 수도, 잊어버렸을 수도 있지만, 그 이름과 그 퍼포먼스에 관한 기억을, 더는 잃고 싶지도, 잊고 싶지도 않다고 생각했다.

아마 네이버나 다음에 검색해도 워리어 관련 상품이 많이 나올 테지만 굳이 구글 영문 사이트에 접속해 쇼핑을 하려고 결심한 건, 해외 사이트에서 워리어 티셔츠를 사고 싶었기 때문이다. 워리어와 관련된 상품을 우리나라 업체를 통해 산다는 건 왠지 부자연스러운 일로 느껴졌다. 그건 마치 싸이의 〈강남스타일〉 티셔츠를 노르웨이어로 된 사이트에서 사는 것처럼 부적절해 보였다.

구글에 검색하니 워리어 티셔츠를 파는 여러 해외 사이트가 나왔다.

나는 한 시간 동안 검색을 해서 마음에 드는 제품을 발견했다. 가슴팍에 워리어가 포효하는 사진이 큼지막하게 프린트된 티셔츠였다. 사이즈는 내게 딱 맞을 3XL, 색상은 그레이로 골랐다.

결제 과정을 절반쯤 진행했을 때 내가 사려는 옷 가격이 25달러가 아니라 25파운드라는 사실을 뒤늦게 발견했다. 미국 프로레슬러의 옷을 영국 사이트에서 사는 게 조금 이상하게 느껴졌으나 어차피 영미 생활권은 하나가 아닌가 싶었고, 영국에서 미국 WWE가 인기가 많은지 알 수 없었으나, 영어를 쓰는 사람들끼리만 느낄 수 있는 감성이 티셔츠에 보이지 않게 반영됐을 것이라는 생각이 들어서, 결정을 번복하지 않았다.

결제 과정 막바지에 배송 수단을 골라야 했다. DHR과 로열메일 두 가지 옵션이 있었다. 두 업체의 장단점은 뚜렷했다. 가격 측면에선, 영국 우체국 시스템을 활용하는 로열 메일 쪽에 이점이 있었다. 배송 가격은 로열 메일이 10파운드, DHR은 23파운드였다. 두 군데의 차액은 13파운드, 얼추 한화 2만 원 정도였다.

그러나 포털사이트 네이버 지식인 서비스의 베스트 댓글에 따르면, 로열 메일로 받는 물건은, 언젠가 오긴 오는데, 배송이 늦어질 때가 꽤 많으며, 재수 없이 잘못 걸리면 배송에 몇 달이 소요되는 경우도 제법 있다기에, 로열 메일을 선택하는 게 조금 망설여졌다. 로열 메일은, 한번도 온 적이 없는 나의 '훗날'과 꼭 닮아 있었다.

그래서 나는 세계적인 배송업체 DHR 옵션을 골랐다. 돈이 좀 들더라도 제품을 빨리 받고 싶었다. 티셔츠를 핼러윈데이에 입으려면, DHR을 이용해야 했다. 이곳에서 보낼 마지막 핼러윈데이엔 〈잊혀진 계절〉과 소주뿐 아니라 워리어도 반드시 필요했다.

#12

결제를 마친 뒤 내겐 새로운 취미가 생겼다. 일하다 틈날 때마다 DHR 홈페이지에 접속하는 것이었다. 오전에 가장 먼저 체크아웃하는 손님이 생기면 컴퓨터를 연 김에 DHR에 접속했고, 오전 짬짬이 방 청소를 할 때도 DHR에 접속했고, 배달시킨 순두부찌개를 먹을 때도 접속했고, 그날 첫 손님이 체크인한 다음에도 접속했고, 두 번째 손님이 온 뒤에도 접속했으며, 세 번째 손님이 체크인했을 때도 접속했다.

영화 〈접속〉[29] 속 주인공 한석규와 전도연이 영화 속에서 PC

29 한석규·전도연 주연의 1997년 개봉작. PC통신을 통해 두 남녀가 서로의 상처를 어루만지면서 가까워진다는 내용을 담았다. 그해 서울 관객 67만 명을 동원하며 흥행에 성공했다. 특히 사라 본의 〈A Lover's concerto〉, 벨벳 언더그라운드의 〈Pale Blue Eyes〉 등 영화 삽입곡들이 큰 사랑을 받았고, 영화 OST도 70만 장 이상 팔리며 역대 한국영화 부동의 OST 판매 1위를 기록 중이다.

통신에 접속하는 횟수보다 훨씬 자주, 나는 삼촌이 사준 최신형 보급형 컴퓨터로 DHR에 접속했다. 아마 DHR 홈페이지 관리자도 나만큼 DHR 홈페이지에 자주 접속하진 않았을 것이다.

DHR 홈페이지에서 내가 미리 부여받은 트래킹 번호를 검색창에 넣으면, 내 워리어 티셔츠의 위치 정보가 글자와 숫자의 형태로 바뀌어 구체적인 내용이 한두 시간 간격으로 빠르게 업데이트됐다. 시간이 날 때마다 나는 티셔츠의 위치를 확인했고, 그때마다 새로운 정보를 제공받았는데, 어느 순간엔 티셔츠가 어디에 있는지 궁금해서가 아니라 그냥 DHR 홈페이지에 접속하고 싶어서 DHR 홈페이지에 방문하기도 했다.

물건 구매 버튼을 눌렀을 때 내 티셔츠는 영국 런던에 있었다. 주말을 끼고 있었기에 이틀간 물품은 런던 시내에서 아주 짧은 거리를 이동했을 뿐이었다. 나흘 뒤 DHR 런던 물류센터로 향했고, 그다음 날 영국 히스로 공항에 도착했다. 사흘 뒤 한국으로 배송될 예정이라는 내용을 DHR 홈페이지에서 확인할 수 있었다.

그리고 사흘 뒤 한국어 문자메시지를 받았다, DHR 한국 지사에서 보낸 것이었다. 영국에서 보낸 물품이 한국에 도착했고, 세관을 통과했으며, 주말이 지난 뒤인 그다음 주 초 배송될 예정이라는 것이었다. 이 내용을 DHR 홈페이지에서 재차 확인한 나는, 주말 내내, 워리어 얼굴이 그려진 그레이 색상 티셔츠를 입고 게스트하우스 안내데스크에 앉아 있는 나를 상상했다. 그럴 때마다 나는, 주문처럼 노래를 흥얼거렸다.

"지금도 기억하고 있어요. 시월의 마지막 밤을~"

내가 한석규라면 티셔츠는 전도연이었다. 종로 피카디리 극장 앞[30]에서 얼굴 모르는 연인을 하염없이 기다리듯 나는 티셔츠와의 만남을 간절히 바라고 고대했다.

핼러윈데이에, 세계 여러 나라에서 오는 손님들 앞에서, 나는 최후의 인디언 전사의 위용을 마음껏 뽐낼 것이다. 머릿속으로 나는, 워리어 티셔츠를 입고, 워리어의 필살기인 워리어 프레스 기술을 펼치는 스스로를 그려 보았다.

어린 시절 당연히 오리라 생각했던 '훗날'은 아직 오지 않았지만, 멈춰 있던 '훗날'의 약속이 서서히 다가오고 있었다. DHR 홈페이지에 접속할 때마다 조금씩 어른이 되어 가는 기분이었다. 역시, DHR은 비싼 값을 충분히 했다. 로열 메일을 선택하지 않은 게 다행이라고, 하루에 열 번 정도씩 생각했고, 그때마다 나는 기쁨의 노래를 불렀다.

30 영화 〈접속〉 후반부 및 엔딩에 등장하는 피카디리 극장은 당시 종로3가의 유명한 영화관 중 하나였다. 영화 개봉 이후 PC통신에서 만난 사람들이 피카디리 극장 앞에서 데이트 약속을 잡는 일이 많았었다는 후문. 영화에 등장했던 기존 영화관 건물은 2001년 철거됐다. 이후 영화 속에 등장했던 극장 앞 광장과 카페 역시 사라졌다.

“잊혀져야 하는 건가요.”

월요일 오전, 콘플레이크에 우유와 소주를 섞으며 DHR의 문자메시지를 기다렸다. 문자메시지를 이렇게 간절히 기다려 보는 게 얼마 만인지, 기억이 나질 않았다. 원래 뭔가를 기다리는 행위 자체를 즐기는 편은 아니었다. 기다림이, 내가 기다렸던 결과로 이어진 기억이 그리 많지 않았다. 그러나 DHR은 다를 것이다. 세계적인 물류 배송업체인 만큼 약속과 신용이 생명일 터이니 믿고 기다릴 만하다고 생각되었다. 끝이 예정된 기다림엔, 불안감이 끼어들 여지가 없었다. DHR에 지불한 23파운드엔, 제품 배송료뿐 아니라 기다림을 즐겁게 만들어 준 데 대한 보상의 의미도 포함돼 있었다.

그날 기다렸던, 배송이 시작됐다는 문자메시지는 끝내 오지 않았다. 혹시나 하는 마음에 기대했던 깜짝 배송도 없었다. 게스트하우스 출입구가 열릴 때마다 나는 DHR 옷과 DHR 모자를 쓴 배송 직원이 내 티셔츠를 들고 환하게 웃으며 들어오는 장면을 머릿속에 그렸다. 수십 번 똑같은 상상을 하며 노래를 불렀다.

“잊혀져야 하는 건가요.”, 저주처럼 느껴지기 시작한 이 노래 구절이, 계속 입에 맴돌았다.

나는 습관처럼 DHR 홈페이지에 접속해 내 트래킹 번호를 넣었지만 내 티셔츠의 위치는 어쩐 일인지 사흘 전부터 줄곧 인천국제공항에 머물러 있었고, 오기로 한 날도 하루 종일 그 자리에서 꿈쩍도 하지 않았다. DHR 홈페이지 속 내 티셔츠가 갑자기 멈춰 버린 것이다. 내 기다림은, 언제나처럼, 결국 기다렸던 결과로 이어지지 않았다.

#13

사흘 뒤인 목요일 아침, 나는 DHR 한국 지사에 전화를 걸었다. 자동응답기의 안내를 따랐지만, 번번이 엉뚱한 번호를 누르는 바람에 전화를 끊어야 했다. 몇 번 시행착오 끝에 간신히 상담사와 통화 연결이 되었다. 그에게 자초지종을 설명하다가 목소리가 격앙될 것 같을 때마다 화를 꾹꾹 누르느라 애를 먹었다. 묵묵히 내 말을 듣던 상담사는, 한 시간 안에 담당자가 연락할 거라고 설명해 주었다.

나는 일본 국적의 여자 손님이 일찍 체크아웃한 방을 청소하며 핸드폰을 손에서 놓지 않았다. 시끄러운 진공청소기 소리 탓에 DHR에서 걸어오는 전화 소리를 놓칠까 걱정이 돼서 진공청소기 전원을 껐다 켜기를 수차례 반복했다.

DHR의 전화는 상담사와 전화를 끊은 후 57분 만에 걸려 왔다. 내게 전화한 남자는 목소리가 낮고 중후했다. 이상하리만치 발음이 또렷해서, 단어 하나하나가 귀에 쏙쏙 박혔다. 왠지 익숙한 목소리였으나 내가 아는 사람일 리 없었다. 그는 자신을 'DHR 서울 용산구 임시 사무소의 민진 소장'이라고 소개하며 불편을 끼쳐 드려 심심한 사과의 말을 전한다고 했다.

"배송을 의뢰하신 물건이 무엇인지 확인해 보아도 되겠습니까? 그걸 확인해야 이번 일에 저희가 효율적으로 대처할 수 있어서요."

"워리어 반소매 티 한 벌입니다."

3초간 정적이 흘렀다. 나는 벽에 걸린 전자시계를 보며 침묵의 길이를 쟀다. 3초는, 상대의 다음 말을 기다리는 내 입장에선, 길게 느껴졌다. 민진 소장은 긴 정적을 깨고 중얼거렸다.

"맙소사."

자기 딴엔 작게 말했기에 내가 듣지 못했다고 여겼을 수 있지만, 그는 아무리 작게 속삭여도 자신이 발음하는 단어를 상대에게 명확하게 전달할 만큼 목청과 발성이 좋다는 사실을 간과하고 있었다.

"네?"라고 되묻자, 민진 소장은 대수롭지 않다는 듯 건조한 말투로 "티셔츠라는 말씀이시죠?"라고 물었다. 되돌아온 그의 질문이 마음에 들지 않았다. 뭔가 잘못되고 있다는 암시 같았다. 고무장갑 속 손바닥에 땀이 차올랐다.

내가 받아야 할 물건의 명칭을 정확하게 알리는 게 맞겠다 싶어, 내가 산 제품은 홈페이지상에 '티셔트'라고 표기돼 있고, 복수가 아니고 단수이기에 '티셔트'라고 부르는 게 옳다고 넌지시 일러 주었다. 나는, 미국에선 티셔츠 한 장을 '티셔트'로 부른다고, 그게 미국 문화라고, 미국식으론 그렇게 표기하는 게 표준 영문법이라고 추가로 설명했다. 미국에 가본 적은 없지만, 그쯤은 미국에 가보지 않아도 알 수 있었다. 점점 내 목소리 톤이 높아졌다.

민진 소장이 물었다.

"티셔츠가… 영국에서 배송됐네요?"

할 말이 없을 때 목소리를 높이는 건 꽤 괜찮은 문제 해결책이란 걸, 나는 삼촌에게 배웠다.

"그래서 DHR의 명백한 실수라는 겁니다."

내가 해야 할 일은, 민진 소장과의 논리 대결이 아니었다. DHR이 뭔가 잘못한 것에 대해 강하게 항의하는 거였다. 그게 이 통화의 목적이었고, 나는 상황의 본질에 초점을 맞출 필요가 있었다. DHR의 실수를 입증하는 건 DHR의 몫이지 내 일은 아닐 것이고, 그러라고 그 비싼 비용을 지불해 가며 DHR을 이용한 것이다. 나는, 목소리를 높이는 동안, 로열 메일을 이용하지 않은 나 자신을 원망했다.

나는 소리 지르는 중간중간 워리어를 '얼티미트 우어리어'라고 영국식 영어로 발음(영국식 영어라고 혼자 지레짐작한 발음)했다. 미국 프로레슬러 관련 상품이긴 하지만 민진 소장의 말대로 영국에서 건너오는 물건이긴 하니까.

전화하고 있는 나는 정작 프로월드컵 추리닝 반바지에 르까프 윗도리 차림이었지만, 내 목소리를 들을 때 상대가 영국식 정원과 밀크티를 떠올리길 바랐다.

민진 소장은 재차 내가 산 물품의 종류, 개수를 확인했다. 나는 화를 가라앉히고, 민진 소장이 물은 것보다 더 많은 걸 대답했다. 내가 산 물건이 고작 '워리어 반소매 티 한 벌'로 정의되는 건 부당했으니까. 나는 더 자세히 설명해서, 상대의 머리가 아닌 마음을 움직이고 싶었다. 이성이 아닌 감성을 건드리고 싶었다. 내 분노를 더 강하게 표현하고 싶었다. 적어도, 그가 내 이야기를 들으며, 일말의 책임감을 느끼길 바랐다. DHR이 얼마나 큰 실수를 하고 있는지 그가 깨닫고, 죄책감에 몸서리치기를 바랐다.

내 말투는 링 위에서 마이크를 손에 쥔 채 온몸을 부르르 떨며 목소리를 높이는 워리어처럼 거칠어졌다. 물걸레를 손에 들고 있던 나는 203호실 화장대 위를 빡빡 닦았다. 내 앞에 헐크가 서 있는 것처럼, 아드레날린이 솟구쳤다. 지금 목소리로만 존재하는 민진 소장이, 링 위의 헐크 혹은 33년 전 중학교 선배처럼 느껴졌다. 민진 소장에게, 워리어 프레스 기술을 걸고 싶은 충동이 일었다. 그가 낮고 굵은 목소리로 비명 지르는 걸 듣고 싶어졌다.

"솔직히 말씀드리자면 고객님의 물품이 사라졌습니다. 지금 위치가 정확하게 체크되지 않고 있습니다."

다시, 땅바닥에 패대기쳐진 기분이었다. DHR은 내게 페어 플레이 정신을 외면하도록 강요하고, 폭력을 정당화하도록 부추기고 있었다. 오래전 엄마의 경고가, 모습을 바꾸어, 부메랑처럼 되돌아오고 있었다.

손에 들고 있는 물걸레에서 흘러나온 구정물이, 신고 있던 삼선 슬리퍼 위로 떨어졌다.

민진 소장은, 내 물품을 트래킹해 보니 지난 주말 인천국제공항에서부터 행방이 묘연하다고 했다.

내 머릿속, 글자와 숫자로 정교하게 구축된 DHR의 세상이 흔들리기 시작했다. 나는, 선뜻 이해가 가질 않아서, 그게 무슨 말이냐고 재차 물었다. 며칠간 DHR 홈페이지에서 내가 배송을 의뢰한 물건의 고유번호를 입력한 게 수십 번, 이미 나는 DHR 트래킹 시스템의 전문가였다. 그래서 트래킹 시스템에 대한 민진 소장의 이야기를, 이해할 수 없었다. 내 티셔츠의 위치가 계속 인천국제공항에 멈춰 있어서, 나는 아직 내 티셔츠가 인천국제공항에 있으리라 여겼다. 그게 DHR이 알파벳 글자와 여러 숫자의 조합을 통해 내게 알려준 정보였다. 그런데 DHR이 내게 제공한 정보들이 틀릴 수도 있다고, 민진 소장은 설명했다. 나의 '전도연'이 접속을 끊고 행방불명이 됐다는 거였다. 나 '한석규'를 만나기 위해 피카디리 극장 앞에 '전도연'이 나타날 일은 없을 거라고. 나의 사이버 애인은 인천국제공항에서 길을 잃은 지 오래라고, 그는 말했다.

그는 트래킹 시스템에 뜬 정보에 어떤 오류가 있는지 확인하기 위해 여러 '솔루션'을 적용해 봐야 내 물건을 찾을 실마리를 얻을 수 있다며, 두 시간 이내에 다시 전화를 걸겠다고 했다. 나는, 알겠노라고, 두 시간 안에 연락 반드시 부탁드린다고 내 나름대로는 강한 어조로 대답한 뒤 전화를 끊고 테이블을 닦았다.

남성용 스킨로션 통을 바닥에 떨어뜨렸지만, 다행히 병이 깨지지 않았다. 좋은 징조였다. "티셔츠를 찾게 될 것이다.", 바닥에 뒹구는 병을 보며 나는 혼잣말을 했다. 병을 들어 올리는데, 병 바닥에 금이 간 게 보였다. 좋은 징조가 아니었다.

"잊혀져야 하는 건가요."

나는 혼잣말처럼 노래를 흥얼거렸다.

#14

민진 소장이 다시 전화를 걸어온 건 두 시간 15분 만이었다.

"사라졌던 워리어 티셔츠를 찾았습니다."

하마터면 환호성을 지를 뻔했다. 두 시간 내로 건다던 전화가 늦어져 내심 불안하던 차였다.

"일단 죄송하다는 말씀부터 드립니다."

"죄송하단 말 필요 없습니다. 찾았으면 됐죠."

같은 서비스업에 종사하는 사람으로서, 상대가 듣고 싶어 할 만한 말을 나는 알고 있었다. 기분이 좋아진 나는, 그가 듣고 싶어 할 만한 대답을 했다. 내가 듣고 싶었던 말을, 그가 해준 데 대한 보답이었다. 그러나 그의 다음 말은, 내가 듣고 싶었던 말이 아니었다.

"티셔츠가… 조금 멀리 있습니다."

"사라졌다."라는 말도 이해할 수 없는데, 심지어 그 사라졌다는 물건이 "조금 멀리 있다."니. 흡사 멜로 영화를 기대하고 극장에 들어갔는데 뜻밖에 화려한 마술쇼를 보게 된 것 같은 배신감이 들었다. 만리장성이나 엠파이어 스테이트 빌딩을 사라지게 하는 데이빗 카퍼필드[31]급의 스펙타클한 마술쇼는 아니었지만, 나를 소름 돋게 하기엔 충분했다.

일단 민진 소장의 말을 계속 들어보기로 했다. 상대의 말에 끝까지 귀기울이는 건, 게스트하우스에 머무는 동안 익힌, 몇 안 되는 나의 좋은 습관 중 하나였다.

"고객님의 물건은 지금… 제주도에 있습니다."

그의 말을 듣는 게 조금 힘들어졌다. 같은 서비스업계 종사자로서의 동료의식을 내려놓고, DHR 고객의 입장에 서서, 필요하다면 '갑질'도 불사해야 할 시점이 바야흐로 도래하고 있었다.

"지난 주말, 물품이 인천국제공항에 도착한 뒤 현장에서 라벨링 작업 도중 실수가 있었던 것 같습니다."

제주도, 라벨링 등 예상 밖의 키워드가 머릿속을 뱅뱅 돌았

31 미국 태생(1956~). 세계에서 가장 유명하고 돈을 많이 버는 마술사로 알려져 있다. 2018년 『포브스』에서 조사한 미국의 셀럽 부자 순위 7위에 선정되기도 했다. 1972년 마술계에 데뷔했고, 사람이나 물체를 사라지게 하거나 토막낸 뒤 다시 되살려내는 일루전 분야가 주특기. 자유의 여신상, 오리엔트 특급 열차 등을 사라지게 하는 대형 이벤트로 유명했다.

다. 이런 낯선 표현들을 전화로 듣자고 DHR에 23파운드를 지불한 건 아니었다. 머리가 지끈거렸다. 소주가 필요한 순간이었다. 애당초 로열 메일을 클릭하지 않은 내 손가락에 헤드록[32]을 걸고 싶어졌다.

"제주도에 있다고요? 워리어가?"

"제주도에 사는 어떤 분께 물건이 잘못 배송되었습니다. 그 물건을 받은 제주도에 사시는 분께 좀 전에 확인했습니다."

민진 소장은 예의 바른 말투를 유지했다. 그래서 그의 말이, 더 기분 나쁘게 들렸다.

"그분께서 궁금하셨던 모양입니다. 그래서 포장지를 푸셨는데 그 물건에 강한 불쾌감을 느끼셨다고 합니다. 일단 저희 직원이 내일 수거하러 가기로 했습니다."

한숨이 나왔다. 목소리를 더 높이려 했는데 나도 모르게 나온 한숨 탓에 톤이 낮아지고 말았다.

"뭔가 더 적극적인 조치가 필요한 거 아닙니까? 그 물건 받은 사람이 제 티샤쓰에 불쾌감을 느꼈다고요? 그런 미친놈이면, 제 티샤쓰에 어떤 해코지를 했는지 어떻게 안답니까?"

"티셔트" 대신 내 혀 위에 "티샤쓰"가 올라왔다. 영국식 발음

32 머리를 팔로 조이는 기술. 단독의 기술이라기보단 여러 가지 연계를 만드는 기술이고, 프로레슬링에서 사용할 경우 주 목적은 시간 끌기다.

이 뭉개졌다는 걸 알았지만 어쩔 수 없었다. 내 분노를 표현하기에 "티셔트"는 발음이 약한 감이 없지 않았다. 영국식 발음과 함께, 밀크티와 영국식 정원도 사라졌다. 내게 필요한 건 밀크티가 아니라 소주, 영국식 정원이 아니라 포장마차였다.

민진 소장은, 제주도 직원들에게 체크해서, 물건 속포장과 에어캡이 뜯겼는지 재차 삼차 확인해 보겠노라며, 곧 경과를 알려주겠다고 했다.

다음 날 오전, 304호 화장실의 세면대를 정리하다가 민진 소장의 전화를 받았다. 핸드폰 액정에 'DHR 민진'이라고 뜨자마자, 나는 고무장갑을 벗지도 않고, 다급히 이어폰을 손으로 두드려서 통화 연결을 했다. 민진 소장은 "참 좋은 아침"이라고 인사를 건넸다. 나는 아직 밖에 나가 보질 못해서, 좋은 아침인지 알지 못한다고 대답했다. 나의 아침이 좋을지 나쁠지는 전적으로 민진 소장의 다음 말에 달려 있었다.

"문제가 약간 발생했지만 잘 해결됐고, 물건이 깨끗한 상태인 걸 확인했습니다."

좋은 아침인지는 아직 확실치 않으나, 나쁜 아침이 아닌 건 분명해졌다.

DHR의 민진 소장은 시종 상냥한 말투를 유지했다. 그의 친절함이 전화기 너머로 오롯이 전해졌다. 그는 자기 일에선 확실히 프로였다.

서비스업종에서 일할 때 돌발 상황을 효율적으로 잘 대처하는 게 얼마나 어려운지 나는 잘 알았다. 구글에서 우리 숙소를 검색해 보면, 직원이 불친절하고 일 처리가 엉망이라는 외국인의 반응이 많았는데, 그 직원이 바로 나였다. 이 숙소의 직원은 나 혼자이기 때문에 외국인들이 나 아닌 다른 이에 대해 불평을 토로할 일은 없었다. 나는 내가 왜 그들에게 불친절하게 느껴지는지 이해할 수 없어서, 불친절을 탓하는 그들의 불친절한 문장들에 불쾌해지기 일쑤였는데, 민진 소장은 나 같은 그런 일을 겪을 사람은 아닌 게 분명했다. 나는 구글에서 DHR 서울 용산구 임시 사무소를 검색해서, 좋은 평점과 좋은 평을 남겨야겠다고 생각했다.

민진 소장의 노력 때문에 화가 다소 누그러지긴 했지만 그렇다고 불쾌감이 완전히 사그라든 건 아니었다.

"이런 일이… 자주 일어나나요?"

민진 소장은 자신이 이 조직에 몸담은 지 20년이 넘었는데 이런 사례는 처음이라고 했다. 그래서 자신도, 우리끼리 이야기이지만, 참으로 당혹스럽다고, 하나도 당혹스럽지 않아 하는 어투로 조곤조곤 말했다.

"좀 오래 걸리네요? DHR에 제가 기대한 바는 아닌데요."

빨리 물건을 배송받고 싶어서 DHR을 선택했는데, 결과적으로 로열 메일로 받는 것과 다를 바 없게 되었다. 13파운드나 더 내고 DHR을 사용할 이유가 사라진 셈이었다. 나는 핼러윈 데이를 앞둔 주말에 티셔츠를 입지 못할까 불안해졌다. 그건 상상할 수도 없는 일이었다.

"네. 고객님 말씀, 생각 존중합니다. 그러나 저희는 속도도 중요하지만, 이상 없이 물건을 무사히 전달하는 데 최우선 가치를 둡니다. 고객님이 이상 없이 티셔츠를 받아 보실 수 있도록 최선의 노력을 경주하겠습니다."

그의 말에 묘하게 수긍이 됐지만, 한편으론 왠지 손해 보는 느낌이 들었다. 간혹 만나게 되는 무례한 손님의 여러 유형을 떠올려 보았는데, 지금 내게 필요한 건 무례한 손님처럼 행동하는 게 아닌가 하는 생각이 점점 강해졌다. 내 경험상 서비스 관련 업체는 화를 내고, 난리 치는 손님에게 뭔가를 더 해주게 마련이었다. 손님 입장에선, 가만히 있다가 아무것도 얻지 못하는 경우가 종종 있었다.

"혹시… 내부 규정 없습니까? DHR의 실수로 배송이 며칠이라도 지연되면 쿠폰 같은 걸 준다든가 하는…."

짧은 정적이 흘렀다. 2초 만에 민진 소장의 말투가 조금 딱딱해졌다.

"아쉽게도 그런 규정은 없습니다. 최대한 빨리, 물건을 보내드리겠습니다."

그는 단호하게, 내게 다른 선택지는 없다는 메시지를 전했다. 그들의 규정을 잘 모르지만, 민진 소장이 또랑또랑한 목소리로 대답을 해주니 어쩐지 그가 말해 준 내용 중 내가 반박할 부분은 없다는 생각이 들었다. 그는 삼촌처럼, 나를 설득하는 방법을 잘 알고 있었다. 나는 "알겠다."고 답했다.

전화를 끊은 뒤 DHR 홈페이지에 접속했다. 망할 DHR의 트래킹 시스템은, 뒤늦게라도 제주도의 워리어 티셔츠를 따라가려는 의지조차 보이지 않으며, 여전히 인천국제공항에 멈춰 있었다.

나는 영화 〈접속〉 막바지에, 피카디리 극장 옆 2층 커피숍의 창가 자리에 앉아, 거리에 서서 자신이 오길 기다리는 전도연을, 그저 먼발치에서 바라보기만 하는 한석규의 복잡미묘한 표정을, 비로소 이해할 것 같았다.

민진 소장에 대한 칭찬의 글을 남기기 위해 구글맵에 'DHR 서울 용산구 임시 사무소'를 검색해 보았으나 검색창엔 아무 결과도 나오지 않았다. 구글맵, 네이버 지도, 카카오맵을 차례로 열어 보았지만 'DHR 서울 용산구 임시 사무소'는 어디에도 존재하지 않았다.

#15

내가 기다린 건 워리어였을까, 워리어 티셔츠였을까. 워리어를 생각하며 티셔츠를 구매했지만, 티셔츠를 산 건 워리어 얼굴이 새겨진 옷을 몸에 걸치고 싶었기 때문이다. 그런데 진짜 워리어가 내 눈앞에 나타난 것이다. 사건의 인과관계와 시간 흐름이 머릿속에서 뒤죽박죽이 되어 잘 정리되지 않았다. 어떤 감정을 느껴야 하는지도 조금 헷갈렸다. 기뻐해야 할지, 화를 내야 할지 도무지 감이 잡히질 않았다. 울 듯이 웃거나 웃듯이 우는 표정을 짓는 방법을, 나는 누구한테도 배운 적이 없는데, 이런 상황이 닥치니 자연스럽게 터득하게 되었다.

내면 연기에 마침내 눈을 뜬 것 같았다. 감을 잃기 전에 나는 서둘러 거울을 보며, 울 듯이 웃는 표정, 웃듯이 우는 표정을 번갈아 지어 보았다. 그러다 보니 어느 순간, 거울 속 내가 기뻐하고 있는지, 화를 내고 있는지, 나조차 헷갈릴 지경이 되었다.

DHR 민진 소장에게 전화를 걸었으나 받지 않았다. 잠시 후 '회의 중입니다. 끝나고 전화하겠습니다'라는 문자메시지가 왔다. 나는 빨리 연락을 달라고 답했다. 그의 차분하고 부드러운 말투가 그리웠다. 그의 소속에 대한 의문은 커져 갔지만, 어쨌든 그와 대화를 나누면 조금 힘이 날 것 같았다.

안내데스크에 앉아 졸고 있는데, 계단 위쪽에서 지이잉~ 강렬한 전자기타 소리가 들려왔다. 격렬한 기타 리프가 나오자마자 쿵쿵거리는 드럼, 둥둥거리는 베이스 소리가 기타 소리 밑에 깔렸다. 단조롭지만 거친 1980년대 스타일의 헤비메탈 음악, 그 리듬에 맞춰 워리어가 계단을 뛰어 내려왔다. 이 음악 제목이 〈언스테이블(UNSTABLE)〉[33]이었던가. 음악 속에선 기타와 드럼과 베이스 소리가 시끄럽게 싸워 댔고, 뭔가를 반드시 때려 부수고 말겠다는 결기가 느껴졌다.

워리어는 숙소에 처음 왔을 때처럼 웃통을 벗고, 수영복 같은 레슬링 경기복만 걸치고 있었다. 마스크페인팅은 그대로였

33 작곡가 짐 존스톤이 만든 얼티밋 워리어 등장 음악. 존스톤은 1985년부터 2017년까지 WWE 선수들 대다수의 등장 음악을 만들었다. 존스톤은 지난 2021년 'sportskeeda.com'과의 인터뷰에서 '32년간 만든 WWE 스타들의 등장 음악 중 가장 만들기 쉬웠던 음악'으로 얼티밋 워리어의 〈언스테이블〉을 꼽았다. "워리어는 무대 뒤에서 링을 향해 달려나왔고, 로프를 잡고 과격하게 흔드는 강렬한 퍼포먼스를 펼쳤다. 그걸 음악적으로 표현하는 데 어려움은 없었다. 그저 기타로 그 직선적인 강렬함을 전달하기만 하면 됐다."라고 말했다.

다. 끌고 온 캐리어가 그의 몸만큼 커 보였는데, 여분의 옷을 넣지 않았다면, 대체 가방 안에 무엇을 넣어 왔단 말인가 싶었다. 가지고 있는 옷이, 달랑 팬티 한 장뿐이란 말인가. 처음에 봤을 때 입고 있던 팬티와 지금 입은 팬티가 다를 수도 있겠으나 팬티 색깔과 모양은 아까와 다르지 않으니 '단벌 신사'일지 모른다는 의심이 들었다. 물론 그의 팬티는 '최후의 인디언 전사'[34]라는 기믹[35]에 더할 나위 없이 잘 어울리는 의상이긴 했다. 여전히, 그의 팬티가 딤이 났다.

분장에 가려져 있어서, 얼굴만 보아선 그의 기분이 어떤지 알 수 없었다. 아마 그도 자신의 감정이 어떤지 늘 헷갈릴 것 같았다. 방에 다녀온 뒤 그의 말투는 한층 풀어져 있었는데, 그가 방에 가방을 풀었는지 아닌지는 알 수 없으나, 기분이 조금 풀린 것처럼 느껴지긴 했다.

그는 로비로 내려오자마자 제주도 이야기를 꺼냈다.

34 이 소설 속 인물 워리어의 실제 모델로 추정되는 얼티밋 워리어는 '최후의 인디언 전사'라는 기믹으로 활동했지만, 실제 인디언은 아니었다.

35 쇼 프로그램의 흥미를 돋우고 관객의 주목을 끌기 위해 작위적으로 부여한 '인물 프로필'이나 '성격(특징)', 쇼 내의 '드라마에서 갖는 신분이나 역할'을 이르는 용어. 최근 대중문화계 전반에서 널리 쓰이지만 프로레슬링에서 유래되고 확장된 개념이다.

"제주도 가봤나?"

그는, 직접 가보진 못했으나 사진으로 보니 제주도는 과연 세계 7대 자연경관[36]에 꼽힐 만하다며 엄지손가락을 치켜세웠다. 엄지손가락에도 근육이 붙어 있는 게 아닐까 싶을 정도로, 내 눈앞에서 좌우로 흔들리는 그의 손가락은 넓고 두꺼웠다.

그는 같은 동네에 사는 자신의 오랜 팬이 세계 7대 자연경관 선정위원회 고위직에 있어 12년 전 자신도 ARS 전화로 세계 7대 자연경관 투표에 참여했는데, 가벼운 마음으로 장난 반 제주도에 투표하긴 했으나, 자신의 장난이 장난 아닌 결과로 이어졌다며, 제주도가 좋은 결과를 내는 데 자신이 조금이나마 일조한 것 같아서 기분이 좋다고 했다.

그리고 그는 자신도 세계 7대 자연경관 선정위원회의 비상

36 제주도는 2011년 11월 세계 7대 자연경관에 선정됐다. 도는 당시 생물권 보전지역 지정, 세계자연유산 등재, 세계지질공원 인증 등 유네스코 자연과학 분야 3관왕에 이은 세계적인 쾌거라고 자평했다. 선정에 따른 효과도 엄청날 것으로 홍보했다. 그러나 세계 7대 자연경관이라는 브랜드는 원래 목적대로 외국인 관광객 유치 등에 거의 활용되지 않았다. 7대 자연경관을 활용한 사업은 거의 없었다. 이벤트를 주관한 뉴세븐원더스재단이란 단체에 대한 논란도 끊이지 않았다. 제주도는 2010~2011년 인터넷과 전화투표 방식으로 진행된 세계 7대 자연경관 선정 과정에 제주도와 제주시, 서귀포시의 공무원들이 행정전화로 투표하면서 전화요금 211억 86만 원을 사용했다. KT가 일부 금액을 감면해 줘 실제로 도가 납부한 행정전화요금은 170억 2600만 원에 이른다. 「'세계7대자연경관 제주' 선정 대가 170억…혈세로 7년 만에 완납」 中, 『연합뉴스』 2017.09.20.

임이사로 잠시 활동했다는 자랑을 늘어놓았다. 그 선정위원회 회장을 비롯한 상임 이사진들은 제주도의 세계 7대 자연경관 선정 작업을 마친 뒤 모두 그 동네에서 가장 크고, 넓은 마당에 수영장까지 딸린 집으로 이사를 하고, 좋은 차도 뽑았다며, 그들이 늘 한국, 그리고 제주도에 감사하는 마음을 가지고 있다고 했다. 자신도 그럴 줄 알았다면 비상임이사가 아니라 상임이사를 할 걸 그랬다며, 그는 한숨을 내쉬었다.

제주도가 세계 7대 자연경관으로 뽑힐 당시 단체의 고위 관계자로부터 "제주도 시와 주민들이 모두 돈 많은 부자라 사소한 데에까지 돈을 많이 쓰는 것 같다.", "제주도에선 거리의 강아지도 지폐를 물고 다닌다더라."라는 말을 들은 적도 있다고 했다.

그는 자신의 등장 음악 〈언스테이블〉 속 기타 속주처럼 빠르게 말을 쏟아냈다. 그 곡의 기타리스트가, 워리어가 말하는 속도에서 영감을 받아 기타 리프를 만든 게 아닐까 하는 생각이 들었다. 격렬한 기타 리프와 워리어가 내뱉는 빠른 말은 비슷한 리듬감을 만들어 냈다. 그의 말에 집중하다 보니 이내 머릿속에서 〈언스테이블〉 기타 리프와 워리어의 말이 뒤섞였고, 그의 말이 헤비메탈처럼 들리기 시작해서, 나는 머리를 앞뒤로 흔들며 워리어의 말에 박자를 맞췄다. 〈언스테이블〉과 워리어의 말, 그리고 내 헤드뱅잉은 그렇게 한데 뒤섞였다.

〈언스테이블〉을 들으니 마침 떠오르는 노래가 있어서, 워리어에게 한국의 옛날 노래를 추천하고 싶다고 했다. 워리어는 팔짱을 끼며, 한번 틀어 보라고 했다. 나는 컴퓨터에서 노래를 찾아 마우스를 클릭했다. 워리어의 입장곡 전주와 비슷한 스타일의 기타 연주가 노트북에 내장된 스피커에서 울려 퍼지기 시작했다. 전형적인 1980년대 스래시 메탈 풍 전주였다.

워리어가 전주를 네 마디 정도 듣고는 팔짱을 풀었다. 그가 어깨를 가볍게 흔들자, 치렁치렁한 파마머리가 나풀거리기 시작했다.

"기타 소리가 아주 시원하구먼."

"워리어 님이 떠오르는 노래라 한번 들려 드리고 싶었어요. 가사 내용도 워리어 님과 잘 어울리고요."

"누구 노래인가?"

나는 '백두'란 1980년대 한국 헤비메탈 그룹사운드가 부른 〈메인 액터〉[37]라는 노래라고 설명했다.

"듣다 보니 내 등장 음악과 앞부분이 조금 비슷하구먼. 좋아, 좋아. 내가 WWF의 메인 스타이긴 했지. 아주 적절한 선곡이네."

37 보컬리스트 유현상, 기타리스트 김도균 등이 있었던 한국의 1세대 헤비메탈 그룹 백두산이 1987년 발매한 2집 앨범 《King Of Rock'N Roll》 수록곡 〈Main Character(주연배우)〉를 작가가 오마주해 변형한 노래 제목으로 추정된다.

노래를 끝까지 집중해서 들은 그는, 좋은 노래였다고, 기타 소리도 좋고, 보컬리스트도 목소리에 힘이 있다고 평가하며 '백두' 그룹의 근황을 물어보았다. 나는 자세히는 모르지만, 기타리스트는 요즘엔 음악인으로보단 편의점 매니아인 예능인으로 더 유명한 것 같다고 말했고, 보컬리스트는 음악 장르를 넘나들며 트로트 가수로도 활동 중이라고 설명했다.

#16

워리어는, 내 말이 끝나기도 전에 고개를 뒤로 젖히며 크게 하품을 했다. 벽시계를 보더니, 서울에 온 김에 몇몇 약속을 잡았다고 했다.

"태극기를 목숨처럼 아끼는 애국자들이 나를 집회에 초대했어. 요즘 태극기 인기가 예전만 못하다며, 내가 와서 분위기를 끌어올려 주길 바란다고 하더구먼. '애국보수'하면 나 워리어 아니겠나. 기꺼이 행사에 참여키로 했지. 한국에서 애국보수의 전사로 나서 보는 것도 색다른 경험 아니겠나, 안 그런가?"

워리어는 세계 7대 자연경관 선정 과정에서 알게 된 세계 7대 자연경관 선정위원회(한국 지부 명칭은 곧 '8대'로 바뀔 예정이라고 했다.) 출신 지인들이 주최하는 모임에서 연설을 한다고 했다.

"그런데… 당신은 최후의 인디언 전사 콘셉트잖아요."

내 말에 그는 고개를 뒤로 젖혔다. 얼굴만 봐선 그가 실제로 웃고 있는지 아닌지 분간이 되질 않았지만, 적어도 입에서는 껄껄 웃음소리가 나고 있었다.

"인디언 전사로서 할 수 있는 일이 생각보다 많지 않거든. 미국 시장 상황이 경제 불황으로 예전 같지 않아서. 그렇다고 손가락만 빨고 있을 순 없지. 때에 따라 한민족 최후의 전사가 될 수도 있는 거고, 일본 민족 최후의 전사가 될 수도 있는 거고, 이렇게 애국보수 전사가 될 수도 있고, 태극기 부대가 될 수도 있는 거지."

워리어가 미국에서 이따금 극우단체 행사의 연설자로 나섰다는 이야기를 프로레슬링 관련 온라인 커뮤니티에서 본 기억이 났다. 이라크전쟁이 났을 때는 이라크 국기를 태우며 아랍인에 대한 적대감을 드러냈고, 강연에서 동성애 혐오 발언을 했다가 거친 항의를 받기도 했다는 내용이었다.

미국의 보수주의자가 우리나라 애국보수 단체 집회에 가서 무슨 연설을 한다는 것인지 궁금해졌다.

워리어는 내가 말하기도 전에, 내 생각을 읽어낸 듯, 내 궁금증을 풀어 주었다.

"나 같은 보수 인사는 보수만 제대로 주면 어디서든 어떤 말이든 할 수 있지. 무보수였다면 가지 않았겠지. 그러나 보수만 준다면, 보수 단체에 가서 연설 한 번 하는 게 그리 어렵지는 않지. 나는 타고난 보수주의자니까. 세계 7대, 아니 8대가 되었나? 아무튼 자연경관 선정위원회 친구들에게 나의 본모습을 제대로 보여 줘야지."

나는 가만히 그의 말에 귀를 기울였다.

"내가 옆 나라 일본 레슬링 단체에서 활동할 뻔했다는 얘기 했던가? 안 했다고? 일본에서 활동할 뻔했지. 그런데 그놈들이 너무 보수를 적게 부르는 거야. 나 같은 스타를 부르면서 제대로 페이를 지급하지 않겠다는 게 말이 되나? 그래서 난 아주 현실적인 제안을 했어. 주당 10만 달러. 달러로 주는 게 어렵다면 엔화로 10만 엔. 그것마저 어렵다면 해당 행사 매출의 50%. 그 정도면 괜찮잖아? 내가 오히려 밑지는 장사라고. 그런데 일본에서 레슬러로 활동을 안 하길 잘했다 싶어. 대신 나는 투잡의 일환으로 대중연설을 시작했지. 무릎에 관절염이 와서 링 위에서 예전처럼 움직일 순 없지만 젊을 때보다 말빨은 늘었거든. 내 마지막 연설로 알려진 연설, 들었다고 했지? 어땠나? 어떤 높은 경지에 이른 게 느껴지지 않던가? 얼마나 감동적이야. 며칠, 정말 열심히 준비했다고. 그 연설은 되풀이해 계속 들을 만하지. 자네도 하루에 세 번씩 보게. 꼭 유튜브 채널 '워리어 닷넷'[38]에 접속해서. 다른 채널에서 보지는 말고. 그럼 광고 수

38 이 소설 속 등장인물 워리어의 실제 모델로 추정되는 얼티밋 워리어는 생전 개인 홈페이지 및 유튜브 채널을 운영했고, 사후엔 아내 데이나 워리어가 운영을

익이 나에게 오지 않으니까. 우리 채널에 들어오되 영상 중간에 광고가 나오면 그냥 넘기지 말고 끝까지 보고. 그렇게 '1일 3워리어'를 실천하게. '좋아요', '정기구독', '알람 설정'까지 잊지 말고."

그는 마이크 없이도 현란한 마이크워크를 펼칠 줄 알았다. 그의 말을 듣다 보니, 나도 모르게 눈에 눈물이 고였다. 하마터면 워리어 앞에서 눈물을 흘릴 뻔했다. 나는 울지 않았으나, 워리어는 내 눈가가 촉촉해진 걸 보더니 내가 눈물을 흘린 게 맞다고 우겼다.

"눈물을 먼저 흘린 놈이 진 걸로 치는 거 알지? 그건 전 세계 12세 미만 어린이에게 어김없이 통용되는 글로벌 스탠다드라네."

워리어가 내 왼쪽 어깨를 툭 쳤다.

"갱년기인가? 자네, 술을 좀 줄여야겠네. 어쨌든 우린 이제 친구가 됐으니 내가 이런 조언 정도는 해 줘야지."

워리어는 말하는 중간중간 내 몸을 치며 친밀감을 표현했다. 그때마다 몸이 울렸는데, 그의 말 한마디 한마디를 내 뼛속에

했다고 전해지지만 2024년 현재 홈페이지는 서비스가 중단된 상태이고, 공식 유튜브 채널로 추정되는 채널도 2022년 9월 이후 업데이트가 멎었다. 이 소설 속 '워리어닷넷'은 허구의 유튜브 채널명이다.

때려 박는 기분이었다. 그와 대화를 나누는 건 기쁘고 즐거웠지만, 점점 뼈마디가 쑤셔 오기 시작했다. 그리고 헤비메탈같이 거칠게 쏟아내는 말의 향연에 차츰 귀가 피곤해졌다. 어느 순간부터는 내 의지와 상관없이 자꾸 하품이 나와서 계속 눈에 눈물이 고였다. 그와 대화를 나눈다는 건, 눈에 눈물이 고이는 순간의 연속이었다.

#17

외국인 남자가 문을 열고 로비에 들어섰다. 뚜벅뚜벅 안내데스크 쪽으로 걸어온 그가 내 앞에 멈춰 서더니 환한 웃음을 지었다.

"안녕하세요. 남아공에서 온 미스터 블레이크입니다."

그가 몹시 반갑게 느껴졌다.

"안 오실까 봐 걱정했습니다. 미스터 블레이크 씨."

'미스터'를 앞에 붙였으면 뒤에 '씨'를 붙일 필요가 없겠지만, 다른 때의 나와는 달리, 영문법보단 예의와 공손함이 우선이었다. DHR 민진 소장의 말투에 깊은 인상을 받은 직후였기 때문이다. 나는 목소리를 깔고, 말소리가 울리도록 복식호흡을 시도했다.

민진 소장의 말투를 흉내 내자, 옆에서 지켜보고 있던 워리어가 나에게 "WWE 인터뷰어 같은 그 말투는 도대체 뭔가?"라고 핀잔을 주었다.

미스터 블레이크는, 옆에 다가와 바짝 붙어 서 있는 워리어와 눈을 마주치지 않으려고 노력했다. 워리어를 잘 모르는 눈치였고, 워리어를 모르는 사람이라면 워리어 바로 옆에서 그렇게 할 만하다고 여겨지는 방식으로 행동했다. 어깨를 움츠리고 눈을 내리깐 것이다. 자신을 잘 모르는 사람 앞에서, 워리어는 계속 자세를 바꿔 가며 근육 자랑에 열을 올렸다. 저러다 알통이 터져 죽을 수도 있겠다는 걱정이 들 정도로, 워리어는 힘껏 근육을 부풀렸다.

미스터 블레이크의 당황한 표정을 보며, 워리어가 내 친구인 게 조금 부끄러워졌다. 그러다 문득, 워리어의 차림새가 초라하다는 생각이 들었다. 얼굴의 분장은 그렇다고 쳐도, 윗도리라도 걸쳤더라면 덜 깡패처럼 보일 것 같았다. 옷을 입을 생각이 없다면 위협적인 몸짓이라도 그쳐 줬으면 좋으련만.

내 오랜 영웅이 내 앞에 서 있는데, 왜 그가 초라하게 느껴지는지는 모르겠으나, 순간 내가 그를 창피하게 여겼다는 걸 깨닫곤, 감히 그런 생각을 한 나 스스로가 부끄러워져서, 왈칵 눈물을 쏟을 뻔했다.

자꾸 눈물이 나는 건, 어쩌면 워리어 말대로 갱년기 증세일지 모른다. 소주가 필요한 순간이었다. 습관처럼 서랍에서 소주를 꺼내려다, 허리를 꼿꼿하게 펴며 손을 거둬들였다. 남아공에서 온 미스터 블레이크 씨가 구글에 남길 별점과 평가를 고려하지 않을 수 없었다. 기껏 민진 소장의 흉내까지 내며 친절하게 대했는데, 일하는 도중 술을 마신 대가로 낮은 별점을 받는다면 조금 억울할 것 같았다.

미스터 블레이크 씨는 내가 컴퓨터로 예약 내용을 체크하는 사이, 조금 마음에 여유가 생겼는지 힐끔힐끔 곁눈질로 워리어를 쳐다보았다. 미스터 블레이크는 아이디가 아니라 그의 본명이었다. 성이 블레이크, 이름이 미스터였다. 결과적으로, 내가 미스터 블레이크 씨라고 부른 건 문법적으로 전혀 잘못된 표현이 아니었다.

나는 미스터 블레이크 씨에게 혹시 WWF를 좋아하냐고 물어보았다. 그의 표정이 환해졌다. 자신은 WWF에 한 달에 10달러씩 후원금을 내는, WWF의 열렬한 지지자이자 정회원이라고 했다. 한국에 온 이유도 자신이 WWF 활동을 하며 인연을 맺은 외국 친구들을 만나기 위해서라고 했다. 나는 그에게, 프로레슬링을 좋아하는 외국인을 만나 반갑다고 말했다. 그는 “프로레슬링?”이라고 되물으며 고개를 갸웃거렸다. 그런 단어는 처음 들어본다는 듯 어리둥절한 표정이었다. 그는 “스포츠의 꽃은 럭비와 크리켓”이라고 말했다. 순간 나는 말문이 막히고 말았다. 우린 동시에, 반대 방향으로 고개를 돌렸다.

미스터 블레이크 씨가 열쇠를 받아 계단으로 올라가자마자 워리어가 한숨을 내쉬었다.

"남아공이라고? 촌동네구먼. WWF를 좋아한다면서 나를 몰라봐? 참으로 측은하기 짝이 없군."

잔뜩 부풀어 올랐던 워리어의 근육들이 서서히 가라앉고 있었다. 워리어는 기분이 꿀꿀해 기분 전환이 필요하다며, 그룹 백두의 노래를 다시 틀어 달라고 했다. 전주가 나오자 워리어는 처음 노래를 들었을 때보다 한층 격렬하게 머리를 앞뒤로 흔들었다. 그의 팔근육이 다시 팽팽해졌다.

노래를 들으며 그는, '백두'란 팀명에 대해 곱씹어 봤는데, 아주 위험한 이름이 틀림없다고 했다. 세계 7대 자연경관 제주도의 자랑인 한라산을 팀명으로 삼았다면 이 밴드가 더 성공했을 거라고 그는 주장했다. 그는 백두산은 북한에 있지 않냐고 내게 물었다. 그렇다고 답하자 그는, 그럼 백두란 팀은 '종북좌파'냐고 물었다. 대한민국에 세계적으로 아름다운 산, 한라산이 있고, 백록담이 있는데, 팀 이름을 굳이 백두로 정할 필요가 있었냐는 거였다. 해발 2,744m로 한반도에서 가장 높은 백두산이 민족의 영산이라 그런 거 아니겠냐고 내가 되묻자 그는 고개를 가로저었다.

"자네 생각이 궁금한 게 아니라 백두 멤버들의 생각이 궁금하다고. 저 북쪽 무리의 수괴가 '백두혈통'을 자랑하지 않나? 팀명과 어떤 연관성이 있지 않을까? 인터넷에 그런 게 안 적혀 있나?"

나는 포털 사이트에서 '백두' 밴드 이름을 찾아보았다. 몇 개의 문서를 빠르게 훑었지만 왜 헤비메탈 밴드 이름이 백두인지는 적혀 있지 않았다. 딱히 근거가 없어서, 워리어가 제기한 색깔론을 얼른 반박할 수 없었다.

트로트 가수로도 활동 중인 팀 메인 보컬리스트를 겉으로만 봤을 땐— 겉모습만으로 그 사람의 전부를 알 순 없겠지만— 어느 면으로나 종북좌파로 보이진 않았다. 헤비메탈 가수가 어느 날 트로트를 했다가, 다시 헤비메탈계로 돌아왔다가, 다시 트로트 가수가 된다는 건, 짜장면만 먹던 사람이 어느 날 짬뽕으로 갈아탔다가 다시 짜장면을 먹게 되는 것만큼이나 극적으로 느껴졌는데, 그게 신기해 보일 순 있지만 잘못된 행동이라고 손가락질받을 만한 일은 아니며, 그의 음악적 방향 전환이 워리어가 말하는 '종북좌파'의 기운(그게 뭔지는 정확하게 잘 모르겠으나)과는 어쩐지 결이 다른 것 같았다. 그런 행보가 '백두혈통'과 어떤 측면에서라도 유의미한 접점이 있을 것 같진 않았다.

동네 편의점을 누구보다 사랑해서, 수십 년간 편의점에 몇 억씩 쏟아부은 기타리스트 김도균[39]이 '백산수'만 마시는지는

39 이 소설 속 등장인물 김도균의 실제 모델로 추정되는 밴드 '백두산' 출신 기타리스트 김도균은 지난 2022년 5월 KBS 1TV '아침마당'에 출연해 "편의점과 결

알 수 없으나 그 역시 '백두혈통'과 별다른 공통분모는 눈에 띄지 않았다. 북한엔 그가 그토록 사랑하는 편의점이 없을 테다. 편의점 없는 세상에서 살아가는 김도균의 모습은 쉽게 머릿속에 그려지지 않았지만, 워리어에게 내 생각을 제대로 전달할 자신이 없어서, 아무 말도 하지 않았다.

〈메인 액터〉 노래가 끝나자 워리어는, "이따 종북좌파 관련된 주제로 연설을 하게 되면, 꼭 이 '백두'란 그룹을 언급해야겠군. 말문이 막힐 땐 색깔론을 제기하는 게 최고지. 아니면 마는 거고. 분위기를 띄우기에 좋으니까."라고 중얼거렸다.

혼해서 동거하고 있는 58세 기타리스트 김도균이다."라고 자신을 소개했을 정도로 편의점을 애용하는 것으로 전해진다. 지난 2017년엔, 당시 기준 그가 편의점에서 사용한 액수가 1억 원이 넘는다는 사실이 예능 방송을 통해 알려져 화제가 됐다.

#18

워리어는 안내데스크 옆에 비치해 둔 관광 안내 팸플릿을 뒤적였다. 그는 영어로 된 서울 지하철 노선도를 꺼내서 내 앞에 내밀었다.

"탑골공원? 거기 가는 방법을 가르쳐 주게."

나는 민진 소장을 흉내 낸 나긋한 말투로 택시를 타라고 일러 주었다. 종로까지 기리기 멀진 않지만, 지하철로 이동하려면 중간에 한 번 갈아타야 하는데, 한국에 처음 온 외국인인 워리어에겐 쉽지 않아 보였다.

그는, 자신이 미국에 있었다면 당연히 사설 리무진을 불러서 폼나게 이동했겠지만, 한국은 초행길이라 모든 게 낯설다며, 때마침 환전한 돈이 다 떨어졌는데 혹시 택시비를 빌려줄 수 있냐고 물었다.

달랑 팬티 한 장만 걸치고 방에서 나올 때부터 그는 내게 돈을 빌리려고 한 게 분명했다. 그에게 돈을 빌려준다면 돌려받지 못할 게 뻔했다. 나는 멍청하지만, 그 정도도 예측 못할 만큼 바보는 아니었다. 하지만 새로운 친구를 실망시키고 싶지 않았다. 어차피 뺏길 돈이라면 택시비보다 지하철료를 주는 게 낫겠다 싶어서, 입술에 침을 적신 뒤 "생각해 보니 지하철을 타는 것도 나쁘지 않은 선택인 거 같다. 오히려 택시가 더 불편할 수 있다."라고 말했다.

그런 뒤 지하철 노선표를 안내데스크 위에 펼쳐 놓았다. 그에게 지하철역까지 걸어가는 법을 일러 주었고, 탑골공원에 가려면 1호선 종각역 혹은 1호선과 3호선이 함께 서는 종로3가역에서 내리면 되는데 서울은 지하철 환승 시스템이 잘 갖춰져 있어 이용하기 편할 것이고, 둘 중 원하는 아무 역에서 내려도 된다고 했다. 목이 잠길 정도로 열정적으로 설명했지만, 그가 내 말을 귀담아듣는지는 확신할 수 없었다.

설명하는 도중에도 자꾸 그의 옷차림이 눈에 밟혔다. 그에게 교통편을 설명하는 게 먼저여선 안 되는 상황이었다. 미국에서 그가 애용한다는 사설 리무진을 이용한다면 모를까, 서울의 공공 교통수단을 이용할 때 저런 옷차림의 워리어를 누구도 반겨 주지 않을 게 분명했고, 아예 지하철을 타 보지도 못하고 역에서 쫓겨날 가능성이 농후했다. 택시를 타려 해도, 차에 오르기도 전에 승차 거부를 당할 가능성이 높았다. 지금 워리어가 옷차림을 제지받지 않고 움직일 수 있는 지역은 게스트하우스 반경 2㎞ 안팎 정도에 불과할 것이다. 그는 막말로 '빤스바람'이었고, 관광특구로 지정된 이 거리에서나, 그것도 외국인이니까 간신히 허용되는 차림새였다.

나는 워리어에게, 티셔츠라도 한 장 걸치고 밖에 나가는 게 어떻겠냐고 넌지시 물었다. 실내 수영장에서 입는 삼각 수영 팬티 같은 하의도 마음에 걸렸지만, 바지만큼 상의도 문제였다. 그에게, 지금 옷차림이라면 애국보수 단체에 가도 환영받지 못할 것이라고 말했다.

"보수 단체에서, 보수를 주지 않을 수도 있어요."

그전엔 한쪽 귀로 내 말을 흘려보내던 그는, 보수 얘기가 나오자 눈빛을 반짝였다. 워리어는 나의 말에 묘한 설득력이 있다고 했다. 오랜만에 자기를 설득할 줄 아는 '정통 보수'를 만났다며, 그런 존재는 헐크 이후 처음이라고 했다. 그는 내 어깨를 툭 치며 크게 웃었다. 그의 손엔, 아까보다 힘이 더 실려 있었다. 어금니를 꽉 깨물며, 나는 비명을 속으로 삼켰다. 눈물이 핑 돌았다.

그가 나를 헐크와 비교한 건, 나를 높이 평가하기 때문이 아니라, 대화 주제로 헐크를 재차 불러들이기 위함이란 걸, 대번에 알아챘다. 나는 멍청하지만, 눈치가 아예 없는 건 아니었다.

"1990년 4월 1일,[40] 나와 헐크는 참 대단했지."

나도 모르게 "아~" 하는 탄성이 나왔다.

워리어의 말을 반박할 수 없었다. 그의 말대로, 그때의 그는 대단했다. 그리고 그의 상대였던 헐크도 대단했다. 둘의 맞대결은, 만우절에 펼쳐진 거짓말 같은 경기였다. 당시 헐크와 워리어는 둘 다 챔피언들이었다. 헐크는 세계 챔피언, 워리어는 대륙 챔피언. 둘 다 챔피언벨트를 들고 링 위에 올랐다. 그 경기를 보며 나는 태어나서 처음으로, '선'과 '선'이 충돌할 수도 있다는 걸 알게 되었다. 헐크와 워리어는 당시 프로레슬링에서 '선'의 대명사들이었다. 이른바 '무적 선역 기믹',[41] 그러니까 둘의 싸움은 '착한 편'과 '우리 편'의 격돌이었던 것이다. 그전까지 나에게 '내 편'은 '착한 놈'과 같은 말이었고, '내 편'은 '나쁜 놈'을 때려잡는 존재인 줄로만 알았다. 헐크와 워리어의 그 맞대결은, 프로레슬링 사상 최초로 '선과 악의 대결'이라는 익숙한 패턴, 도식화된 필승 흥행 공식을 파괴한, 기념비적인 경기

40 얼티밋 워리어와 헐크 호건의 세계 챔피언 결정전이 열린 WWF '레슬매니아6' 개최일.

41 영어로는 'Super Strong Babyface'로 표현된다. 어떤 프로레슬링 단체의 스토리라인에서 가장 강력하여 정정당당한 대결에선 결코 지지 않는, 선역 및 해당 프로레슬링 단체의 흥행성이나 영향력 등 여러 측면에서 정점에 군림하는 캐릭터 및 해당 캐릭터의 기믹을 뜻하는 조어.

였다. 그 경기는 '내 편'이 '착한 놈'과 싸울 수도 있다는 걸, 링 위에 '나쁜 놈'이 존재하지 않을 수도 있다는 걸, 내게 처음으로 알려주었다.

워리어는 한참 헐크에 관해 얘기하다가, 자신의 옷에 대해 내가 한 지적이 어느 정도 타당성이 있는 것 같다고 말을 돌렸다. 그는 윗옷을 걸치고 종로에 가야 한다는 나의 말이 설득력 있게 들리는 건 사실이지만 여벌로 가져온 옷이 하나도 없어서, 어떻게 해야 할지 모르겠다고 했다. 미국에서 건너올 때 짐 가방이 두 개였는데, 배송 사고가 나는 바람에 옷이 든 가방 하나가 엉뚱한 데 가 있다는 것이었다.

"공교롭게 내 짐과 비슷한 이름이 표기된 소포가 여러 개 있어서 물류 배송 과정에 착오가 있었다더군."

그의 말을 듣다가 나도 모르게 혼잣말을 했다.

"망할 배달 사고, 망할 DHR."

그는 내게, 택시비를 빌려주는 김에 옷도 빌려주는 게 어떠냐고 했다. 나는 택시비를 빌려주겠다고 한 적이 없지만, 어느새 내가 택시비를 빌려주는 게 당연한 일이 되어 버렸다.

그는, 자신은 헐크처럼 멀쩡한 옷을 링 위에서 찢어 버리는 사람이 아니고, 옷을 소중히 다룰 줄 아는 사람이며, '최후의 인디언 전사'를 표방하는 사람답게 환경보호운동을 지지하기에

100% 순면 옷이 아니면 입지 않는데 내가 100% 순면 옷을 빌려준다면, 순면 특유의 구김 현상을 고려했을 때 깨끗하게 입고 돌려주겠다고 장담은 못하겠지만, 잘 개켜서 돌려주기는 하겠다고 했다. 자신은 종북좌파나 주사파가 아닌, 어느 사회에서든 믿음을 줄 수 있는, 당당하고 자랑스러운 애국시민이라는 점을 재차 강조했다.

나를 아래위로 훑어본 워리어는, 내 꼬락서니를 보니 패션 감각이라곤 눈을 씻고 봐도 찾을 수 없는 탓에 자신이 빌릴 만한 옷을 내가 갖고 있을지 확신할 순 없지만, 자신에게 잘 어울릴 만한 옷이 있다면 기꺼이 빌려 입는 걸 허락하겠노라고, 말했다. 자신은 원래 의상 협찬 제안을 받을 때 미화 10만 달러에 세금 별도를 기본으로 요구하는데, 이번엔 특별히 택시비만 받고 옷을 입어 주겠다고도 했다.

그의 말을 듣는 동안 머릿속에 〈언스테이블〉이 울려 퍼졌고, 그래서 나는 고개를 앞뒤로 흔들었다. 〈언스테이블〉과 워리어의 말, 내 헤드뱅잉은 그 순간 박자가 완벽하게 맞아떨어졌다. 그의 논리에 설득된 나는, 이게 웬 횡재인가 싶어졌고, 워리어에게 잘 어울리는 옷을 공짜로 빌려주게 되어 다행이라는 생각이 들었다. 그때 마침 워리어에게 어울릴 만한 옷이 떠올랐다. 게스트하우스의 뒷방에 삼촌의 옷이 한 벌 걸려 있는데, 사이즈도 얼추 맞을 것 같았고, 다른 여러 측면까지 종합적으로 고려해 봤을 때 워리어를 위한 맞춤옷이라는 확신이 생겼다.

내가, 당신에게 잘 맞을 옷이 있다고 하자, 워리어는 중요한 조건이 뒤늦게 떠올랐다고 했다. 그건 '최후의 인디언 전사'라는 자신의 콘셉트에 맞는 옷이어야 한다는 것이었다. 워리어 고유의 마스크페인팅을 하고 있을 땐 인디언다운 옷을 입어야 한다는 게 구 WWF, 현 WWE와 계약을 맺을 때 중요한 옵션 사항이었다고 했다. WWE와 공식적인 전속계약은 한참 전 만료됐고, 이후 맺은 비밀 계약엔 그 옵션이 빠졌지만, 자신은 한 번 한 약속은 끝까지 지키는 사나이 중의 사나이이기 때문에, 오래전 계약 사항을 계속 지켜 가고 싶다고 했다. 그렇기에 그 조건을 충족시키지 못하는 옷은 입을 수 없다고, 그는 단호하게 말했다.

굳이 WWE와의 계약이 아니더라도, 최후의 인디언 전사라는 콘셉트는 자신의 자존심 그 자체이며, 자신은 자존심을 지키는 걸 최우선 가치로 여기기 때문에, 최후의 인디언 전사라는 콘셉트에 부합하지 않는 옷을 입으라는 요구는, 자신에게 만족할 만한 액수를 제시하지 않았던 일본 프로레슬링 단체의 오만한 제안과 다를 바 없고, 그건 주사파의 억지 주장처럼 터무니없는 이야기가 될 수밖에 없다는 게 워리어의 지적이었다. 그런 옷을 억지로 자신에게 입힌다면, 자신의 라이벌 헐크가 링 위에서 즐겨 구사하던 퍼포먼스를 오마주하는 차원에서,

그 자리에 선 채로 입고 있는 옷을 갈기갈기 찢어 버릴 수도 있다고 협박까지 했다.

삼촌의 평소 옷 입는 스타일은 최후의 인디언 전사와는 다소 거리가 있고, 오히려 지금 워리어가 가게 될 탑골공원 근처에서 흔히 볼 수 있는 장년층, 노년층 한국 남성의 표준적인 차림새에 가까웠지만, 굳이 그 사실을 워리어에게 말하진 않았다. 워리어가, 내가 골라 주는 옷을 마음에 들어 할 것이라고 확신했기 때문이다.

#19

내가 뒷방 안쪽으로 가 옷걸이에 걸린 옷들을 살펴보는 모습을 멀리서 바라보던 워리어가 한숨을 내쉬었다.

"옷이 뒷방에 있어? 뒷방 노인네 처지가 된 기분이군."

내가 찾던 옷은 옷걸이 앞쪽에 있어 바로 눈에 띄었다. 나는 옷을 들고 나와 워리어 앞에 자신 있게 내밀었다. 3XL 사이즈의 하늘색 잠바였다.

"이게 뭔가? 장난하나? 내가 인디언 의상이어야 한다고 말했잖아."

나는 옷의 양쪽 깃을 활짝 펼쳐, 목 안쪽 라벨이 워리어 쪽을 향하게 했다.

"한번 읽어 보세요."

워리어는 눈을 찡그리며 안감에 붙은 라벨을 소리 내 읽었다.

"인. 디. 안."

'인디안'[42] 브랜드에서 나온, '잠바'란 표현이 더 어울리는 종류의 재킷이었다.

왜 이 옷을 떠올렸냐면, 덩치가 큰 삼촌이 입을 만한 커다란 사이즈의 옷이 잘 나오지 않는 브랜드인데, 삼촌이 구로 디지털단지 쪽에 볼일이 있어 갔다가, 길가에 누워 있는 이 옷을 발견하자마자 자기 옷이라는 생각이 들었다고 했던 기억이 났기 때문이다. 삼촌은 한때 이 옷을 게스트하우스에서 유니폼처럼 즐겨 입었다. 삼촌이 숙소 일에 애정이 조금이나마 남아 있던 시절의 이야기다. 삼촌이 게스트하우스에 거의 오지 않게 되면서, 워리어의 말처럼, '인디안'은 뒷방 노인네 신세가 되고 말았다.

워리어는 인디안 잠바를 들어 올려 꼼꼼히 살펴보더니 "인디언 정신에 상당히 부합하는 옷이군."이라며 흡족해했다. 그런

42 세정그룹의 라이프스타일 편집숍 '웰메이드' 대표 브랜드다. 1974년 첫선을 보였다. 인디안을 만든 박순호 세정그룹 회장은 서울행 야간열차를 기다리던 기차역 서점에서 석양에 물든 황야의 사진 한 장을 보고 브랜드 이름과 로고를 정했다. 석양이 물든 황야에서 서부 개척시대 인디언들이 폭주하는 열차를 향해 말 달리는 모습을 떠올린 박 회장은 깊게 주름진 인디언 추장 얼굴과 인디안을 브랜드 로고와 이름으로 사용한다. 톱모델들을 자주 기용하는 브랜드이기도 한데 2013년엔 정우성을 모델로 기용해 화제를 모았고, 트로트 열풍이 휩쓴 2020년 이후 가수 임영웅이 모델로 활동 중이다. 「[장수브랜드 탄생비화] 박순호 회장이 남대문에서 시작한 '인디안'」 中 발췌, 『뉴시스』 2022.03.20.

뒤 곧바로 고개를 갸웃거렸다.

“한국에 인디안이란 의류 브랜드가 있었군. 왜 인디언 전사 콘셉트인 나한테 연락을 하지 않았을까? 조금 싸게 모델을 해 줄 수도 있는데. 이번 방한 기간에 시간이 나면 인디안 본사를 방문해 봐야겠군.”

내가 그에게 건넨 옷은 몇년 전 ‘인디안’ 브랜드가 리뉴얼하며 이미지 쇄신을 꾀하기 전, 예전 스타일의 ‘인디안’에서 나온 제품이었다. 그래서 낡고 오래돼 보였으며, 심시어 촌스러운 느낌마저 주었는데, 오히려 그런 면에서 ‘최후의 인디언 전사’라는 워리어의 콘셉트에 부합했다.

나는 인디안 브랜드의 과거 모델이었던 영화배우 정우성의 사진을 워리어에게 보여 주었다. 워리어는, 자기만큼 잘생긴 사람이 한국에도 있었냐며, 놀랍다는 반응을 보였다. 워리어는 자신과 묘하게 닮은 것 같다는 말을 되풀이하며 정우성의 사진에 시선을 고정했다. 그는 믿기지 않는다는 듯 “이게 내가 지금 입고 있는 것과 같은 옷이라고?”라고 물었다. 내가 고른 사진 속 정우성이 입고 있는 옷이 인디안 브랜드인지는 알 수 없었으나, 길게 설명하기 귀찮아서, 그렇다고 대답했다.

“요즘 인디안 모델은 임영웅이란 트로트 인기가수예요. 정우성, 임영웅 둘 다 잘생겼고 인기도 많은데, 제 개인적인 생각으로, 워리어 당신과 더 닮은 사람은 정우성 같아요.”

그는 “정우성이 입는 옷이라면 나도 이걸 입어야겠군.”이라고 말한 뒤 내게 왼팔을 내밀며 등을 돌렸다. 입혀 달라는 무언의 제스처였다. 나는 할리우드 고전 영화에서 본, 주인에게 옷을 입혀 주는 하인처럼, 워리어의 팔에 잠바를 끼워 넣었다. 잠바를 입은 워리어를 보니 정우성보다는 우리 삼촌이 더 생각났지만, 나는 워리어에게, 후줄근해 보인다거나 하는 솔직한 감상평을 전하지는 않았다. 대신 그에게, 당신의 전성기 때를 대표하는 대회였던 ‘레슬매니아6’에 나왔을 때만큼이나 멋있어 보인다고 말해 주었다.

워리어는, 게스트하우스 로비에 있는 전신 거울로 잠바를 입은 자신의 모습을 살펴보더니 중얼거렸다.

“링 위에 오를 때 입어도 근사하겠군.”

그는 거울 앞에 서서 두 팔을 옆으로 벌린 뒤 펌프질을 하듯 위아래로 움직였다. 그럴 때마다 고깃집 앞 막대풍선이 일어나듯 그의 팔근육이 부풀어 올랐다. 옷 어디에선가 실밥 터지는 소리가, 스카치캔디를 입안에서 깨물 때의 파열음처럼, 거칠게 들려왔다.

로비 벽에 붙은 전신 거울 앞에 한참 동안 서 있던 워리어는, 안내데스크로 오더니 택시를 불러 달라고 했다. 그러면서 워리어는 손바닥을 내밀었다. 거부할 수 없는, 위협적인 몸짓이었다. 어쩔 수 없이 나는, 3만 원을 쥐여 주었다. 워리어는 고맙다는 인사도 없이 당연하다는 듯 잠바 안주머니에 내가 준 돈을 집어넣었다.

워리어는 야외 행사라 피부가 탈까 봐 조금 걱정이 된다며 비비 크림이 있냐고 물었다. 얼굴에 분장할 때 원래 자외선 차단 효과가 있는 프랑스산 색조 화장품을 즐겨 사용하는데 이번 여행을 앞두고 급하게 짐을 싸느라 화장품을 챙겨 오지 못했다고 했다.

"밖에 좀처럼 나갈 일이 없어서 그런 건 없습니다."

내가 대답하자 그는 안내데스크 아래쪽을 가리켰다.

"한 잔 따라 보게."

내가 아래 서랍에 소주를 넣어 둔 걸 언제 눈치챈 걸까.

"어떻게 모르겠나? 술 냄새를 이렇게 풀풀 풍기는데. 자네 삼촌은 신사 같은 사람이야, 자네 같은 놈을 거두고, 자르지도 않고 말이야. 역시 인디안을 사랑하는 사람들은 달라."

그는 최후의 인디언 전사답게 눈치가 빨랐다. '최후'까지 살아남는 데 필요한 건 힘만이 아닐 것이다. 살아남는 자는 대개 강한 자이겠으나 강한 자가 모두 살아남는 건 아니니까. 워리어가 괜히 '최후의 전사'란 별칭을 쓰는 게 아니었다. 그는 어디를 가더라도, 최후까지 살아남을 유형의 인물이었다. 인디언이 아니라 마오리족이나 에스키모족 콘셉트였더라도, 그는 최후까지 살아남은 전사로 기억되었을 것이다.

"자네는 얼굴이 빨갛고 눈이 풀려 있는 모습이, 영락없는 워리어의 팬이야. 분장을 안 해도 분장한 얼굴 같거든. 아주 마음에 들어. 팬클럽에 빨리 가입하게. 유료회원을 위한 특전이 아주 풍성해. 때마침 특별 프로모션 기간이니, 이때를 놓치지 말게."

워리어는 소주를 사이다잔에 가득 따른 뒤 한입에 털어 넣었다.

기분이 좋아진 듯 목소리가 커진 워리어는, 내게 함께 탑골공원에 가겠냐고 물었다.

"구경할 만할 거야. 내가 연설을 한다는데 몇만 명은 오지 않겠어? 그 정도 관객은 모여야 신나게 연설할 맛이 나지. 흔치 않은 기회이니 따라오라고."

그는 입맛을 다시며 물었다.

"내가 무슨 주제로 연설할지 안 궁금한가?"

10분 전 부른 택시가 왜 빨리 안 오는지가 더 궁금했다. 그러나 나는 그에게 몹시 궁금하다고 대꾸했다.

"내가 미국에서도 꽤 많은 애국보수 단체의 보수 집회에서 연설한 적이 있지 않겠나. 이번에도 그 주옥같은 레퍼토리를 잘 활용할 생각이네. 동성애 반대, 낙태 금지, 총기 소지 합법화. 뭐 레퍼토리야 무궁무진하지. 양념으로 밴드 '백두' 얘기도 좀 해야 할 거 같고."

"아쉽네요. 직접 듣고 싶은데요."

"영어 잘하나?"

나는 어린 시절 WWF 잡지를 읽기 위해 성문기본영어를 열심히 탐독했다고 답했다.

"그럼 문제없을 거네. 주로 영어를 사용하긴 하겠지만, 내가 오늘 사용할 영어 난이도는 미국 초등학생이 학교에서 배우는 수준 정도거든. 성문기본영어 정도면 한국에서 예전엔 중학생들이 배우는 수준 정도였다고 아는데, 아닌가? 아무튼 중학생 수준이 초등학생 수준의 영어를 이해 못할 리 없지."

그는 자신의 연설이 유튜브에서 생중계될 거라고 했다.

"유튜브 생중계를 허락해 주면 50만 원을 더 준다더라고. 물론 50만 원이면 푼돈이긴 하지. 요즘 원달러 환율을 감안한다면 더더욱 그렇고. 미국에 가서 사설 리무진 한번 부를 정도 금액이니까. 일종의 서비스 개념으로 허락해 준 거지. 한국은 위대한 '세계 7대 자연경관'을 보유한 나라니까."

워리어는 내게 '세계 7대 자연경관 선정위원회'가 운영하는 공식 유튜브 채널에서 송출할 예정인 라이브 방송에 실시간으로 접속하라고 했다. 내 유튜브 아이디를 물은 그는, 라이브 방송 도중 내 아이디의 접속 여부를 실시간으로 계속 확인할 거라고 으름장을 놓았다. 슈퍼챗 기능 사용을 적극 권장한다며,

그 기능을 통해 후원금을 보내면, 내가 실제 접속했다는 사실을 자신이 쉽게 알 수 있다는 설명을 곁들였다. 그는 슈퍼챗 후원금 액수가 중요한 건 아니지만 많이 낼수록 좋다는 말도 잊지 않았다.

"나 워리어를 한국에서 볼 수 있는, 이런 소중한 기회를 놓치지 말라고. 내가 일본에서 본격적으로 활동하지 않은 이유는 개런티가 맞지 않아서였지만 한국에선 얘기가 다르지. 한국은 그 유명한 박치기왕 김일 선생이 활약했던 나라 아니겠나. 일본 레슬링의 전설인 역도산 선생의 모국이기도 하고. 그리고 세계 7대 자연경관인 제주도가 있고, 강남스타일과 BTS도 있고. 종북좌파 헤비메탈 그룹 백두도 있고. 노래가 죽이게 좋다는 게 짜증 나지만…. 특별히 한국에서 열리는 행사여서 내 페이를 디스카운트해 준 거야. 내 열정을 한국과 나누기 위해서 기꺼이 낮은 보수를 수용한 거지. 고통 분담 차원이랄까."

나는 그에게, 탑골공원까지 모실 택시가 숙소 아래에서 기다리고 있다고, 말해 주었다. 그러자 그는 고물가 시대임을 감안할 때 3만 원만 주머니에 있는 건 불안하다며 2만 원을 더 달라고 했다. 나는 금전 출납기에서 2만 원을 더 집었다.

#20

그는, 돈을 빌려줬으니 보답으로 선물을 주겠다고 했다. 그러더니 잠바 주머니에서 뭔가를 주섬주섬 꺼냈다. 자신의 마스크페인팅을 재현한, 알록달록한 문양의 마스크였다. 뒤쪽에 고무줄이 달려 있어서, 쓰고 벗기 편리해 보였다.

그가 마지막 공식 연설을 했을 때 맨얼굴로 등장해 이런 형태의 마스크를 썼던 기억이 났다.

"나와 같은 분장을 얼굴에 하고 싶은데 색조화장품이 떨어졌다거나, 사정이 여의치 않을 때, 이게 괜찮은 대용품이 될 수 있지."

"혹시 마지막 연설에서 사용했던 그 마스크인가요?"

그는, 그렇진 않다고, 그러나 그만큼 가치가 있다고, 왜냐면 자신에게 직접 건네받은 것이기 때문이라고 했다. 원한다면 마스크 뒤쪽에 사인을 해줄 수 있는데, 그렇게 하려면 한화 30

만 원을 내야 한다고 했다. 자신에게 마스크를 증정받는 인증샷을 촬영하면 50만 원의 추가 비용이 발생하는데, 그게 있어야 나중에 진품 인증을 받을 수 있으므로 50만 원은 공짜나 다름없다고 했다. 공식 팬클럽에 가입하면 20% 디스카운트 혜택이 기다린다는 설명도 덧붙였는데, 공식 팬클럽 가입비를 따로 내야 한다고 했다.

나는 사인도, 인증샷도 필요 없다고 대답했다. 그는 아쉽다는 듯 고개를 양옆으로 크게 저은 뒤 나에게 마스크를 신경질적으로 던졌다.

"마스크 잘 챙기라고. 모든 이들이 마스크로 입을 가리는 시대가 왔었듯, 나중엔 나 워리어처럼 입 외의 다른 부분들을 마스크로 가리는 세상이 올 거야."

그의 예언은, 그의 다른 이야기들처럼 허무맹랑하게 들렸다. 하지만 나는 반박하지 않고, 울 듯이 웃는 표정을 지어 보였다.

"이런 모양의 마스크를 쓰게 되는 날이 오면 사람들은 저절로 나를 떠올릴 거야. 마스크의 왕 하면 바로 나, 워리어니까. 당연히 내가 생각날 거 아니겠나. 자연스럽게, 시간이 흐른 뒤 많은 이들이 나 워리어의 마지막 연설을 재평가하겠지. 마스크의 새로운 가치를 일찌감치 눈치챘던, 시대를 앞서간 레슬러가 있었노라고, 그가 오래전에 마스크의 새로운 가치를 예언했노라고."

그는 마스크를 꺼낸 잠바 주머니에 내가 추가로 준 돈을 넣은 뒤 뒤돌아서서 문을 향해 전력 질주했다.

워리어가 떠난 빈자리에, 워리어가 준 마스크만 달랑 남았다. 안내데스크 위에 널브러진 마스크를 보니, 워리어가 나를 노려보는 것 같은 위압감이 느껴졌다. 나는 떨리는 손으로 마스크를 들어 올렸다.

워리어가 준 마스크는 그의 말대로 어느 마스크와는 구조가 사뭇 달랐다. 마스크의 주된 기능은 입을 가리는 것일 텐데, 워리어가 준 마스크는 정반대로, 얼굴 윗부분을 덮고 입 부위는 개방된 형태였다. '가면'이라고 부르는 게 더 나을 듯했지만, 마스크페인팅의 대명사인 워리어가 이걸 '마스크'라고 명명했으니, 내가 함부로 이름을 바꿀 수는 없는 노릇이었다. 한참을 뚫어지게 쳐다보았지만, 이 마스크의 활용도를 쉬이 가늠할 수 없었다. 강도, 도둑 같은 특수 직군 종사자에게나 쓰임새가 있을 법했다. 아니라면 나 같은 워리어 열혈 팬이나 관심을 보일 만한 제품이었다. 마스크가 모든 사람의 필수품인 시대는 얼마 전 지나갔고, 워리어가 준 이런 모양의 마스크가 유행할 일은 앞으로도 없을 것 같았다.

하지만 마스크를 물끄러미 바라보고 있자니, 워리어의 친필 사인 옵션을 선택할 걸 그랬나 하는 후회가 일었다. 워리어가 숙소로 돌아온다면 가격 네고를 해봐야겠다는 생각이 들었다. 한화 30만 원은 너무 부담되는 액수였다. 미화 20달러, 아니면 15파운드 정도가 적절한 금액일 듯싶었다.

강도나 도둑으로 오해받기 십상이겠지만, 그걸 감수하고서라도, 이 마스크를 쓰고 길거리를 돌아다니고 싶어졌다.

마스크지만 실용성은 제로인 워리어의 마스크, 싸우는 거지만 실제 싸우는 건 아닌 프로레슬링, 일을 하지만 실제론 거의 일을 하지 않는 나, 핼러윈데이지만 핼러윈데이라는 단어를 입에 올리기가 어려워진 이태원의 핼러윈데이.

이들 사이에 프리메이슨처럼 신비하고 은밀한 모종의 결사가 형성된 것 같다는 생각을 하며, 나는 울 듯이 웃는 표정을 지어 보았다. 표정이 마음먹은 대로 잘 지어지지는 않았다. 내 의도와 반대로, 금세 내 얼굴은 웃듯이 우는 표정이 되고 말았다. 내면 연기에 실패한 나는 마음을 가라앉힐 겸 워리어의 마지막 연설 한 구절을 되뇌었다.

"혼자 전설이 될 수 있는 자는 아무도 없다. 워리어는, 팬들이 만들어 준 전설이다."

#21

안내데스크 위에 워리어가 준 마스크를 다소곳이 올려놓은 뒤, 핸드폰으로 헐크와 워리어의 이름을 검색했다. 그러고 나서 '레슬매니아6' 경기를 찾았다. 영상을 클릭하자 당시 경기장에 모였던 관중 6만 7678명의 함성이 들려오기 시작했다. 내가 그때 토론토의 경기장, 그 한가운데 있는 것처럼 심장이 두근거렸다.

"헐크."

"워리어."

두 선수의 이름을 차례로 부르는 링아나운서 하워드 핀켈의 격앙된 목소리.

거기서 나는 화면을 닫았다. 늘 거기까지였다. 높이뛰기 매트 바깥으로 추락한 그날 이후 이 경기의 풀영상을 본 적은 한 번도 없었다. 몇 번 시도한 적은 있으나 그때마다 눈앞이 뿌예

지거나, 머릿속이 하얘졌다. 이번엔 눈앞이 뿌예지는 동시에 머리가 하얘졌다. 연기를 할 필요가 없는 순간임에도, 나도 모르게 울 듯이 웃는 표정, 웃듯이 우는 표정이 번갈아 지어졌다.

습관처럼 동영상 창을 닫고, 습관대로 소주병을 열었다.

워리어가 이 경기에서 어떤 기술을 썼고, 헐크가 어떻게 반격했는지 내용은 잘 알고 있으니, 봐도 그만, 안 봐도 그만일 텐데, 희한하게도 볼 때마다 그만 보고 싶고, 화면을 멈출 때마다 보고 싶어졌다. 보려다가 중간에 포기하고, 잠깐 보다가 중간에 멈추길 여러 차례, 그렇게 나는 이 경기를 줄곧 피해 왔다. 이 경기를 볼 때마다 번번이 눈의 초점이 흐려지기 일쑤였다.

그런데 오늘만큼은 여느 때와 조금 다른 기분이었다. 이번엔 경기 영상을 처음부터 끝까지 볼 수 있을 것 같았다. 내가 변한 건 워리어 덕분일 수도 있고, 내면 연기가 완숙기에 접어들며 마음의 여유가 생긴 때문일 수도 있었다. 이유는 둘 중 하나일 수도 있고, 둘 다일 수도 있었다. 둘 다 아닐 수도 있었는데, 아침부터 소주를 너무 많이 마셔서 그런 착각이 들었을지도 모른다. 이러나저러나, 더 마실 필요가 있었다. 이런 고민을 하는 내가 낯설었지만, 소주병을 들고 있는 나는 나다웠다. 낯선 나와 나다운 나, 모두, 썩 마음에 들지는 않았다.

나는 사이다잔에 소주를 가득 채운 뒤 영상을 클릭했다. 낯선 나와 나다운 내가 평화로운 공존을 모색 중이었다. 어릴 때

비디오 가게에서 렌탈을 예약한 지 2주일 만에 간신히 2천 원을 주고 빌릴 수 있었던 두 편짜리 비디오테이프보다 화질이 열 배쯤 좋은 영상이, 손에 쥔 핸드폰 안에서 재생되고 있었다. 나는 핸드폰을 테이블 위에 두고, 핸드폰 위로 술을 가득 채운 잔을 들어 올린 뒤 허공에 원을 그리듯 돌렸다. 소주잔 아래에서 관중의 함성이 울려 퍼졌다. 땡땡땡, 종소리를 들으며 나는 화면 안으로 빨려 들어갔다. 목젖이 찌릿해졌다.

스타디움 안에 익숙한 음악 〈언스테이블〉이 흘러나왔다. 격렬한 기타 리프에 맞춰 워리어가 출입 통로를 전력 질주했다. 워리어는 링 위에 오르자마자 두 팔로 로프를 흔들며 거친 숨을 몰아쉬었다. 어느 때보다 팔과 다리에 두른 인디언 문양 술의 색감이 화려했다. 그의 가슴엔 자신의 마스크페인팅을 형상화한 그림이 그려져 있었다. 대륙 챔피언벨트가 그의 허리춤에서 반짝반짝 빛났다. 워리어는 코너 쪽으로 이동해 로프에 발을 딛고 올라섰다. 워리어는 오케스트라를 지휘하는 마에스트로처럼, 팔을 허공에 휘저으며 관중의 호응을 끌어냈다. 어디에 꼭꼭 숨어 있다가 터져 나왔는지 짐작조차 할 수 없는 거대한 함성이 이내 경기장을 가득 채웠다.

곧 헐크의 등장곡 〈리얼 아메리칸(Real American)〉[43]이 흘러나오자 경기장 안 공기의 흐름이 바뀌었다. 노란 민소매 티셔츠, 노란 팬티를 입고 노란 머리띠를 머리에 두른 헐크는 워리어와 달리 천천히 걸어 나왔다. 여유 있는 표정과 손짓. 헐크는 관중과 '밀당'을 할 줄 알았다. 헐크는 링 위에 올라오자마자 입고 있던 노란 티셔츠를 찢어 버렸다.

드디어 둘이 링 위에 마주 보고 섰다. '선'과 '선'의 격돌. '별'과 '별'의 충돌. '빛'과 '빛'의 대면. 링 위엔 '악'도, '블랙홀'도, '어둠'도 존재하지 않았다. 둘의 맞대결은, 악하고 어두운 요소가 없어 보여서, 더 비극적으로 느껴졌다. 프로레슬링 팬이라면 누구나 좋아할 수밖에 없었던 선수들이, 악의 무리와 나쁜 놈들을 척결해야 할 역사적 사명을 띠고 링 위에서 활약해 온 선한 캐릭터의 대명사들인 헐크와 워리어가, 망설이는 눈빛으로 서로를 노려보았다.

헐크가 워리어보다 약간 키가 컸다. 헐크는 워리어를 내려다보았고, 워리어는 헐크를 올려다보았다. 심판이 두 선수의 허리에 둘려 있던 챔피언벨트들을 거둬 갔다.

43 이 소설 속 가상의 등장인물 헐크의 배경 음악은 헐크의 실제 모델로 추정되는 헐크 호건과 같은 등장 음악을 쓰는 것으로 설정돼 있다. 이 곡은 미국 뮤지션 릭 데린저가 만들었다. 데린저는 헐크 호건의 등장 음악 외에 인기 태그매치 팀이었던 데몰리션 태그 팀의 등장 음악 〈데몰리션〉을 만들기도 했다.

#22

경기 시작을 알리는 종이 울렸지만 둘은 서로에게 달려들길 주저했다. 상대를 때리고, 눕혀야 하지만 때리기를, 눕히기를 망설이며 신경전을 벌였다. 워리어가 먼저 두 팔을 들어 올려 헐크의 몸통을 밀었다. 헐크도 가만히 있지 않았다. 똑같은 기술로 되받아쳤다. 워리어가 헐크를 코너 쪽으로 내동댕이치면 헐크도 워리어를 코너로 몰았다.

둘은 서로의 양손을 깍지 끼우고 본격적으로 힘겨루기에 돌입했다. 먼저 팔이 꺾이며 무릎을 꿇은 건 헐크였다. 워리어에게 두 손을 제압당한 상태로 헐크는 고통스러운 표정을 지었다. 그러나 역시 헐크는 헐크였다. 포기를 의미하는 "아이 큇(I quit)"을 외칠 법도 하건만 고통을 견뎌낸 헐크의 표정에 서서히 분노가 서리기 시작했다.

그의 표정 변화를 보며 나는 "역시 헐크가 내면 연기를 참 잘

해."라고 중얼거렸다.

내가 헐크를 응원할 순 없는 노릇이었다. 나는 원래 워리어의 팬이었고, 심지어 워리어와 몇 시간 전 친구가 되었으니까. 돈과 옷을 빌려준 친구를 어떻게 응원하지 않을 수 있겠나. 한참 전 치러진 경기이고, 이미 결과까지 알고 있지만, 그럼에도 나는 생중계를 보듯 목소리를 높여 워리어를 응원했다.

내 응원에 힘이 났는지 곧 워리어가 반격을 펼쳤다. 곧바로 이어진 헐크의 재반격. 둘 다 화려한 기술을 쓰는 선수들은 아니었다. 그러나 워낙 링 위에 팽팽한 긴장감이 흐르다 보니 보디슬램,[44] 수플렉스[45] 등 단조롭고 직선적이지만 힘이 많이 드는 묵직한 기술만으로도 이들은 분위기를 뜨겁게 달궜다.

워리어가 헐크를 링 밖으로 내동댕이치는 모습을 보며 나는 다시 소주 뚜껑을 돌렸다. 헐크는 링 밖으로 떨어질 때 몸을 움츠려 고통을 최소화했다. 내가 배웠어야 하는 기술이었다. 왜 어릴 땐 저런 중요한 장면들이 보이지 않았을까. 왜 수십 년이 흐른 뒤에야 저런 장면의 숨은 의미들이 보이기 시작한 걸까.

사이다잔 반을 간신히 채울까 말까 한 정도의 술이 남아 있었다. 나는 남은 술을 모두 잔에 부어 단숨에 입에 털어 넣었다.

44 상대의 몸을 어깨 위로 들어 올린 뒤 바닥으로 세게 메치는 기술.

45 상대를 잡아 들어서 시전자의 머리 뒤로 넘겨 등으로 떨어지도록 메치는 기술.

링 위로 다시 올라온 헐크, 몇 차례 공격 끝에 마침내 헐크가 워리어를 바닥에 눕히고 말았다. 두 팔로 워리어의 머리에 헤드록을 걸어 항복을 받아내려는 헐크, 다시 힘을 내기 시작하는 워리어. 둘은 서로에게 동시에 크로스라인[46]을 걸었고, 나란히 바닥에 쓰러졌다.

어느새 워리어의 마스크페인팅은, 얼굴에서 거의 지워졌다. 경기 전 가슴에 그렸던 그림도 땀에 씻긴 지 오래였다. 맨몸, 맨얼굴로 헐크에 맞서는 워리어의 모습이 처절해 보여서, 나는 뒷방에서 소주 한 병을 새로 꺼내 왔다. 맨정신으론 경기를 마저 볼 수 없었다.

새 술병의 뚜껑을 돌리자마자 워리어가 다시 링 위에 쓰러졌다. 의식을 잃은 워리어의 몸 위를, 헐크가 몸으로 덮었다. 헐크 입장에선 군더더기 없는 핀폴[47] 승을 노려볼 만한 상황이었다. 그러나 1, 2, 3. 카운트를 세는 심판의 목소리는 들리지 않았다. 심판이 앞서 로프 반동을 하며 뛰어오는 워리어와 부딪쳐 바닥에 드러누운 탓이었다. 심판 없이 워리어의 몸을 덮쳤

46 자신의 팔로 상대 선수의 목을 쳐서 넘어뜨리는 기술. 원래는 프로레슬링의 기술이 아니라 미식축구의 반칙 중 하나였다.

47 상대의 양 어깨가 땅에 닿으면서 엎드리지 않은 상태일 때, 자신의 신체 부위 중 일부를 상대 선수 몸 위에 올려놓은 뒤 심판의 3카운트 이상을 얻으면 승리한다.

으니, 헐크는 이겼으되 승리를 확정 지을 수 없었다. 억울한 표정을 감추지 못하는 헐크, 그를 보며 나는 또 혼잣말을 했다. “헐크가 내면 연기를 참 잘해.” 헐크는 누워 있는 심판 쪽으로 다가가 짜증을 부리기 시작했다. 어느새 정신을 차린 워리어가 헐크의 뒤로 다가가 그를 덮쳤다.

워리어가 매트 위에 헐크를 내다 꽂아 버리는 걸 보며, ‘이대로 경기가 끝나나?’ 싶어진 순간 또 한 번의 반전이 일어났다.

벌떡 일어난 헐크의 표정이 바뀌기 시작한 것이다.

경기 후반부에, WWF 최고 인기 스타이자 최고의 선역인 헐크가 분노한 표정을 지었다는 건, 곧 경기가 끝난다는 의미였다. 이른바 헐크의 ‘헐크 업’[48]이었다.

‘헐크 업’이 이뤄지는 전형적인 패턴이 있었다. 헐크가 상대 공격을 무시하고, 분노에 찬 표정을 지으며, 삿대질을 하기 시작한다. 그러면서 연신 “YOU”를 외친다. 그리고 반격의 서막을 알리는 기술인 해머링, 이어지는 로프 반동. 자신을 향해 뛰어오는 상대의 얼굴 쪽으로 다리를 번쩍 들어 올리는 기술인 빅 붓. 쓰러진 상대 위로 솟구쳐 올라 허벅지로 상대의 목을 찍

48 프로레슬링에서 무적 선역을 맡는 스타들은 대개 위기에 처했을 때 판을 뒤집는 기술, 일명 ‘컴백 무브먼트’를 갖고 있다. 이 소설 등장인물 헐크의 실제 모델로 추정되는 헐크 호건의 ‘헐크 업’은 가장 유명한 컴백 무브먼트 중 하나다. 해머링 연타, 빅 붓, 레그 드랍 연계 동작으로 이뤄져 있다.

어 누르는 피니시 기술인 레그 드랍.

심판의 카운트다운. 1, 2, 3. 그리고, 관중의 함성.

헐크의 이 필승 공식이 워리어 전에 어김없이 등장했으나 결과는 다른 때와 달랐다. 빅 붓을 얻어맞고 쓰러진 워리어가, 헐크의 마지막 기술인 레그 드랍을, 바닥에서 몸을 돌리며 피해버린 것이다. 헐크는 자신의 필살기가 통하지 않은 충격 탓인지 링에 누워 일어나지 못했다.

공식 경기에서 '헐크 업'한 헐크가 필살기 콤비네이션을 사용했는데도 쓰러지지 않은 상대 레슬러는, WWE에서 이날의 워리어 이전에 없었고, 이날의 워리어 이후에도 없었다.

'헐크 업'이 불발로 그치며 헐크의 시간은 끝났다. 썰물 뒤의 밀물처럼, 이젠 워리어가 자신만의 필살기를 선보일 차례였다.

워리어는 역기를 들어 올리듯 헐크를 머리 위로 들어 올렸다. 자신의 주특기인 워리어 프레스였다. 쓰러진 헐크의 몸 위로 몸을 날리는 워리어 스플래시가 성난 파도처럼 이어졌다. 헐크는 이 공격을 끝내 피하지 못했다.

나는 심판의 카운트다운을 따라 외쳤다.

1, 2, 3.

짧은 적막, 그리고 함성.

워리어의 등장 음악인 〈언스테이블〉이 경기장에 울려 퍼졌다. 거기에 맞춰 나는 고개를 끄덕였다.

선과 선의 대결답게 경기 후 이들의 행동도 더없이 선했다. 경기를 마친 뒤 헐크는 직접 워리어에게 챔피언벨트를 건넸다. 땀범벅이 된 두 선수는, 뜨겁게 포옹했다. 마스크페인팅이 지워진 상태에서 워리어는 링 위의 3단 로프를 흔들며 포효했다. 그러곤 세계 챔피언벨트, 대륙 챔피언벨트, 두 개의 벨트를 번쩍 들어 올렸다.

별과 별의 충돌, 링 위엔 하나의 별만이 남았다. 마스크페인팅이 지워졌기에 볼 수 있었던 그날 워리어의 맨얼굴은 정우성만큼 잘생겼고, 임영웅만큼 카리스마 넘쳤다. 그날 링 위의 그는 수백 개 별이 내뿜는 빛을 합친 것보다 수백 배 더 밝게 빛났다.

그 경기는 워리어의 프로레슬링 인생을 통틀어 정점으로 기록됐다. 언제까지나 찬란히 빛날 것 같았던 그 별은, 그 경기를 기점으로 빠르게 빛을 잃고 희미해져 갔다. 이때 활짝 열린, 영원할 것 같던 워리어의 전성기는 1년 6개월을 채 넘기지 못했다.[49]

49 헐크 호건을 꺾고 세계 챔피언에 오른 뒤에도 워리어의 단조로운 경기력은 종종 문제점으로 거론됐다. 1992년 WWF를 휩쓴 스테로이드 파동의 여파로 워리어는 그해 11월 해고된다. 이후 1996년 복귀했지만 예전만큼의 명성을 되찾진 못했고, 그해 하우스쇼 무단불참 사태 등으로 다시 해고됐다. 이후 몇몇 단체에서 뛰었지만 대중의 반응이 예전만큼 뜨겁진 않았다. WWE와는 2014년

워리어와 헐크의 경기를 보며, 나는 소주 두 병 반을 비웠다. 아직 한낮이었다. 누군가에겐 즐거운 축제로, 누군가엔 여전한 비극으로, 누군가에겐 마지막 추억으로 남을 핼러윈데이 직전 주말 밤이 기다리고 있었지만, 그렇기에 더더욱 술 한 잔이 간절했다. 경기 영상을 오랜만에 처음부터 끝까지 보니, 워리어와 헐크의 옛 경기가 어제처럼 생생해서, 시간이 빠르다는 걸 실감했고, 그런 속도로 내 마지막 핼러윈데이의 밤이 빠르게 지나가길 바랐다.

그러나 나는 알고 있었다. 언제나 그렇듯, 내 바람은 이뤄지지 않으리란걸. 대신, 길고 긴 밤이 나를 기다리고 있을 것이다.

그리고 늘 그렇듯 내 예상은 빗나가고 말았다. 내가 길 거라고 생각했던 것보다 훨씬 더 길고 긴 밤이, 나를 기다리고 있었다.

WWE 명예의 전당에 헌액되며 관계가 개선되는 듯 보였으나, 그해 WWE 행사에 연이어 사흘 참석한 다음 날 세상을 떠났다.

#23

워리어가 뛰쳐나가고 한 시간쯤 지났을 무렵, 졸다가 인기척에 고개를 들었다. 안내데스크 너머로 낯익은 인물이 나를 쳐다보고 있었다. 나는 오래된 TV 브라운관이 내 눈앞에 있는 것이 아닌가, 잠시 착각했다. 국내 지상파 채널이 아닌 AFKN에서, 그리고 오락실의 게임 화면에서 자주 보았던 얼굴이 거기 있었다.

나는 "어~"라고 외치며 화가 난 헐크가 링 위에서 삿대질하듯 내 앞의 상대를 손가락으로 가리켰다. 얼굴은 익숙한데, 이름이 바로 떠오르지는 않았다. 오래된 WWE, WWF 팬이라면 그를 모를 수 없었다. 선수들의 인터뷰를 도맡아 진행하던 인물이었다. 전두환 전 대통령을 연상시키는 시원한 민머리가 눈에 띄었다.

다크블루 색상의 수트를 갖춰 입은 그는 사람 좋아 보이는 웃음을 지으며 한 걸음 다가왔다.

"반갑습니다. 민진[50]이라고 합니다. 오전에도 우리 통화했지요?"

나는 아무런 대꾸도 하지 못하고 멀뚱멀뚱 서 있었다. 그는 내 반응에 개의치 않고 자기소개를 이어 갔다.

"DHR의 민진 소장입니다."

그의 말을 듣는 순간, 꼬여 있던 매듭이 더 꼬이기 시작했다.

"내가 통화를 했던 민진 소장이 당신이라고요? 당신은 WWF, WWE에서 유명했던 사람이잖아요. 성이… 익숙한 브랜드 이름이었는데…."

"그렇소. 내 풀네임은 민진 파크랜드요."

나는 요즘 자주 통화한 DHR 민진 소장이, 성이 민 씨인 한국 사람인 줄 알았다. '파크랜드'라는, 거품을 싹 뺀 것 같은 느낌의 단어를 성으로 쓰는 외국인일 거라곤 상상도 못했다.

"내가 아는 그 WWF 시절의 민진 파크랜드가 나와 통화한

50 이 소설 속 등장인물 민진 파크랜드의 실제 모델로 추정되는 민 진 오클랜드(1942~2019)는 WWE를 비롯한 여러 단체에서 활약한 전설적인 인터뷰어다. 1985년 3월 열린 역사적인 '레슬매니아1'에서도 인터뷰어로 활약하며 WWF 역사의 산증인이 되기도 했고, 당시 수많은 WWF의 선수들과 인터뷰를 하면서 친숙한 목소리로 사랑받았다. 1980년대 말 인기 오락실 게임 'WWF 슈퍼스타스'에도 그가 등장할 정도다. 2006년에 WWE 명예의 전당에 헌액되었다.

그 DHR의 민진 소장과 같은 인물이라고요?"

나는 핸드폰을 들고, 민진 파크랜드의 이름을 검색해 보았다. 불안한 예감은 적중했다. 그가 2019년 세상을 떠났다는 내용을 바로 확인할 수 있었다.

이젠 그리 놀랍지 않았다. 워리어에 이어 민진까지, 공식적으로 사망한 것으로 알려진 전설적인 레슬링계 인사들이 속속 우리 게스트하우스로 모여들고 있었다.

어딘가에 카메라가 숨어서, 나를 찍고 있는 게 아닐까. 몰래카메라 같은 상황의 연속이었다. 그렇다면 나의 갈고 닦은 내면 연기가 빛을 발할 수도 있을 것이다. 나는 민진 파크랜드를 보며 울 듯이 웃는 표정, 웃듯이 우는 표정을 번갈아 가며 지었다. 짧은 순간 이뤄진 내 표정 연기를, 연기인 줄 모르고 지켜본 민진 파크랜드가 걱정스러운 표정으로 물었다.

"혹시 조울증인가요? 전형적인 알코올중독 증세 같아 보이기도 하고. 병원에 가볼 필요가 있겠군요. 좀 심각해 보이는데…."

WWF 프로그램 중간중간, 민진 파크랜드가 마이크를 들고 선수들과 인터뷰를 하던 장면이 떠올랐다. TV에서 본 그는 당연히 영어만 구사했으므로 선수들과 어떤 말을 나누는지 어린 시절의 나는 알 수 없었으나, 인터뷰하는 레슬러들에게 편한 표정과 유쾌한 동작을 이끌어내는 걸로 봐선 꽤 매끄러운 진행

솜씨를 갖췄다는 걸 알 수 있었다.

어쩌면 그는 나라와 시대를 잘 만났는지 모른다. 1980년대에 우리나라에서 활동했다면 방송 출연 정지를 당했을 가능성도 높다. 당시 대통령과 외모가 닮았단 이유만으로 방송에 나올 수 없었던 어느 탤런트[51]보다 더, 그는 우리나라 전직 대통령과 외모가 닮았다.[52] 그를 실제로 보니, '각하'로 불리던 전직 대통령이 떠올라 말투가 나도 모르게 공손해졌다. 나는, 이 누추한 곳까지 어떻게 오시게 되었냐고, 그에게 물었다.

그는 요즘 투잡을 뛰고 있다고 했다. 세계적인 경기 불황 탓에 그렇게 하지 않으면 가계 경제에 기여할 수 없다는 것이었다.

나는 조심스럽게, 인터넷에서 본 사망 소식을 물었다. 민진 소장은 허리를 뒤로 젖히며 껄껄 웃었다.

51 탤런트 고(故) 박용식(1946~2013)은 1980년에 전두환이 쿠데타로 집권하면서 전두환과 닮았다는 이유만으로 10개월이나 방송에 나오지 못했다. 전두환이 직접 못 나오게 한 것은 아니고, 전두환과 매우 닮았기 때문에 방송국에서 알아서 그의 출연을 막았다. 부분적으로 출연금지가 해제된 뒤엔 모자나 가발을 써 가며 단역 출연을 했지만 어려운 상황이 한동안 이어졌다. 나중에 1990년 전두환 퇴임 후 박용식이 전두환의 연희동 사저에 초청받아 전두환과 직접 만나서 얘기했고, 전두환 본인은 전혀 몰랐던 부분이라며 대신 사과했다고 전해진다.

52 민 진 오클랜드는 대중에게 얼굴을 널리 알린 1980년대 초부터, 전두환 전 대통령을 연상시키는 대머리였다.

"참 재미있는 친구로군요. 그런 걸 믿소? 이 양반, 가짜뉴스에 선동되는 순진한 양반이로군. 그건 페이크 뉴스요. 포털 사이트와 기존 언론의 뉴스들을 믿지 마오. 그러지 말고 유튜브를 보시오. 거기에 진실이 있소. 난 유튜브만 믿소."

워리어에 이어 민진 소장에게까지 '재미있는 친구'라는 평가를 받으니 어쩐지 기분이 좋아졌다. 나는, 내가 프로레슬링 업계 관계자들을 웃기는 놀라운 재주가 있다는 걸, 오늘에서야 알게 되었다.

"2019년에 죽었다고 나온다고 했죠? 망할 WWE. WWE에서 각본 쓰는 작가들은 정말 천재들이라니까. 내가 죽었다고 인터넷에 적혀 있는 건 WWE의 농간이지. 이놈의 작가들은 눈 하나 깜빡 안하고 거짓말을 하는군. 그런데 뭐라고 할 순 없소. 큰 틀에서 보면 그런 가짜뉴스를 퍼뜨린 건 나의 깜짝 복귀를 위한 예비 수순이니까. 죽은 줄 알았던 '황금기'의 스타들이, 모두를 놀라게 하며 살아 돌아오면, PPV 판매량이 늘어난다나 뭐라나. 사실, 곧 워리어와 함께 WWE에 복귀하기로 이미 계약이 돼 있소. 날짜가 확정되진 않았지만, 둘이 한날한시에 링 위에 등장하는 시나리오는 이미 마련돼 있었거든."

나는 그의 말을 믿어야 할지 말아야 할지 알 수가 없어서, 울듯이 웃는 표정을 지었다. 그러자 민진 소장이 고개를 저었다.

"그러니까 내가 유튜브를 보라고 하지 않았소. 눈 밝은 유튜버들 몇몇이 이 소식을 산발적으로 알린 적이 있소. 조회 수가 많이 나오지 않아 화제가 되진 않았소. 무척 가슴이 아프지만. 다시 말하지만, 유튜브만 보시오. 모든 진실은 거기에 있소."

한참 열변을 토하던 민진 소장의 표정이 갑자기 어두워졌다.

"그런데 문제가 생겼소. 이건 아직 어떤 유튜브 방송에도 공개되지 않은 사건이오."

민진 소장은 프로레슬링의 전설적인 인터뷰어답게, 듣는 사람을 집중시키는 법을 알았다. 그가 뜸을 들일 때마다 나는 다음 이야기가 궁금해서 귀를 쫑긋 세웠다.

"WWE의 완벽한 계획이, 바로 저 망할 워리어 저 작자 때문에 틀어지게 생겼소. 원래 지금 타이밍에 워리어는 한국에 있으면 안 되거든. 그건 WWE의 천재적인 시나리오 작가들이 쓴 대본엔 없는 내용이오. 그런데 저 작자가 세계 7대 자연경관 선정위원회 쪽과 결탁해서 WWE를 엿 먹이고 몰래 한국에 온 거요. 아니, 몰래 왔으면 차라리 나아. 한국에 왔으면 조용히 다닐 것이지, 여기저기 동네방네, 한국에 왔다고 자랑질을 하고 다니니…."

나는 그의 말을 듣다가, 곧 그 단체의 이름이 '세계 8대 자연경관 선정위원회'로 바뀔 것이라고 정정해 주었다.

#24

민진 소장은, 워리어의 돌출 행동에, 하필 한국에 머물던 자신이 불똥을 맞았다며, 극심한 피로감을 호소했다. 그는 한국인인 나보다 유창하게 한국어를 구사했다.

민진 소장은 전화로 내게 'DHR에서 일한 경력만 20년'이라고 한 건 거짓말이라며 WWE와 밀접한 관계를 맺고 있는 회사인 DHR 미국 본사에 위장 입사를 한 뒤 WWE 복귀 시기를 조율하던 중이었는데, 그냥 미국에 살며 숨어 기다리자니 한없이 무료했기에 어쩔 수 없이 해외 근무를 자원하게 되었고, 워낙 자신의 헤어스타일이 한국의 전직 대통령과 똑같다는 평가를 한국 팬들로부터 자주 들어 한국에 대한 호기심이 있었는데, 그러던 차에 여차저차 한국에 오게 되었고, DHR 서울 용산구 임시 사무소로 발령을 받은 지는 1년 7개월이 되었다고 했다.

"한국에 내 성 '파크랜드'[53]를 딴 유명 의류 브랜드가 있지 않소? 그 브랜드 CF 모델 자리를 노리고 한국에 온 게 아닐까, 혹자는 의심할 수도 있겠죠. 그 의혹에 대해선 긍정도 부정도 하지 않겠소. 확실한 건 대한민국에 나만큼 '파크랜드' 양복이 잘 어울리는 사람은 없다는 거요."

그의 말을 듣다가, 왜 서울 용산구 지점은 정식 사무소가 아니라 임시 사무소인지 물었다. 인터넷 지도에 'DHR 서울 용산구 임시 사무소'가 검색이 되지 않는 이유도 궁금했다.

"급하게 한국으로 건너온 나를 위해 임시로 마련된 사무소요. 인터넷 지도에 등재하려면 돈이 든다기에 신청하지 않았소. 나는 DHR 정식 직원이 될 마음은 없어서 임시로 아르바이트를 하고 있는 겁니다. 최저 시급에도 못 미치는 돈을 받고 있지만 그렇다고 일을 그만두고 싶진 않아요. 잠깐 쉬듯 놀 듯 머리를 식혀 가며, 편하게 일할 만한 다른 곳을 찾는 건 쉽지 않거든요. 일종의 열정페이,[54] 헌신페이[55]인 거죠. 언제까지 여기

53 부산에 본사를 둔 국내 대표적인 패션 기업. 1973년 5월 태화섬유로 창사했고, OEM 수출에서 과감하게 탈피해 "서민을 위한 옷을 만들자."라는 경영철학을 바탕으로 1988년 '파크랜드' 브랜드를 론칭했다. 론칭 초기부터 "거품을 뺐습니다.", "옷값은 옷을 만드는 데 써야 합니다." 등의 광고 카피로 큰 호응을 얻었다.

54 어려운 취업 현실을 가리키는 신조어로, 열정을 빌미로 한 저임금 노동을 이름. 무급 또는 최저 시급에도·미치지 못하는 아주 적은 월급을 주면서 청년들의 노동력을 착취하는 행태를 비꼬는 신조어.

머물지 알 수 없지만, 당분간은 임시로 쭉 있을 계획입니다."

'헌신페이'에 대해서는 잘 알지 못하지만 '열정페이'는 생소한 단어가 아니었다. 민진 소장의 상황이 그리 낯설게 느껴지지 않았다.

"여기 제가 온 건 두 가지 문제를 해결하기 위해서요. 첫째, 고객님의 티셔츠 문제. 둘째, 워리어를 반송하는 문제."

"워리어가 저희 게스트하우스를 찾아 준 것은 개인적으론 영광이긴 한데…. 숙박비 정산 문제를 DHR과 협의하고 싶군요. 그런데 그전에, 일단 제 티셔츠를 언제 받을 수 있을지 궁금합니다."

민진 소장은 숙박비 정산 문제는 골치 아픈 다른 문제를 정리한 뒤 추후 협의하자고 했다.

"우리 전산 착오 탓에 실수로 실존 인물 워리어에게, 이 게스트하우스 주소를 발송한 것 같긴 한데, 자세한 내용은 재확인해 봐야 됩니다. 현재로선, 워리어와 워리어 티셔츠에 각기 다른 코드를 부여하는 과정에서 뭔가 혼선이 생긴 것으로 추정됩니다."

민진 소장은, 워리어 티셔츠가 라벨링 작업 실수로 실제 워리어의 짐과 섞이는 바람에 오류가 발생한 것 같다고 했다.

55 열정페이의 종교 버전. 특히 교회나 선교단체에서 일하는 전도사, 부목사, 간사, 직원들이 교회 담임목사에게 노동착취를 겪는 상황을 비꼬는 신조어.

"엎친 데 덮친 격으로 제주도에서 옷을 잘못 배송받은 분까지 조금 문제를 일으켜서요. 서귀포시에 사는 이호건 고객님이란 분인데…. 티셔츠를 잘못 전달받은 이호건 씨가 하룻밤 사이 생각이 바뀌었다며 잘못 배송받은 티셔츠를 반납할 수 없다고 버티는 바람에 DHR 제주도 관계자가 애를 먹었던 겁니다."

이호건이 누군지 궁금했는데, 민진 소장은 미처 물을 틈을 주지 않았다.

"그래서 제가 직접, 오전에 제주도에 다녀왔습니다. 제주도 서귀포시 강정동 거주자 이호건 씨의 저항이 만만치 않았지만, 저희가 협상을 하는 과정에서 상대에게 거절할 수 없는 제안을 했고, 다행히 그가 수용했습니다."

민진 소장은 "거절할 수 없는 제안"[56]이란 표현을 사용할 때 턱을 앞으로 내밀며 말론 브란도 특유의 표정을 흉내 냈다.

그러나 그의 연기에 감탄만 하고 있을 겨를은 없었다. 정작 배송사고 피해자인 나에겐 쿠폰 한 장 주지 않았으면서 잘못 배송받은 상대에겐 거절할 수 없는 제안을 했다고? 난 뭔가 거

56 영화 〈대부〉(1972)에서 말론 브란도가 맡은 마피아 대부 돈 꼴레오네의 대사 중 "그에게 거절할 수 없는 제안을 할 거야.(I'm gonna make him an offer he can't refuse.)"라는 표현이 유명하다.

절을 고민하고 말고 할 기회조차 얻지 못했는데?

"DHR에서 이호건 씨에게 어떤 제안을 했다는 건가요?"

"이호건 씨가 서울로 올라와 김남일 씨에게 직접 티셔츠를 전달하고 싶다고 했습니다. 그래서 저희가 고민 끝에 이호건 씨에게 이 게스트하우스 일박 숙박비를 지불하기로 했습니다. 오늘 '트리퍼닷컴' 사이트를 통해 숙박을 예약한 분이 있을 겁니다. 그분이 이호건 씨입니다. 이호건 씨가 여기 묵으면 결과적으로 우리 고객님의 게스트하우스 운영에도 경제적으로 도움이 되니까요. 모두가 이익을 공유하는 거죠. 이게 바로 공유경제 아니겠습니까?"

누가 게스트하우스에 숙박을 한다고, 내 재정적 상황이 나아지는 건 아니다. 제주도의 이호건에게 했듯, DHR이 내게도 뭔가 직접적인 혜택을 주었으면 좋았을 텐데, 하는 생각이 들었다. 내 아쉬운 감정을 말로 전달하진 않았으나, 간접적으로라도 상대에게 표현하고 싶었다. 그래서 나는 웃듯이 우는 표정을 지어 보였다. 민진 소장은 내 내면 연기에 압도되었는지, 재빨리 고개를 돌렸다.

나는 예약 사이트에 접속해 이호건의 예약 사항을 체크해 보았다. 오전에 내가 202호 숙박객으로 배정한 손님이 이호건으로 추정되었다. 'HOGAN. H. RHEE'라고 적혀 있어서 나는 외국 사람인 줄 알았다. 제주도에 사는 우리나라 사람이 숙소 예약을 하며, 법적으로 존재하지도 않는 미들네임을 쓸 일은 없다고 생각했기 때문이다.

민진 소장이 손목에 찬 시계를 보더니, 이호건이 올 때가 되었다고 했다. 민진 소장이 말을 마치자마자 게스트하우스 출입문이 열렸다.

"때마침 도착했군요."

#25

우람한 체구, 근사한 수염, 한국인이라고는 믿기 힘들 만큼 덩치가 큰 사내가 머리엔 검은 두건을, 눈엔 짙은 색 선글라스를 쓰고 등장했다. 그를 보자마자 프로레슬러 헐크가 떠올랐다. WWE에서 선역으로 활약하던 당시의 헐크보다는, 경쟁 단체 WCW[57]로 이적해 '할리우드 헐크'란 링네임을 쓰며 악역으

57 월드 챔피언십 레슬링(World Championship Wrestling). 미국의 프로레슬링 단체 중 하나로 1988년 설립. 경쟁단체 WWE의 간판스타였던 헐크 호건이 단체를 옮겨 악역으로 이미지 변신을 꾀하며 케빈 내쉬, 스캇 홀과 팀을 이뤄 활약했던 nWo(New World Order) 각본의 인기 등에 힘입어 1996년부터 급격한 성장을 이룩하게 된다. 1996년 후반부터 WCW는 82주 동안 WWE의 간판 프로그램 러(RAW)와의 시청률 경쟁(월요일 밤의 전쟁: Monday Night War)에서 승리하였지만 1999년부터 인기가 하락했고, 2000년 WWE에 시청률을 따라 잡히다가 2001년 3월 21일을 끝으로 약 8천만 달러에 이르는 적자로 인한 재정난을 견디지 못하고 파산하였으며, WWE에 흡수 합병되었다. 이후 WCW의 선수 대부분은 WWE로 이적하게 되었다.

로 활동하던 시절의 헐크를 연상시키는 패션이었다. 이호건은 입구로 들어오다가 문턱에 걸려 비틀거렸다. 그는 미국 사람처럼 "쉣"을 연이어 외치며 안내데스크 앞으로 다가왔다.

"자네가 이 게스트하우스의 김남일 매니저군. 자네가 워리어 티셔츠를 샀나? 그런 작자인가? 그런 사람이야? 납득이 안 가는군, 왜 하필 워리어인가, 헐크 티셔츠를 샀어야지."

그는 다짜고짜 시비를 걸었다. 무례한 그의 말과 태도에 발끈했지만 나는 입을 꾹 다물었다. 세 가지 이유 때문이었다. 헐크를 연상시키는 그의 우람한 체구, 입을 열 때의 지독한 담배 냄새, 그리고 담배 냄새와 묘하게 뒤섞여서 풍겨 오는 오이비누 냄새. 코를 막을 사람은 나였는데 오히려 그가 먼저 코를 막았다.

"아니, 술 냄새가 왜 이렇게 나나. 이거 참…. 알고 보니 감수성 풍부한 사람이군. 난 심신미약 상태인 사람들을 좋아한다네. 그들은, 결과적으로, 늘 아무 잘못이 없거든. 좀 전에 과격하게 말해서 미안하네."

나는 그에게 예약 확인 절차 때문에 신분증이 필요하다고 말했다. 예약자명 HOGAN. H. RHEE는 내게 주민등록증을 내밀었다. 주민등록증엔 이호건이라고 적혀 있었다. 'HOGAN. H. RHEE'의 미들네임 H가 뭘 의미하는지 알 수 없었다.

"예약자명하고 다른데요?"

내가 물었다.

"여기 은행인가? 금융실명제[58]라도 시행해? 자네가 김영삼 대통령이야? 나는 물건을 받을 때, 그리고 뭔가를 예약할 때 다른 이름을 쓴단 말이야. 불만이야? 뭐가 잘못됐어? 좋은 사람인 줄 알았는데 아니었군. 내가 참, 사람을 잘못 보았구먼."

나는 그의 주민등록증 속 나이와 주소를 살펴보았다. 자신을 HOGAN. H. RHEE라고 주장하는 이호건은 나와 동갑이었는데 2월생이었다. 내가 3월생이니 생일은 보름도 차이 나지 않는데, 그가 나보다 한 학년 높을 터였다. 주민등록증에 적힌 주소지는 제주도가 아니라, 어릴 때 내가 살던 동네로 돼 있었다.

나는 컴퓨터 모니터에서 눈을 떼지 않고, 내 목소리가 떨리는 걸 눈치채지 않기를 바라며, 이호건에게 물었다.

"혹시 말보로 레드 피우십니까? 중학교 때부터 피우셨죠?"

"여기 게스트하우스 아니야? 자네 무당이야? 혹시 점도 봐주나?"

나는 이호건에게 주민등록증을 돌려주며 바구니에 담긴 스카치캔디를 권했다. 이호건은 스카치캔디를 입에 넣으며 눈을

58 금융실명제는 김영삼 정부(별칭 문민정부) 초기였던 1993년 8월 발표되고, 전격 시행됐다. 이후 국민은 모든 금융회사와 거래할 때 차명·가명이 아닌 실명을 사용하고, 금융회사는 이를 의무적으로 확인하게 됐다. 당시 경제혁명으로 불릴 만한 파격 조치였다고 평가된다.

감았다.

"이 버터맛, 참으로 오랜만이군. 이걸 먹으니 고향에 돌아온 기분이 드는군."

이호건이, 오도독 소리를 내며 캔디를 깨물었다. 어디선가 백파이프 소리가 구슬프게 들려왔다.

나는 202호 방 열쇠를 오른손에 들어 올렸다. 그가 손을 내밀었지만, 열쇠를 바로 그의 손에 쥐여 주진 않았다.

"워리어 티셔츠의 상태가 방 열쇠를 받을 수 있을지를 결정할 열쇠가 될 것이오."

내 진지한 말에 이호건은 껄껄 웃으며 "재미있는 친구로군." 이라고 말했다. 프로레슬링 관계자들을 제외하고, 내 말에 누가 웃어 준 건 참으로 오랜만이었다.

그는 겉 포장지가 뜯어진 상태로, 비닐이 엉성하게 씌워진 워리어 반팔 티셔츠를 내게 내밀었다. 나는 이호건에게 받은 티셔츠를 가슴팍에 끌어안았다.

민진 소장이 내게 물었다.

"티셔츠 예쁘군. 얼마에 샀소?"

내가 가격을 말하니 민진 소장이 고개를 끄덕였다.

"옷값은 정직하게 옷을 만드는 데 썼나 보오. 거품은 껴 있지 않군요."

티셔츠에 코를 대보니, 내 기대대로, 미국 냄새가 났다. 말로 설명할 순 없지만, 미국 제품에는, 미제 물건만의 냄새가 있었다. 미국에 가본 적은 없지만, 내겐 미국 냄새라고 생각하는 냄새에 대한 기억이 있었다. 예전 내 서랍에 들어 있던 WWF 잡지에서도 이런 냄새가 났다. 오랜만에 이 냄새를 맡으니, 고향에 돌아온 기분이 들었다. 영국에서 온 제품인데 미국 냄새가 나는 걸 보며, '영미권'이란 말의 의미를 실감했다.

나는 이호건에게 202호 열쇠를 건네며 말했다.

"저 역시 어린 시절로 돌아간 기분이 드는군요."

DHR 민진 소장이 손뼉을 치며 우리의 물물 교환을 지켜보았다.

"전 왜 당근이 먹고 싶어지는지 모르겠네요."

민진 소장이 이렇게 말하며 핸드폰을 꺼내 우리 둘의 사진을 찍으려 했다. 내가 말리려 했지만, 민진 소장은 본사 보고용이라며 촬영을 강행했다. 그가 말하는 '본사'가 DHR인지, WWE인지 궁금했는데, 내가 묻기도 전에 민진 소장은 사진을 DHR과 WWE, 두 군데에 제출할 거라고 했다.

"이제 워리어 씨만 반송해 가면 됩니다."

내가 물었다.

"아까부터 반송이라는 표현을 쓰시던데… 어떻게 하신다는 말씀이시죠?"

민진 소장은 국제 조직인 DHR 본사와 WWE 본부에 동시에 이번 사고가 접수됐고, 두 업체 모두 발칵 뒤집혔다며 워리어를 데려가야 한다고 했다. '반송'이란 표현은, DHR 본사와 WWE 본부 어디에서도 공식적으로 쓰지 않지만, DHR 서울 용산구 임시 사무소에서 임시로 사용하는, 공식 표현이라고 했다. 그는 워리어가 어디 있는지 아냐고, 내게 물었다.

"그런데, 어디로 반송을 하나요?"

"그건 말씀드릴 수가 없습니다."

나는 이들을 도울 수 없다고, 돕지 않겠다고 마음먹었다. 워리어와 나는 친구니까. 내가 그에게 옷과 돈을 거리낌 없이 빌려줄 만큼 가까운 사이니까.

"고객님이 저희를 조금 도와주시면 저희가 특별 쿠폰을 특별히 드리는 방안을 검토해 보겠습니다."

민진 소장이 언급한 '특별 쿠폰'이란 단어에 호기심이 일었다.

"그걸로 뭘 할 수 있죠?"

"다음 해외 직구를 하실 때 한 번 무료로 저희 서비스를 이용하실 수 있습니다."

민진 소장 옆에 서 있던 이호건이 외쳤다.

"그걸로 헐크 티셔츠 한 벌 사 입게."

#26

나는 민진 소장에게, 워리어가 탑골공원에 갔다고, 말했다.

민진 소장이 얼굴을 찡그리며 물었다.

"워리어를 찾으려면 '온라인 탑골공원'[59]에 접속하면 되나요?"

나는 대답을 하는 대신 컴퓨터 모니터를 민진 소장 쪽으로 돌렸다. 유튜브를 열어, 워리어가 나가기 전 가르쳐 준 단체명을 검색했다.

마침 워리어가 삼촌의 인디안 잠바를 입고 강단에 서서 연설을 막 시작하려는 찰나였다.

"안녕하세요. 정우성 같은 미남 레슬러이자 임영웅 같은 링

59 '온라인'과 노년층이 많이 모이는 서울 종로의 '탑골공원'을 합친 신조어. 1980~90년대에 출생한 30~40대가 주로 몰리는 음악 방송 콘텐츠를 가리킨다.

위의 음유시인 '워리어'입니다. 원래 풀네임은 더 긴데 줄여서 워리어라고 부르죠. 여러분도 워리어라고 불러 주십시오. 여러분, 생활 속에서 '파이팅'[60]이란 표현을 즐겨 사용하시죠? 대부분 그 말을 콩글리시로 알던데, 전혀 아닙니다. 그 표현을 지금 여러분이 쓰시는 뜻으로 제일 처음 사용한 사람이 바로 저입니다. 아직 널리 알려진 내용은 아닌데, 졸개 고릴라 같은 제 친구 한 놈이 곧 그 내용을 각종 온라인 게시판에 널리 알릴 겁니다."

워리어는, 어린 시절 성문기본영어를 몇 번 간신히 훑은 정도 수준인 나도 어렵지 않게 알아들을 수 있는 영어 단어와 문장을 사용해 연설을 이어 갔다.

그는 '동성애 반대'를 다음 연설 주제로 내걸었다. 현장에 모인 할아버지, 할머니 30여 명 가량이 워리어의 연설을 듣고 있었다. 관객 사이에서 "파이팅"이란 외침이 터져 나왔다

"내용이 참 좋군. 역시 연설은 기가 막히게 잘해."

민진 소장은 워리어의 연설을 들으며 연신 감탄사를 내뱉었다.

60 소설 속 등장 인물 워리어의 주장과 달리 'Fighting'은 콩글리시가 맞다. 본토인 영미권에서는 형용사로 쓸 뿐이지 독립어로 쓸 수 없는 단어. 영어로 직역하면 '싸움, 전투'지만 한국에선 '힘내자', '응원한다'는 의미로 쓰인다.

"이 유튜브를 보니 영감이 떠오르는군요. 탑골공원에서 워리어가 연설하는 장면을 클립으로 만들어 '온라인 탑골공원'에 올리는 거요. 올드팬들은 열광할 수밖에 없을 거요."

유튜브에서 눈을 떼지 못하고 있는 민진 소장에게 물었다.

"어떻게 워리어를 데려가실 계획인가요?"

"그를 반송하는 방법에 관해서는 DHR, WWE 두 단체와 논의를 마쳤소. 그의 성격상 내 말을 들을 리가 없지. 어쩔 수 없이 물리적인 힘을 써야 할 듯하오. 그리고 그에게, 우리를 따라갈 명분도 줘야겠지요. 어쨌든 왕년의 스타이니까. 그래서 워리어의 격에 맞게 행사를 진행하기 위해 우리 조직의 실력자들을 불렀소. 다행히 여기 계신 이호건 선생께서도 도와주기로 하셨죠. 최소한 마이크워크는 현역 레슬러 못지않은 것 같고. 중학교 때 높이뛰기 매트에서 프로레슬링 기초 실력을 다졌다고 하더군요. 그렇다면 기본기가 좋단 얘기 아니겠소. 높이뛰기 매트만큼 프로레슬링을 익히기 좋은 장소는 없으니 말이오."

이호건이 말했다.

"나는 워리어 같은 놈들이 싫어. 중학교 때부터 워리어 흉내 내는 놈들이 싫었어. '슈퍼스타' 게임에서 워리어 고르는 놈들도 싫었고. 난 늘 헐크였다고. 워리어가 눈에 띄는 족족 바닥에 내다 꽂아버렸지. 워리어 같은 놈들은 안 봐도 뻔해."

누구도 대꾸하지 않았다. 레슬링계 사람들을 웃기는 건 어렵지 않은 일이었고, 나는 그런 일에 특화된 재능을 보유하고 있는 '재미있는 사람'이라는 걸 인식하기 시작했지만, 이번엔 말을 아꼈다.

화면 속 워리어는 이제 총기규제 완화를 부르짖고 있었다. 아직 공식적으로 전쟁이 끝나지 않은 한반도에서 총기를 금지하는 건 국민이 자신을 스스로 지킬 권리를 완전히 차단한다는 의미라며, '잘 규율된 민병대는 자유로운 주(State)의 안보에 필수적이므로, 무기를 소장하고 휴대하는 인민의 권리는 침해될 수 없다'라는 미국 수정헌법 2조를 한국에도 도입해야 한다고 열변을 토했다.

그러면서 'State'란 단어를 사용하니 자신의 테마곡 〈언스테이블〉이 떠오른다며, 집에 가는 길에 꼭 유튜브로 검색해서 들어보라는 말도 잊지 않았다.

민진 소장이 말했다.

"내용이 참 좋군. 연설은 기가 막히게 잘해."

민진 소장은 워리어의 말에 궁금증이 생겼다며 핸드폰을 들어 〈언스테이블〉을 검색했다. 그가 포털 사이트 검색창에 '언스테이블' 단어를 쓰자 옆에 연관 검색어로 백두의 〈메인 액터〉가 떴다.

#27

나는 할 일이 있다고 양해를 구한 뒤 306호로 올라갔다. 미국에서 온 대학생 커플이 늦게 퇴실하는 바람에 미처 청소를 하지 못한 방이었다. 방에 걸린 벽시계를 보니 이미 늦은 오후였다. 새로 입실하는 손님들이 체크인을 위해 들이닥칠 시간이 얼마 남지 않았다.

나는 진공청소기를 돌리기 시작했으나, 여느 때와 마찬가지로, 청소에 집중할 수 없었다. 그때그때, 청소에 집중할 수 없는 이유는 달랐는데, 이번엔 인디안 잠바에 대한 걱정이 청소를 방해했다. 워리어가 숙소로 돌아오자마자 바로 반송된다면 삼촌의 잠바를 받지 못할 거란 우려감이 들었다. 민진 소장의 계획에 따르면 워리어가 돌아왔을 때 어수선한 상황이 벌어질 게 분명했고, 옷을 달라고 말할 타이밍을 잡지 못할 가능성이 컸다.

인디안 잠바를 회수하지 못한다면 나는 삼촌의 손에 죽을지도 모른다. "삼촌의 손에 죽을지도 모른다."는, 비유적인 표현이 아니었다. 삼촌은 내게 실질적인 위협을 가할 수 있는 존재였다. 삼촌은 자신의 힘과 기술을 내 앞에서 자주 뽐냈다. 삼촌은 젊은 시절 태권도, 공권도, 격투도, 합기도, 공권유술 등을 익힌, 도합 23단을 자랑하는 정통 무도인이었다. 본인 말로는 그랬다. 삼촌은 자신의 손목을 잡아 보라고 한 뒤 내 팔을 꺾는 걸 즐겼다. 내가 체격에서 삼촌에 밀리는 건 아니었지만 어쩐지 삼촌 앞에만 서면 위축이 돼 아무 저항도 할 수 없었다.

뭐가 어떻게 돌아가는지 알 수 없게 된 이 혼란스러운 상황에 더는 휘말리고 싶지 않았으나, 어쩔 수 없이 이 사태에 직접 개입해야 할 필요성을 느꼈다. 언제나처럼, 너무 늦은 깨달음이었다. 잠바를 잃어버린다면 삼촌이 내 팔을 사정없이 꺾을 것이다.

"인디안을 구출해야 해."

내 안의 나 아닌 다른 내가, 내 목소리를 빌려 중얼거렸다. 내 의지와 상관없이 내 입 밖으로 튀어나온 말에 놀란 나는, 재빨리 고개를 저으며 혼잣말을 하는 내 안의 다른 나를 밀쳐냈다.

"내가 할 수 있는 일이 아니야. 잠바는 잊자. 그냥 팔 한번 꺾이고 말자."

나는 방안 화장대의 거울을 노려보다가, 바닥에 널브러진 콘돔을 막 빨아들인 진공청소기의 전원을 껐다. 거울 속 내 모습이 낯익은 듯 낯설었다. 거울 속 나는, 내가 늘 보는 지금의 나와는 거리가 멀었다. 중학교 1학년 때의 내가, 거기에 서 있었다. 꽤 날렵한 몸매의 아마추어 프로레슬러, 워리어 스플래시를 주특기로 삼는, 얼른 몸집이 커져서 워리어 프레스를 구사하는 게 소원인 미래의 '최후의 인디언 전사'가 초롱초롱한 눈빛을 내뿜고 있었다.

"HOGAN. H. RHEE, 아니 이호건이 두려워?"

중학교 1학년 때의 내가, 나에게 물었다.

나는 고개를 끄덕였다. 그러면서 거울 속 나를 향해, 웃듯이 우는 표정을 지어 보였다. 그걸 본 중학교 1학년 때의 내가 울듯이 웃는 표정을 지었다. 그러더니 거울 속 나는, 나를 향해 한숨을 쉬었다.

"참으로 멍청하고, 한심한 놈이구먼."

"멍청하다."라는 말은 중학교 때 이후 많이 들었던 말이라 별로 기분 나쁘지 않았다. 멍청하긴 해도 멍청하다는 사실 자체를 모를 정도의 바보는 아니니, 이 정도면 아주 멍청한 건 아니라고 스스로 위안해 왔다.

'한심'도 내겐 친숙한 단어였다. '한심'은 내가 세상을 사는 중요한 작동 방식이었다. 어느 순간부터 내 마음이 '열심'보다는

'한심' 쪽에 조금 더 가까워졌단 걸 나도 알고 있었다. 서늘한 눈빛을, 차가운 세상을, 아무렇지 않은 척 서늘하게, 때로는 차갑게, 비스듬히 스쳐 지나온 지 어언 33년이었다.

거울 속의 나는, 한숨을 내쉬며 내게서 멀어져 갔다. 어쩌면 내가, 나도 모르게, 다른 나를 밀어내고 있는지도 몰랐다. 그러고 싶진 않았다. 나는 점점 작아져 가는 거울 속의 낯선 나를, 밀쳐내지 않으려고 노력해 보았지만, 언제나 그렇듯, 마음대로 되지 않았다. 거울 속, 중학교 1학년의 나는, 작은 점이 되기 직전, 희미한 빛을 내뿜었다. 어둠 속으로 사라지기 전, 뭔가를 간절히 바라는 듯 그의 눈빛이 잠시 반짝일 때, 그 작은 폭발이 내 안의 뭔가를 발화시켰다. 〈언스테이블〉의 격렬한 기타 리프가 들릴 듯 말 듯 작게, 귓가에 맴돌다 사그라들었다. 나는 고개를 까딱거리며, 빛의 잔상이 완전히 사라지는 걸 지켜보았다.

아래층 로비 쪽에서 쿵쿵거리는 소리가 들렸다. 마치 벼룩시장이라도 열린 듯 왁자지껄했다. 방 안에서 한 시간쯤 청소하는 시늉을 하다가 천천히 로비에 내려가는 게 당초 계획이었다. 무슨 일이 있었냐는 듯, 태연하게. 어차피 CCTV가 설치돼 있으니, 내가 없는 사이 아래층에서 무슨 일이 벌어지는 게 크게 걱정이 되진 않았다. 어떤 일을 미리 방지하려 노력하기보단 사후 처리에 집중하는 게, 나의 한심하고 멍청한 문제 해결법이었는데, 주인의식 없는 종업원의 관점으로 봐도 그게 가장 합리적인 방식이었다.

그런데 멍청하게도, 자꾸만 아래층의 일이 궁금해지기 시작했다. 한심하게도, 뜨거운 열기 같은 것이 가슴 한쪽에서 생겨나서, 몸 안을 덥히기 시작했는데, 이게 두려움인지 설렘인지, 일시적인 떨림인지 구분이 되질 않았다. 이런 감정을 오랜만에 느껴 보는 것이기에, 어떻게 가라앉혀야 할지 알 수 없었다. 나는 청소기를 몇 차례 발로 걷어찼다. 청소기가 바보처럼 이리 비틀 저리 비틀 하는 모습을 보아도, 한번 달궈진 가슴속 뭔가는 쉬이 식지 않았다.

방 청소를 끝마치는 게 급선무였다. 침대 시트를 갈아야 하고, 냉장고 안에 생수 두 통을 채워 놓은 뒤 화장실을 청소해야 하는데, 아무리 요령을 피워도 20분은 족히 걸릴 터였다. 그런데 그 20분을, 견딜 자신이 없었다. 당장, 아래층으로 뛰어 내려가고 싶었다.

평소의 나답지 않게, 나는 속도를 내어 청소기 헤드를 앞뒤로 움직였다.

"할 수 있겠어, 네가?"

어느새 거울 속으로 돌아온 중학교 1학년 때의 내가 빈정거렸다. 중학교 1학년 때의 내가, 한쪽 입꼬리를 올리고, 나를 비

웃었다. 반박할 말이 쉬이 떠오르지 않았다. 나는 아무 대답도 하지 않았다. 아니, 하지 못했다. 대신, 거울에 등을 돌리고 그 자리에 주저앉았다.

나는 청소 비품이 담긴 카트 아래쪽을 뒤적였다.

이 상황에 어울릴 만한 영어 문장이 떠올랐다.

"렛츠 겟 레디 투 럼블."

중학교 1학년 때의 내가, 등 뒤에서 소리쳤다.

"당장 그만두라고. 이 멍청한 자식아!"

남의 말을 잘 듣지 않은 지 오래인 나는 뒤쪽에서 들리는 외침을 무시하며, 카트 아래쪽에 넣어 두었던 영국산 워리어 티셔츠를 꺼내서 몸에 대 보았다. 활짝 펼친 티셔츠는, 그럭저럭 내 몸에 잘 맞아 보였다. 티셔츠 앞쪽에 프린트된 워리어는 팔과 승모근, 가슴 근육을 강조하는, 보디빌딩식 사이드 체스트 포즈를 취하고 있었다. 온몸의 근육을 한껏 부풀린 워리어가, 티셔츠 앞에 박제된 상태로 나를 쳐다보았다.

"스피크 투 미, 워리어스!(Speak To Me, Warriors!)"

티셔츠 속 워리어가 갑자기 떠들어 대기 시작했다. 그가 내뱉은 영어 문장을 나는 용케 알아들었는데, 워리어가 팬들의 호응을 유도할 때 자주 사용하던 표현이었다.

티셔츠 속 워리어는 오전에 나와 친구가 된 워리어와 다른 워리어인 듯했다. 겉모습만으로는 잘 구분이 가질 않았으나,

택시비를 빼앗아 간 내 친구 워리어와 미묘하게 눈빛이 달랐다. 티셔츠 속 워리어의 눈빛에는 싸우려는 의지가 가득했다. 티셔츠 속 워리어는, 내가 안내데스크에서 만난 워리어보단 오래전 헐크와 싸우던 젊은 시절의 워리어와 닮아 있었다. 로비에서 나와 유창한 한국어로 수다를 떨던 워리어와 달리 티셔츠 속 워리어는, 아직 한국에 건너온 지 얼마 안 된 탓인지, 한국말이 서툴렀다. 영어 발음은, 미국식보단 영국식에 가까웠다. 티셔츠 속 워리어가 뭐라고 한참 시끄럽게 했지만, 대부분의 말을 나는 알아듣지 못했다. 'T' 발음이 또렷하다는 정도만 알 수 있었다. 내가 그의 말을 한쪽 귀로 듣고, 한쪽 귀로 흘리는 걸 눈치챈 워리어는 나를 한심하다는 눈빛으로 바라보았다. 그의 눈빛이 평소 삼촌의 눈빛과 별반 다르지 않았기에, 그게 한심해하는 눈빛이란 걸 대번에 알아챌 수 있었다.

나는 거울 쪽에 등을 돌린 채, 입고 있던 르까프 등산복 티셔츠를 벗고, 워리어 티셔츠를 목에 넣었다. 옷을 입을 때 희미하게, 영국의 냄새가 났다. 처음 티셔츠를 받았을 땐 미국 냄새인 줄 알았는데, 다시 맡아 보니 미국보단 영국 쪽에 가까운 냄새였다. '영미권' 제품이라고 다 같은 냄새가 나는 건 아니란 걸, 처음으로 알게 되었다.

티셔츠에서 나는 냄새는 영국식 정원에서 밀크티를 마실 때의 편안한 기분을 느끼게 했다.

뭐라고 시끄럽게 떠들던 티셔츠 속 워리어가, 내 가슴팍에 밀착된 뒤엔 조용해졌다. 내 가슴에 달라붙은 워리어는 나에게 화를 내는 대신, 보디빌더처럼 옆으로 몸을 틀며 왼손으로 오른 손목을 잡는 사이드 체스트 포즈를 잡는 데 열중했다.

워리어 티셔츠를 입고 몸을 돌리니, 거울 속엔 놀랍게도, 워리어 티셔츠를 입은 내가 서 있었다. 중학교 1학년 때의 내가 아닌, 그리고 그 누구도 아닌, 지금의 내가 서 있었다. 거울 속에 내가 있고, 내가 나를 쳐다보는 상황이 무척 낯설었다. 거울 속의 나와, 똑바로 얼굴을 마주 대하는 게 얼마 만인지 기억이 나질 않았다.

거울 속에서 난, 늘 다른 나를 봐 왔었다. 나를 보고 있을 때도, 내가 본 건 내가 아니었다. 나 너머의 나를 바라봐 왔고, 늘 나 이상의 나를 꿈꿔 왔다. 그래서인지, 오랜만에 거울을 통해 보는 지금의 내가, 나는 마음에 들지 않았다. 언제나처럼 다른 누군가가 거울 속에 나타나길 바랐지만, 그런 일은 일어나지 않았다. 하는 수 없이 나는 거울 속의 나를 응시했다.

김. 남. 일.

나는 내 이름을, 나지막이 불러 보았다.

마흔일곱 살의 김남일이, 거울 속에서, 고개를 숙였다.

나는 시선을 아래쪽으로 내리깔며, 입고 있는 워리어 티셔츠를 보았다. 역시 영미권 티셔츠를 살 땐 그레이 색깔을 골라야 한다고, 티셔츠를 참 잘 샀다고, 혼잣말을 했다. 원래 허공에 대고 혼잣말을 잘하는 편인데, 거울 앞에 서서 혼자 중얼거리는 나를 보니, 스스로가 바보처럼 느껴져서, 앞으로 그러지 말자고 다짐했다.

다시 거울을 쳐다보니, 내가 원래 이렇게 한심하게 생겼었나 싶었는데, 마흔일곱 살의 김남일에게 조금 놀랐고, 약간 실망했으며, 거울 속 나를 뚫어지게 바라보고 있는 스스로가 멍청하게 느껴지기 시작했다. 그리고 어딘지 모르게, 바보처럼 보이기도 했다.

다시 시선을 아래로 내리까는데, 거울 속, 티셔츠에 프린트된 워리어가 나를 향해 외쳤다.

"이 멍청한 놈. 한심하게 굴지 마."

어느새 티셔츠 속 워리어는 한국어를 하고 있었다. 워리어는, 좀 전보다 가슴 근육이 좀 더 부풀어 있었고, 조금 더 눈빛에 분노가 서려 있었다. 그의 말에 놀란 나는, 다시 거울 속 내 얼굴을 쳐다보았다. 아까보다는 조금 덜 멍청해 보였는데, 새로 산 워리어 티셔츠가 썩 잘 어울리기 때문인 듯했다. 티셔츠 속 워리어는 더는 내게 말을 걸지 않고, 씩씩대며 나를 노려볼 뿐이었다.

이제, 아래층으로 내려갈 시간이었다.

청소도구를 내버려 둔 채 방에서 나오는데, 뒤쪽의 진공청소기가 눈에 밟혔다. 침대에 몸통을 기댄 채 널브러져 있는 모습이, 지난 33년 동안의 나를 닮아 있었다. 다시 갱년기 증상이 도진 탓인지, 핑, 눈물이 돌았다. 나는 다시 방으로 들어가서, 쓰러진 진공청소기를 집어 들었다.

나는 진공청소기를 끌고 계단을 내려가다가 층계참에 서 있는 거울을 보며, 배에 힘을 준 뒤 사이드 체스트 자세를 취해 보았다. 티셔츠 속 워리어가, 거울에 비친 나를, 무표정하게 바라보았는데, 워리어가 실제로 아무 표정도 짓지 않고 있는 것인지, 무표정한 분장을 했기에 무표정하게 보이는 것인지 분간이 되질 않았다.

#28

1층으로 내려가다가 계단참으로 고개를 내밀어서 살펴보니 로비에 사람들이 가득했다. 낯익은 복장을 한 낯익은 이들이 눈에 띄었다. 낯설지만, 낯설게 느껴지진 않는 광경이었다.

안내데스크 앞에 민진 소장이 마이크를 들고 서 있었고, WCW 시절 검은 복장을 하고 악역으로 변신했던 헐크와 흡사한 복장을 한 이호건이 그 옆에 있었다. 그리고 AFKN과 오락실 게임 '슈퍼스타'에서 자주 보았던, 인기 레슬러 여러 명이 민진 소장 쪽을 바라보고 서 있었다.

돈다발을 손에 들고 거만한 표정을 짓고 있는 '달러맨',[61] 곤

61 소설 속 등장인물 달러맨의 실제 모델로 추정되는 '밀리언 달러맨' 테드 디비아시(1954~)는 재수없는 갑부 역할을 주로 수행했다. WWE를 넘어 프로레슬링 역사에 한 획을 그은 악역 프로레슬러이자 졸부 기믹 프로레슬러의 최고수로 꼽힌다. "누구에게나 다 값이 매겨져 있지.(Everybody's got a price.)"라는 유

봉을 든 채 경찰복을 입고 있는 '보스맨',[62] 목에 뱀을 두른 '스네이크',[63] 나를 보자마자 윙크를 하며 느끼한 미소를 지어 내 고개가 절로 돌아가게 만든 '닉 루드',[64] 한 손에 통기타를 든,

행어를 남겼는데, 이후에도 이 표현은 여러 장르에서 자주 오마주, 패러디되고 있다. 우리나라에선 "모든 목숨엔 가격표가 붙어 있지."로 해석되기도 한다. 2010년에 WWE 명예의 전당에 헌액됐다.

62 소설 속 등장인물 보스맨의 실제 모델로 추정되는 '빅 보스맨' 레이 트레일러(1963~2004)는 교도관 출신의 레슬러로 유명하다. 이후 교도관 경찰 이미지를 자신의 기믹으로 사용한다. WWF에선 큰 덩치에도 날렵하고 강한 모습으로 큰 반향을 일으켰다. 승리한 다음에는 상대 손목에 수갑을 채워 링 로프에 걸어둬 못 움직이게 한 뒤 경찰봉으로 때리는 세리머니를 통해 부패한 경찰의 이미지를 제대로 보여 줬다. 피니시 기술인 '보스맨 슬램'은 오락실 게임 '슈퍼스타' 팬들에겐 '딱지치기'란 이름으로 알려져 있다. 사후인 2016년 WWE 명예의 전당에 헌액됐다.

63 소설 속 등장인물 스네이크의 실제 모델로 추정되는 제이크 '더 스네이크' 로버츠(1955~)는 애완 뱀 데미안을 데리고 링 위에 등장하는 퍼포먼스를 통해 WWE 역사에서 가장 공포스러운 선수라는 호칭을 얻었다. WWE 역사상 최고의 거구인 안드레 더 자이언트는 데미안만 보면 링 위에서 도망치기 바쁜 모습을 보이기도 했다. 제이크 로버츠는 언변 또한 WWE 역사상 최고 수준으로 인정받는다. 유행어로는 "Trust Me.(날 믿게.)"가 있다. 피니시 기술은 상대방의 목을 옆구리에 낀 채로 뒤로 넘어져 머리와 목 부분에 충격을 주는 DDT. 제이크 로버츠는 WWE에서 한 개의 타이틀도 얻진 못했지만 당대 최고의 인기를 구가하는 선수 중 한 명이었다. 또한 WWE 선수들이 가장 존경하는 선수로도 꼽힌다. 2014년 WWE 명예의 전당에 헌액됐다.

64 소설 속 등장인물 닉 루드의 실제 모델로 추정되는 릭 루드(1958~1999)는 1990년대 초 국내 팬들 사이에서 '키스맨'이란 국적불명의 애칭으로 불렸지만 실제 별명은 '래비싱(Ravishing, 기막히게 아름다운)'이었다. 그는 두 팔로 자신의 머리를 잡고 느끼한 표정으로 선보이는 골반돌리기 포즈로도 유명했다. 느끼한 바람둥이 악역 레슬러 기믹의 원조격. MBC 예능 무한도전의 프로레슬링 특집 'WM7'(2009~2010)에 출연한 예능인 하하와 노홍철이 릭 루드를 언급하기도 했

긴 구레나룻이 인상적인 '홍키통크',[65] 커다란 X 자 모양의 전지가위를 위협적으로 흔들고 있는 '바버샵' 비프케익[66] 등 잊고 있던 이름, 잊고 있던 캐릭터들이 거기 있었다. 모두 1980년대 후반부터 1990년대 초반까지 WWF의 '황금기'에 활약했던, 추억의 스타들이었다.

낯익은 얼굴들을 우리 가게에서 보게 된 상황이 믿기지 않았다. 눈앞이 흐려질까 봐, 서둘러서 손바닥을 눈에 갖다 대고 비볐다. 그런 뒤 카메라 초점을 맞추듯, 눈에 힘을 주었다.

추억의 레슬러들은 복장 혹은 소품 어딘가에 DHR 로고를 드러내고 있었다. 달러맨이 손에 들고 있는 건 돈뭉치가 아니라 DHR 도장이 찍힌 찜질방 쿠폰이었고, 보스맨의 가슴엔 경

다. 링 위의 콘셉트는 바람둥이였지만 동료들에 따르면 링에 오를 때도 결혼반지를 몸에서 떼지 않을 정도로 가정적인 남편이었다는 후문. 사후인 2017년 WWE 명예의 전당에 헌액되었다.

65 소설 속 등장인물 홍키통크의 실제 모델로 추정되는 '홍키통크맨' 로이 패리스(1953~)는 현역 시절 가수 엘비스 프레슬리를 패러디한 기믹으로 활동했는데, 멀쩡히 잘 싸우다가도 힘이 부족하다 싶으면 가지고 나온 기타로 상대를 가격하는 퍼포먼스로 악명을 떨쳤다. 국내 팬들에겐 '통기타맨'으로 불리기도 했다. 2003년 3월 잠실 실내체육관에서 이왕표와 대결을 벌이기도 했다. 당시 홍키통크맨이 기타샷을 날려서 승리했지만 반칙패가 되었으며, 재경기를 벌여서 이왕표가 승리했다. 2019년 WWE 명예의 전당에 헌액됐다.

66 소설 속 등장인물 바버샵의 실제 모델로 추정되는 브루투스 '더 바버' 비프케익(1957~)은 WWF 시절 선역으로 활동했으며, 자신의 이발사 기믹을 살려 커다란 가위를 들고 등장하는 것으로 유명했고, 작은 가위로 패배한 선수의 머리카락을 잘랐다. 헐크 호건의 절친이었다. 2019년 WWE 명예의 전당에 헌액됐다.

찰 배지가 아니라 DHR 사원증이 걸려 있었다. 스네이크의 몸에 칭칭 감긴 뱀의 몸통엔 DHR 인장이 찍혀 있었고, 바버샵이 손에 든 가위 손잡이에는 DHR 로고가 붙어 있었는데 DHR 본사에서 쓰는 비품 같은 분위기를 풍겼다. 홍키통크의 기타에도 노란 바탕에 빨간 글씨가 새겨져 있었다.

민진 소장의 구령에 맞춰 이호건과 WWF 레슬러들은 국민체조 6번 '옆구리' 동작을 하고 있었다. 보스맨이 왼팔을 위로 뻗어 오른쪽으로 몸을 굽히다가 비명을 지르더니 "내 허리!"라고 외쳤다. 그 장면을 보던 바버샵이 손에 들고 있던 가위를 철컥거리며 "보스맨, 머리를 자를 때가 되었구먼."이라고 말했다. 바버샵의 주특기는, 뒤에서 두 팔로 목을 조르는 초크 기술로 상대를 기절시킨 뒤 상대의 머리카락을 자르는 퍼포먼스였다. 짧은 스포츠머리를 한 보스맨은 바버샵의 도발에 가소롭다는 듯 코웃음을 쳤다. "엿장수 가위로 뭘 해보게? 엿장수 마음대로?"

계단참에 서서 레슬러들이 국민체조 7번 '등배' 동작을 취하는 걸 구경하던 나는, 실수로 손에 들고 있던 진공청소기 헤드를 바닥에 떨어뜨리고 말았다. 순간 레슬러들의 시선이 일제히 나에게 쏠렸다. 민진 소장도 순간, 국민체조 구령을 멈췄다.

어색한 침묵을 깬 건, 목에 뱀을 두른 스네이크였다. 대열의 앞줄에 서 있던 스네이크가 나를 보며 "로컬 레슬러인가? 살은 좀 쪘지만, 장사 체형이군. 힘깨나 쓰게 생겼어. 자네 링네임은 뭔가? 나랑 조금 캐릭터가 겹치는 것 같기도 하고."라고 물었다.

뜻밖의 반응에 당황한 나는 아무 말도 하지 못했다. 바닥에 떨어지며 진공청소기의 전원이 켜지는 바람에 내 발밑에서 진공청소기 헤드가 뱀처럼 바닥을 기어다니며 굉음을 냈다.

머뭇거리던 나는, 고개를 숙였다가 티셔츠 앞에 그려진 워리어의 그림을 보았다. 워리어가 나를 향해 "파이팅!"이라고 외치는 것 같았다. 거기서 힘을 얻은 나는, 고개를 들었다.

"저는 '진공청소기' 김남일입니다. 로컬의 자존심을 보여 드리겠습니다. 오늘 누가 여기서 다쳐도 어쩔 수 없어요. 치료비는 제 월급에서 까라고 하세요."[67]

몇몇 레슬러가 크게 소리 내 웃었다. 그들의 반응이 놀랍지 않았다. 프로레슬러를 웃기는 건, 이제 내겐 식은 죽 먹기와 다를 바 없었다.

"여기서 오늘 2002 한일월드컵이 열리나? 참 재밌는 친구군."

67 한국 축구대표팀 미드필더였던 김남일은 2002 한일월드컵 직전 프랑스와의 평가전에서 상대 간판 스타 지네딘 지단을 부상 입혔다. 당시 지단이 다쳤다는 소식에 김남일은 "치료비는 내 연봉에서 까라고 하라."는 반응을 보여 화제를 모았다.

보스맨이 곤봉으로 날 겨냥하며 말했다.

바버샵이 어눌한 말투로 "젊은 친구가 한심하기 이를 데 없는 '기믹'을 설정했군. 그거 별로야. 바꾸게. 실존 인물인 축구스타 김남일에게 민·형사 소송을 당하고 싶지 않으면 말이야. 아무리 자네 실명이 김남일이라고 해도 말이야. 링네임은 조금 더 고민해 보게."라고 조언해 주었다.

#29

레슬러들이 모여 있는 모습을 보는 게 즐거웠지만, 불현듯 내 본분을 까맣게 잊고 있었던 게 아닌가 싶어졌다. '진공청소기 김남일' 기믹을 내세우기에 앞서 게스트하우스 김남일 매니저로서 본분을 지킬 필요가 있었다.

나는 핸드폰 단축 다이얼 18번을 눌렀다. 화면에 '삼촌'이라는 글자가 떴다. 삼촌은 신호음이 울리기도 전에 전화를 받았다. 전화를 걸 일이 거의 없는 내가 전화를 걸었다는 데서, 이미 중요한 일이란 걸 알아챘을 것이다. 도합 23단을 자랑하는 정통 무도인답게, 삼촌에겐 날카로운 촉이 있었다.

"왜?"

삼촌이 날카로운 말투로 물었다.

장황하게 설명했다간 중간에 말이 끊길 게 뻔했다.

"삼촌, 로비에 미국 프로레슬러가 잔뜩 모였어요."

한참 동안 삼촌은 말이 없었다.

"다른 손님들 반응은?"

나는 로비를 둘러봤다. 투숙객 몇몇이 흥미롭다는 표정으로 로비 바깥쪽에 서서, 몸을 푸는 레슬러들을 지켜보며 병맥주를 마시고 있었다.

"외국인 투숙객 몇 명이 구경 중이에요."

"한국인은 없지? 외국인만 있으면 괜찮아. 그럼 내버려 둬."

"혹시 한국인이 오면요?"

"그럼 한 명당 입장료 2~3만 원 정도 받고."

입장료 징수는 번거로워서 힘들 것 같았으나 삼촌에게 "그건 어려울 거 같습니다."라고 말했다간 "젊은 놈이 한심하다.", "해 보지도 않고 왜 미리 부정적인 생각을 하냐.", "할 수 있다고 믿으면 그 믿음은 현실이 된다."는 말이 돌아올 게 뻔했다. 그래서 나는 대꾸하지 않았다.

"침착해. 당황할 필요 전혀 없어. 왠지 알아?"

내가 가만히 입을 다물고 있자 삼촌이 그것도 모르냐는 듯 깊은 한숨을 내쉬었다.

"프로레슬링은 쇼야."

삼촌에게 팔이 꺾일 때처럼, 나는 충격을 받았다. 내가 아무 대답도 하지 않자 삼촌이 목소리를 높였다.

"한심한 놈. 내가 잡지 사다 줬던 거 기억나지?"

"네."

"미국에 살 때 내가 괜히 WWF 잡지를 너한테 사다 줬겠냐고. 우리 집안엔 레슬러의 피가 흐르거든. 네 할아버지는 맨손으로 소를 때려잡을 정도로 힘이 센 장사였지. 그 피를 이어받은 왕년의 삼촌이 어땠냐면…"으로 시작된 이야기의 시간대는 1960년대 초반으로 거슬러 올라갔다. 삼촌의 이야기를 중간에 끊는 건 불가능했다. 나는 어떤 추임새도 넣지 않고, 조용히 듣기만 했다. 나는 삼촌의 이야기에 한쪽 귀를 기울였고, 다른 한쪽 귀로는 민진 소장의 국민체조 구령을 들었다. 둘 다 목소리가 커서, 금세 양쪽 귀가 얼얼해졌다.

삼촌의 주장에 따르면 1960년대 초반 우리나라엔 프로레슬링 붐이 일었다. 치고받고 내던지고 내던져지는 거구들의 괴력은 젊은이들을 매혹했다. 특히 중소도시와 농촌에서 선풍적인 인기를 끌었는데 여성들이 프로레슬링 관람자의 절반을 차지했었다고 삼촌은 말했다.

"어린이뿐 아니라 성인들까지 TV 중계에서 눈을 떼지 못하던 시절이었지. 박치기왕 김일, 역도산이 애용하던 타이즈를 입고 날카로운 당수를 날리던 천규덕, 두발차기의 명수이자 검은 턱수염이 트레이드마크였던 장영철, 110kg의 거한이었던 우기환, 거의 키가 2m에 가까웠던 박성남·박성모 콤비…. 최고의 스타는 단연 김일이었지. 외국에서 도전해 온 반칙의 명수들과 혈전을 벌이며 수세에 몰리다 막판에 극적인 박치기로 전세를 뒤집는 모습에 모두 열광했었지."

1965년 11월 27일 장충체육관에서 열린 5개국 국제 프로레슬링 대회에서, 얼마 전까지 국내 프로레슬링 간판선수였던 장영철이 일본의 2류선수 오구마에게 이이없이 패하는 일이 벌어졌다. 장영철이 이기기로 된 경기였는데도 오구마가 장영철의 급소를 공격하고 진짜로 허리를 꺾어 버려, 장영철의 후배들이 흥분하고 말았다. 장영철의 후배들이 링에 난입, 오구마를 마구 구타해 검찰에 입건돼 조사받는 과정에서 프로레슬링은 쇼라는 사실이 알려졌다. 당시 장영철은 "프로레슬링은 쇼"라는 발언을 한 장본인으로 인식돼, 그 후 프로레슬링계에서 역적 취급을 받고 사실상 퇴출되었다.[68]

"1980년대 말쯤, 장영철 선배가 동대문시장 근처에서 단추

68 장영철은 자신이 "프로레슬링은 쇼"라고 직접 말한 적이 없다고 억울해 했다. 장영철이 경찰 조사 과정에서 '프로레슬링은 특성상 반칙이 일부 허용되지만 여기에도 어느 정도 룰이 있다'는 식으로 설명한 것을 기자들이 '프로레슬링=쇼'라고 잘못 해석해 과장보도를 했다는 것이다. 「[위원석의 삼위일체]레슬링 ① 한국 프로레슬링 혈투사(상편)」 中 발췌, 『네이버 포스트』 2019.02.07.

도매상을 한단 얘길 들은 거 같은데…. 그 후 소식은 모르겠구먼.”

삼촌이 한숨을 쉬며 말했다.[69]

이 사건은 당시 국내 프로레슬링계의 주도권을 놓고 겨루던 장영철의 국내파와 김일의 해외파가 대립하는 과정에서 발생했다는 것이 훗날의 평가라고 삼촌은 설명했다. 일본에서 프로레슬링을 익힌 뒤 미국 LA에서 활약하다 1965년 초에 귀국, 전형적인 한국 장사의 용모에 트레이드마크인 박치기로 불과 반년 만에 급속히 스타로 떠오른 김일과 그를 따르는 해외파들이 토착 세력인 국내파의 대부 장영철의 인기를 떨어뜨려 확고한 주도권을 잡기 위해 이런 일을 일으킨 것이라는 게 장영철 쪽의 주장이었다.

“일본에서도 한때 역도산 선생이 기무라와 주도권 쟁탈을 위한 혈투를 벌인 적이 있지. 우리 김일 선생님은 일본 프로레슬링 대부 안토니오 이노키와 함께 역도산 선생의 제자시니까,

69 2006년 2월 김일이 41년 전 “프로레슬링은 쇼” 사건 이후 완전히 갈라섰던 전 프로레슬러 장영철이 입원해 있는 병원에 휠체어를 타고 찾아가 먼저 화해를 요청했다. 파킨슨병과 중풍, 약간의 치매 증상 등과 싸우고 있는 장영철은 김일을 보자마자 어눌한 말로 “꿈만 같다. 이럴 수가”라며 눈물을 흘렸다.(추가 내용: 장영철은 그 해 8월, 김일은 두 달 후 10월에 세상을 떠났다.) 「“레슬링은 쇼” 사건 뒤 갈라섰던 김일-장영철 41년 만에 화해」 中 발췌, 『중앙일보』 2006.02.13.

스승 역도산 선생에게 음흉한 짓을 배운 게 아니겠냐,라는 게 장영철 선배 쪽의 문제 제기였지."

김일은 그해 12월 1일 조선호텔 홍실에서 기자회견을 열고 "프로레슬링은 쇼가 아니다."라고 주장했다. 또 지난 레슬링 대회 폭행 사건은 일시적인 감정 폭발에서 비롯되었다며 수습 단계에 이르렀다고 해명하기도 했다.

"그럼 삼촌은 장영철과 김일 중 누가 잘못했다고 생각해요?"

"나는 당연히 김일 선생님 편이지. 내가 이래 봬도 김일 체육관 2기 출신이거든. 미국으로 이민을 가느라 국내 무대에서 정식 데뷔를 하진 못했지만. 우리 체육관 선배들이야 워낙 쟁쟁했지. 이황표[70] 선배 알지? 공중전의 달인. 나의 직속 선배였지."

"삼촌, 프로레슬링도 한 건 몰랐어요."

"한심한 놈 같으니라고. 내가 격투도 [illegible] 얘기를 했을 텐데."

"도합 23단에 프로레슬링도 포함되는군요."

70 소설 속 등장인물 이황표의 실제 모델로 추정되는 이왕표(1954~2018)는 김일 이후 우리나라 프로레슬링의 간판스타로 오랫동안 자리매김해 왔다. 김일의 직계 제자. 1980년대 중반에는 KBS의 한 예능 프로그램에 고정 출연할 정도의 인지도가 있었다. 프로레슬링을 바탕으로 격기도(이 소설 속에 등장하는 격투도라는 종목의 실제명인 것으로 추정됨)라는 무도를 창설하기도 했다.

"격투도는 이황표 선배가 프로레슬링의 타격·유술·관절 기술을 연구 개발해 만든 실전무술이야. 내가 격투도 명예 2단이라니까. 너, 나한테 맞아 봐서 내 손이 매운 거 알잖아. 그게 다 격투도 기술이야."

삼촌의 이야기는 민진 소장이 국민체조를 진행하는 짧은 시간 사이에 빠르게 이어졌다. 속사포 랩을 하듯, 삼촌은 박자를 쪼개 가며 경쾌하게 말을 이었다. 1980년대 후반 미국에 살 때, 전세계적으로 큰 인기를 끌었던 백인 래퍼 바닐라 아이스[71]와 잠시 교류를 했었고, 그때 바닐라 아이스에게 합기도와 격투도를 가르쳐 주는 대신 미국 정통 랩을 배웠다고, 삼촌은 자랑하곤 했다.

"결론은, 너는 그 상황에 충분히 대처할 수 있다는 거야."

왜 그런 결론이 나왔는지 알 수 없었지만, 나는 대꾸할 용기가 없어서, 삼촌의 말을 조용히 듣기만 했다.

"나는 이제 납골당에 가봐야 한다. 마음 같아선 직접 가서 상황을 정리하고 싶지만, 이번 주말만큼은 도저히 그 동네에 갈

71 1990년 데뷔 앨범인 《투 더 익스트림》의 성공으로 일약 스타덤에 오른 래퍼. 히트곡 〈아이스 아이스 베이비〉는 빌보드 핫 100 1위에 랭크한 최초의 힙합 음악이라는 영예를 거머쥐었다. 데뷔 앨범 때만큼의 성공을 이후로 거둔 적은 없지만 힙합 역사로 볼 때 힙합 아티스트들이 메인스트림에 합류하는 계기를 만들었다는 평가를 받는다.

자신이 없구나."

헬러윈데이를 앞둔 주말에 사촌 동생의 죽음이 떠올라야 하는 게 너무 당연한데도, 나는 그 당연한 걸 미처 생각하지 못할 정도로 사촌 동생에 무심했다.

수도권 대학교에 다니던 그는 생전에, 자기 아버지에게 기생해서 산다는 둥, 술냄새로 손님을 다 내쫓는다는 둥, 딱히 틀린 말은 아니지만 듣고 있으면 불쾌한 말을 내게 대놓고 하곤 했다. 어쩌면 게스트하우스를 자신이 물려받는데, 내가 장애물이라고 여겼을지 모른다.

그래서 그가 1년 전 이 거리에서 세상을 떠났을 때도, 딱히 눈물이 나진 않았다. 다만 사촌 동생을 가끔 떠올릴 때면, 삼촌을 닮아 통뼈인 그가 왜 그런 식으로 삶을 마감해야 했는지 의문이 들긴 했다. 사촌 동생에겐 전혀 어울리지 않는 형태의 죽음이었다. 내가 멍청해서 그런지 몰라도, 아무리 생각해 보아도 어처구니가 없고, 아무리 뉴스를 보아도 터무니가 없었다. 가끔 그 사건이 생각날 때마다, 평생 풀 수 없는 문제를 마주한 것처럼 막막함을 느꼈다. 차라리 까맣게 잊는 게 마음이 편할 것 같은데, 그 정도로까지 멍청하진 않아서, 그건 불가능했다. 누가 완전히 잊으라고 강요한 대도, 그건 내가 할 수 있는 일이 아니었다.

삼촌은 전화를 끊기 전 담담하게 말했다.

"혹시 너 혼자 버거울 거 같으면, 내가 가입된 협회 메시지 방에 일일 아르바이트 구한다는 공지 띄워 놓을게. 누가 갈지 모르겠지만, 가면 잘해 주고. 오늘 일일 아르바이트를 써야 할 거 같으니, 네 특근 수당은 없다. 경제가 어렵잖아. 네가 이해해라."

#30

전화를 끊자마자, 특이한 복장을 한 스무 명가량의 무리가 입구에 나타났다.

내가 문 쪽으로 달려가자 짧은 가죽 미니스커트를 입은 근육질의 한 사람이 낮고 굵은 목소리로 물었다.

"여기가 워리어 님이 숙박 중인 '성지'인가요?"

"어떻게 오셨죠?"

짧은 가죽 미니스커트를 입은 근육질 뒤편에 무지개가 그려진 큰 깃발이 나부끼고 있었다.

"저희는 '진정한 양성평등을 바라며 나쁜 차별금지법을 결사반대하는 전국연합'에서 나왔습니다. 유튜브에서 워리어 님이 연설하시는 모습을 보고 감명을 받았는데, 마침 여기 묵고 계신다는 얘기를 듣고 서둘러 왔어요."

"아, LGBTQ[72] 관련 모임 분들이군요. 반갑습니다. 저희 숙소는 레즈비언, 게이, 양성애자, 트랜스, 성 소수자를 모두 환영합니다."

나는 삼촌이 예전에 만든 매뉴얼대로 응대했다. 개인적으로 LGBTQ가 뭔지 정확히 알지는 못했으나, 삼촌이 매우 중요한 사안이라며 내게 숙지시킨 용어였다.

20여 년 동안 이 거리에 있다 보니, 특이한 복장, 범상치 않은 외모의 낯선 사람들에게 딱히 당혹감을 느끼진 않았다. 어찌 보면 나는 이 거리의 다양한 문화를 프로레슬링의 '기믹'으로 받아들이고 있었다. 누가 뭘 하고 다니든, 뭘 입고 다니든, 신경 쓰지 않고, 적어도 개의치 않는 척이라도 해주는 건, 상대가 표현하고 싶은 기믹을 인정하는 데서 기인하는 것이었다. 나는 '기믹'의 개념을 WWF 잡지와 AFKN 그리고 이 거리에서 배웠다.

'진정한 양성평등을 바라며 나쁜 차별금지법을 결사반대하는 전국연합'에서 나왔다는 이들은 모임 이름을 비공식적으론 '진양바나차결반전련'이라고 줄여 부른다며 나도 그렇게 줄여서 불러 달라고 했다. '공식적인 요청'이라고 했다.

72 성소수자 중 레즈비언(Lesbian), 게이(Gay), 양성애자(Bisexual), 트랜스젠더(Transgender)를 합한 용어 LGBT에 무성애자(Asexual), 간성(Intersex), 아직 자신의 성정체성·성적 지향에 의문을 품은 사람(Questioner)을 더한 단어.

나에게 말을 건 이는 '진양바나차결반전련' 용산 지부장이라고 자신을 소개했다. 그는 용산 지부가 조직의 핵심 지부라는 자랑도 잊지 않았다. '진양바나차결반전련'을 발음하다 보니 자꾸 혀가 꼬였다. '진양바나차결반전련' 용산 지부장에게, 단체명을 더 줄여서 부르는 방법은 없냐고 물었지만 '진양바나차결반전련' 용산 지부장은 고개를 저으며 그냥 '진양바나차결반전련 용산 지부장'이라고 불러 달라고 했다. 그게 정치적으로 올바르다고 했다. 누군가와 '정치'에 관한 이야기를 나눠 보는 건 오랜만이라 긴장됐다. 나는 정치에 대해선 잘 모르지만, "정치적으로 올바르지 않다."는 지적을 받으면 왠지 안 될 것 같아서 "알겠다."고 했다. 내 딴엔, 다분히 정치적인 선택이었다.

나는 '진양바나차결반전련' 용산 지부장에게, 워리어에게 감명받았다는 게 무슨 말이냐고 물었다.

"그는 우리와 같은 부류의 사람이에요."

순간 귀를 의심했다. 워리어는 미국에서 말년에 종종 동성애 혐오의 내용이 담긴 연설을 했고, 오늘 탑골공원에서도 그와 관련된 주제로 영어 연설을 했다. 언뜻 생각하기에도, '진양바나차결반전련' 용산 지부장이 좋아할 만한 연설 내용은 아니었다. 뭔가 오해가 있는 게 분명했다.

'진양바나차결반전련' 용산 지부장은 한심하다는 듯한 표정으로 나를 째려보았다. 나를 바라볼 때 사람들이 잘 짓는 표정이라, 나는 그 표정의 의미를 대번에 알아챌 수 있었다.

"워리어 님이 팔뚝과 부츠에 치렁치렁 매단 무지갯빛 술을 보면 모르겠어요? 그는 우리 과예요. 그 연설엔 반어법, 고도의 비꼬기 전략이 사용됐다고요. 우리 모임이 그를 응원하고 지지한다는 의사를 공개적으로 밝히는 게 정치적으로 올바르다고 판단해서 여기에 오게 되었어요. 사실 그가 이 거리에 숙소를 잡았다는 사실 자체가, 지지자들에게 수수께끼를 내려는 의도가 담긴 고차원적인 은유 아니겠어요? 그의 말과 행동 하나하나엔 깊이 음미하고 다르게 해석할 만한 요소들이 놀랍도록 풍부해요."

나는 지부장 뒤에 서 있는 이들의 면면을 훑어보았다. 어떤 이는 전혀 특이해 보이지 않았고, 어떤 이는 조금 특이했으며, 어떤 이는 꽤 특이해 보였다. 지나치게 짧고, 몸이 훤히 드러나는 옷을 입은 몇몇은 확실히 시선을 끌었는데, 워낙 시선을 끄는 사람이 넘쳐났던 예전 이태원 핼러윈데이를 기준 해서 볼 때, 상식선을 벗어나지는 않는 수준의 차림새였다.

용산 지부장 뒤에 서 있던 누군가 말했다.

"워리어의 몸에 달린 여러 장식은, 성소수자들을 옹호하고 지지한다는 묵시적이면서도 단호한 표현 방식이에요."

용산 지부장은 손에 들고 있던, 옛 전화번호부만큼 두꺼운

책자 표지를 내게 내밀었다. 『인디언 페미니즘 사상의 역사』란 제목의 책이었다. 그는 그 책 721페이지를 펼치더니, 무지갯빛 솔을 착용한 인디언의 사진을 보여 주었다. 인디언 남성 두 명이 워리어처럼 팔과 다리에 끈과 솔을 두르고, 사이좋게 어깨동무하고 있는 사진이었다.

용산 지부장 뒤에 서 있던 미니스커트를 입은 사람이 말했다.

"팔뚝의 알통, 그 남자다움의 상징을 무지갯빛 끈으로 질끈 동여맸다는 건, 남성성의 신화화에 날리는 화살이면서 일종의 이카로스적인 행동의 암시예요."

미니스커트를 입은 사람은, 온몸에 굵고 알록달록한 끈을 두르고 있었다. 다른 회원들의 몸에도 끈이 둘러 있었다. 워리어가 링 위에 오를 때 사용하는 끈과 비슷해 보였다. 저걸 어디서 살 수 있나, 궁금해졌다.

미니스커트를 입은 사람이 "워리어 씨와의 동질감을 극대화하기 위해 특별히 준비한 아이템"이라고 설명했다. 나는 그 끈을 구매할 수 있는지 물었고, 한 회원이 "우리 카페에 가입해서 공동구매에 참여하면 돼요. 모레 2차 공동구매가 시작돼요. 가격은 좀 나가요. '최후의 인디언 전사'라는 워리어의 콘셉트에 걸맞게 메이드 인 인디아, 수작업으로 만든 '근본' 있는 제품이에요. 한정판으로 수량이 얼마 안 되니 구매를 서두르세요."라고 안내했다.

나는 워리어의 복장이 '최후의 인디언 전사'를 상징한다고만 여겨 왔다. 워리어의 무지개 솔이 그렇게 여러 의미로 해석될 수 있으리라곤 생각해 본 적이 없었다. 나는 고개를 크게 끄덕이며 그의 말을 경청했고, 모레부터 시작될 2차 공동구매에 참여해야겠다고 결심했다.

용산 지부장 뒤쪽의 한 사람이 말했다.

"여기 종업원은 옛날 사람답지 않게, PC[73]를 잘 이해하는군요."

내가 되물었다.

"PC[74]요? 그럼요. 제가 1980년대에 『컴퓨터학습』 잡지를 정기구독했을 정도로 PC에 대해서는 일가견이 있죠. 그땐 PC만큼 퍼스컴, 마이컴이라는 표현이 널리 쓰였죠."

아무도 내 말에 대꾸하지 않았다. PC 이야기를 더 나누고 싶었는데, 호응이 없어 아쉬웠다.

컴퓨터 얘기를 하다 보니 문득, '진양바나차결반전련' 회원들이 구글에 우리 숙소에 관한 별점과 평가를 남길지 모른다는

73 Political Correctness의 약자. 흔히 '정치적 올바름'으로 표현된다. 모든 종류의 편견이 섞인 표현을 쓰지 말자는 정치적·사회적 운동.

74 Personal Computer의 약자. 개인이 사용하는 소형 컴퓨터를 뜻한다.

생각이 들었다. 우리 숙소에 들어온 뒤 아직까진, '진양바나차결반전련' 회원들의 표정이 썩 나빠 보이지 않았다. 이미 그들과 나 사이에, 신뢰를 상징하는 알록달록한 끈이 이어진 것 같은 기분이 들었다.

우리 가게의 평판을 신경 쓰는 나 자신이, 문득 낯설었다. 수십 년간 거의 가져본 적이 없는 어떤 사명감과 주인의식 같은 게 느껴졌는데, 이상하고 희한한 게 이상하고 희한하게 여겨지지 않는 전통적인 핼러윈데이 분위기의 영향을 받아서, 그런 이상하고 희한한 생각이 드는 것인지 몰랐다.

#31

'진양바나차결반전련' 회원 중 가장 키가 큰 사람이 말했다.

"여기서 오늘 아주 화려한 파티가 벌어질 거라고 하던데요? 그래서 우리도 오게 된 거예요. 우리가 빠지면 파티가 아니죠."

내가 물었다.

"파티요?"

"워리어 님이, 이미 우리 사이에 전설이 된 역사적인 탑골공원 연설에서 언급하셨어요. 오늘 파티를 원하는 사람은 이 게스트하우스로 오라고요."

그 말을 옆에서 듣고 있던 민진 소장의 표정이 진지해졌다.

"이벤트가 커졌군요."

나와 '진양바나차결반전련' 회원들의 시선이 동시에 민진 소장을 향했다.

민진 소장은, 마이크 하나로 수많은 프로레슬러를 다뤄 왔던 사람답게, 이런 상황에서도 침착했다.

"기왕 이렇게 된 거 우리도 좀 더 빨리 정공법을 펼칠 수밖에 없겠군요."

'진양바나차결반전련' 지부장이 물었다.

"말씀하신 '정공법'이란 게 뭐죠?"

민진 소장이 말했다.

"저희 DHR과 함께하는 프로레슬러들에게, 오랜만에 제대로 된 무대에 설 기회를 주겠다는 겁니다. 화려한 프로레슬링 이벤트를 열겠다는 거지요."

그는 '진양바나차결반전련' 회원들 쪽을 향해 목소리를 높였다.

"여러분, 공식적으로 요청합니다. 여기에 임시 특설 링을 만들려고 하는데 도와주시겠습니까?"

'진양바나차결반전련' 회원들이 환호성을 질렀다. 회원들 사이사이 무지개가 그려진 깃발이 펄럭였다.

'진양바나차결반전련' 회원들은 민진 소장의 지시에 맞춰 일사불란하게 움직이기 시작했다. 회원들은 몸에 두르고 있던 끈을 이어 즉석에서 민진 소장의 '공식적인 요청 사항'을 수용해, 정사각형의 임시 특설 링을 만들었다. 코너마다 회원들이

기둥처럼 서서 중심을 잡은 뒤 몸에 끈을 둘러, 끈이 90도 각도로 구부러지도록 했다. 링 중간중간 끈이 늘어지는 걸 방지하기 위해 받쳐 드는 사람들이 배치됐다. 링 주변부 뒤쪽 곳곳에, 무지개 깃발이 세워졌다. 민진 소장은 미리 양해를 구한 뒤 각 코너에 서 있는 사람들의 팔과 다리와 배에 커다란 DHR 스티커를 붙였다.

나는 민진 소장의 요청대로 안내데스크로 가서, 로비 조명 일부의 스위치를 내렸다.

민진 소장은 링 중앙에 서서, 제자리에서 한 바퀴를 돌아본 뒤, 박수를 쳤다.

민진 소장은 나를 보며 "영상 송출은 준비되었나요?"라고 물었다. 내가 아마 영상까지 담당하게 된 모양이었다. 나는 잠시 기다려 달라고 했다. 내 핸드폰을 열어, 인스타그램 라이브 방송을 켰다. 비록 팔로워 30명짜리 계정에 불과했지만, 그런 걸 따질 상황이 아니었다.

나는 핸드폰 카메라를 안내데스크 위에 고정한 뒤 민진 소장에게 오케이 사인을 보냈다.

민진 소장이 말했다.

"파티를 시작할 때가 된 거 같군요. 세계 최고의 핼러윈 파티를 만들어 봅시다."

민진 소장의 말처럼 '세계 최고의 핼러윈 파티'가 될지는 확신할 수 없었지만, 적어도 이날 이 거리 최고의 파티가 될 것은 분명했다. 우리 게스트하우스 외에 이 거리의 다른 곳에서 핼러윈 파티가 열릴 일은 없었기 때문이다.

출입문이 열리고 새로운 한 무리의 손님이 등장했다. 낮에 체크인한, 남아공 출신 미스터 블레이크 씨가 맨 앞에 있었다. 그의 뒤에 서 있는 사람들은, 좀 전에 온 '진양바나차결반전련' 회원들과는 분위기가 사뭇 달랐다. 이들은 마치 유니폼을 맞춰 입은 듯 가슴팍에 판다곰 그림이 새겨진 스웨트셔츠에 크림색 면바지를 입고 있었다. 이들은 '진양바나차결반전련' 회원들과 비교할 수 없을 정도로 차림새가 단출했다.

맨 앞에 서 있던 미스터 블레이크 씨가 나를 향해 외쳤다.

"체크인할 때 왜 다른 WWF 사람들이 모이는 파티가 열린다는 말 안 했어요? 한국에 있는 WWF, 세계자연보호기금 정회원들을 모두 데리고 왔어요. WWF 파티에 우리가 빠질 수는 없죠."

#32

민진 소장의 손에는 DHR 로고가 새겨진 마이크가 들려 있었다.

“우리가 오늘 여기 온 이유는, 전 WWF 현 WWE 명예의 전당 정회원에 빛나는 워리어를 반송하기 위해서죠. 강제로 데려가는 건 예의가 아니겠죠. 그래서 ‘로열럼블’ 방식의 경기를 준비했습니다. 저희가 먼저 경기를 시작할 거고, 여기 계신 전설적인 레슬러 님들이 한 분씩 순서대로 링 위에 오를 겁니다. 워리어 님은 숙소에 도착하면 바로 경기에 투입될 겁니다. 경기 결과가 나오면, 깨끗하게 승복하겠다는 뜻을 저희 쪽에 밝혀 주셨습니다.”

링 주변 무지개 깃발들이 더욱 힘차게 펄럭였다. 현 WWF, 즉 세계자연보호기금 단체의 정회원들은 “역시 WWF가 최고!”라고 외쳤다.

민진 소장은, 사람들의 함성이 가라앉기를 기다렸다가, 다시 마이크를 들어 올렸다.

"특별한 날, 특별한 장소, 특별한 경기에 어울리는 특별한 초대 손님이 있습니다. 갑자기 치러지는 이벤트이지만, 제대로 구색은 갖춰야 하지 않겠습니까. 〈내셔널 앤섬〉을 불러 주실 분입니다. 환영의 박수 부탁드립니다."

내가 조명 스위치를 건드리지도 않았는데 장내가 깜깜해졌다. 아무 통보도 받지 못한 채 임시직인 조명감독 역할을 뺏겼다는 걸 나는 뒤늦게 깨달았다.

"망할 DHR…."

절로 욕이 나왔다.

불이 켜졌을 때 민진 소장 바로 옆에 '진양바나차결반전련' 회원들의 옷차림보다 더 화려한 은빛 드레스 차림에, 워리어보다 더 알록달록한 얼굴 분장을 한 여성이 서 있었다.

민진 소장이 여자를 가리키며 목소리를 높였다.

"한국이 낳은 세계적인 팝페라 가수, 기메라[75]를 소개합니다."

75 이 소설 속 등장인물 기메라의 실제 모델로 추정되는 팝페라 가수 키메라는 1980년대에 유럽에서 활동한 한국계 아티스트였다. 한국명은 김홍희, 동덕여고와 성신여대 불문과를 졸업한 뒤 프랑스 유학을 떠나 대학을 다니던 중 레바논 출신 대부호 레이몬드 나카시안을 만나 결혼하였다. 키메라는 1980년대 당시 아직 팝페라의 개념도 없던 시절, 클래식 가곡과 댄스 테크노를 결합한 음

링 위에 등장한 기메라는, 노래로 인사를 대신했다.

"아아아~ 아아아아~ 아아아아~ 아~"

그런 뒤 말을 이었다.

"여러분, 이 노래 기억하시죠? 모차르트의 오페라 마술피리에 나오는 〈내 가슴은 지옥의 복수심으로 끓어오르네〉요. 제가 세계적인 전자제품 회사 '쌤성'의 하이파이 VCR 광고에서 불렀던 곡이에요. 당시 여러분께 이 노래로 큰 사랑을 받았죠. 그게 아마… 1985년이었나? 제가 원조 한류스타 중 한 명이란 걸 요즘 사람들이 잘 모르더라고요."

실내가 조용해졌다. 너무 적막해서 나는 들고 있던 삼성전자 진공청소기의 스위치를 켰다. 진공청소기가 내는 굉음이 박수 소리를 대신했다.

"지금 프랑스에 살고 있지만, 고국을 잊은 건 아니에요. 늘 생각하고 있어요. 아시죠? 저 동덕여고 출신인 거."

"오늘 깜짝 출연을 결심하신 이유가 있나요?"

민진 소장이 기메라 앞에 마이크를 들이밀었다.

"아시다시피 워리어 님은 WWF, WWE 레슬링 선수이기도

악을 선보여 한국인 가수로서 세계적인 인기를 얻은 흔치 않은 뮤지션 중 하나였다. 파격적인 얼굴 분장으로 유명했다. 키메라는 자신의 성씨 Kim과 Opera를 합성해서 만든 이름.

하지만 저희 WMP, 즉 월드 마스크페인팅협회 정회원이기도 하거든요. 제가 한국에 놀러 와 있는 기간과 워리어 님의 한국 방문 기간이 우연히 겹쳐서, 이렇게 어렵고 귀한 발걸음을 하게 됐습니다. 절 이 자리에 초청해 주시고, 안전한 이동을 도와주신 DHR에도 감사드립니다."

"납치됐던 따님[76]은 잘 계시나요?"

"네. 많은 팬들이 걱정해 주신 덕분에 잘 자랐습니다."

"많은 분이 여전히 궁금해하는 내용을 질문할게요. 멜 깁슨이 주연으로 나온 영화 〈랜섬〉의 실제 주인공이 남편분이란 게 사실인가요?"

"그 논란을 자세히 알고 싶은 분 중 영어나 프랑스어가 되시는 분은 위키피디아 영문판이나 불어판을 보시면 될 거 같고

76 1980년대 중반 키메라와 레바논 귀족 출신 대부호인 남편과의 사이에서 낳은 딸이 무장 괴한들에게 납치되는 사건이 일어났다. 당시 납치범들은 230억 원이라는 거액의 몸값을 요구하며 딸의 머리카락을 잘라 보내는 등 협박을 서슴지 않았는데, 키메라 부부는 납치범들이 요구한 금액보다 더 많은 현상금을 내걸었다. 딸의 납치사건이 방송에 보도되면서 납치 11일 만에 프랑스와 스페인 경찰 600여 명이 투입됐고, 딸의 귀환이 유럽에 생중계될 정도로 화제가 됐다. 다행히 딸은 프랑스 경찰특공대에 무사히 구출되었다. 이 사건과 소재가 같은 영화가 이후 멜 깁슨 주연작 〈랜섬(Ransom)〉으로 1996년 제작돼 큰 인기를 끌었다. 그러나 멜 깁슨 영화는 1954년 원작 드라마의 리메이크작. 멜 깁슨 영화 이전에도 두 차례 영화로 리메이크된 바 있다. 결국 키메라 딸의 사건이 멜 깁슨 영화의 모티브가 되었다기보다는, 반대로 키메라의 남편이 〈랜섬〉 원작 영화에서 나온 방법을 따라 했을 가능성이 더 높다.

요. 영어나 프랑스어가 어려운 분들은 나무위키 기메라 항목을 참조하시면 될 거 같아요. 그런데 한국의 여러 사이트에서 제 이름 기메라를 검색하시면 여러 항목 중 제가 2번 '팝페라 가수' 항목에 분류돼 있더라고요. 근데 왜 제가 1번이 아니고 2번이죠? 이 자리에 혹시 온라인 관계자 누구 계신가요?"

아무도 대답하지 않았지만, 내가 켠 진공청소기가 내는 소리 덕분에 실내가 그리 적막하진 않았다.

민진 소장은 오래 마이크를 놓아 감이 떨어진 탓인지, 기대만큼 행사 진행이 매끄럽진 못했다. 팝페라 가수 기메라의 딸 이야기로 분위기가 가라앉았는데, 기메라의 말을 중간에 끊을 타이밍을 자꾸 놓치고 있었다.

나만 지루하다고 느낀 게 아닌 듯했다. "우~~" 무지갯빛 끈으로 가설 링의 네 면을 잇는 인간 로프 역할을 하고 있던 '진양바나차결반전련' 회원들이 야유하기 시작했고, 그제야 민진 소장도 심상치 않은 분위기를 눈치챘는지 기메라의 말을 중간에 끊었다.

"어렵고 귀한 발걸음 하신 김에 미국 국가 한 곡조를 뽑아 주십시오."

기메라는 고개를 저었다. 지엽적인 문제이긴 하지만, 프랑스에 사는 자신은, 미국 국가의 가사를 잘 알지 못한다고 했다. 예전엔 완벽하게 외웠는데, 오랫동안 부를 일이 없었기에 까먹고 말았다는 말도 덧붙였다.

민진 소장은 당황하는 기색 없이, 그럼 애국가를 불러 달라고, 다시 요청했다. 기메라는 이번에도 고개를 옆으로 저었다. 애국가를 부르고 싶지만, 현재 자신의 국적은 프랑스이고, 자신이 프랑스 국가 〈라마르세예즈(La Marseillaise)〉가 아닌 애국가를 부르는 영상이 혹시 프랑스에 송출된다면 자칫 프랑스 극우 세력의 표적이 될 우려가 있고, 다시 딸의 안전에 나쁜 영향을 끼칠 만한 상황을 촉발할 수 있다는 설명이있다. 그런 상황을 반길 사람은 영화 후속편 모티브를 얻게 될 멜 깁슨밖에 없을 거란 말도 덧붙였다. 딸이 납치당한다는 콘셉트를 사골처럼 우려내며 속편에 속편을 연거푸 냈던 리암 니슨 주연의 시리즈 영화 〈테이큰〉의 전철을 밟을까 우려된다고도 했다.

민진 소장의 표정이 굳었다.

"그럼 뭘 부르실 수 있나요? 부르실 수는 있죠? 아니면 제가 대신 택시를 불러 드릴까요?"

기메라는 이번에도, 포수의 사인을 연이어 거절하는 고집불통의 투수처럼, 고개를 가로저었다.

"오랜만에 이 동네에 오니 제 모교인 동덕여고가 생각나네요. 여기서 다리 하나만 건너면 돼요. 그리 멀지 않은 곳에, 우면산의 정기가 도도히 흐르는 방배동 언덕배기에, 제 자랑스러운 모교 동덕여고가 있습니다. 저 다닐 때는 동덕여고가 창신동에 있었는데, 이후 방배동으로 옮겼더라고요. 80년대에 동덕여고는 기메라의 모교로 유명했는데, 요즘은 아이유의 모교로 더 유명하다면서요? 우리 아이유 후배님이 참 자랑스럽네요. 아이유 씨, 나 집이 스페인에도 있고, 프랑스에도 있고, 레바논에도 별장이 있으니 유럽 오면 연락해요."

기메라는 인스타그램 라이브가 진행 중인 내 핸드폰을 바라보며 목을 가다듬었다. 기메라는 노련한 아티스트답게 카메라 위치를 재빨리 찾아냈다.

"오랜만에 고등학교 교가 한번 부르고 갈게요. 애국가 대신 부를 만해요. 후렴구가 애국가 가사랑 비슷하거든요."

기메라가 민진 소장의 마이크를 넘겨받아서 호흡을 가다듬는데, 문 쪽에서 누군가 외쳤다.

"여기 워리어란 사람이 있소?"

문 앞에 1980년대 그룹사운드 '백두'의 기타리스트 김도군이 서 있었다. 그는 왼손엔 편의점 GS25 비닐봉지를 들고 있었는데 '백산수' 생수통 라벨이 비쳤다. 등엔 기타 가방을 메고 있었다.

그를 알아본 몇 명이 환호성을 터뜨렸다.

머리를 긁으며 멋쩍은 표정을 짓던 김도군이 입을 열었다.

"이 근처 편의점에 저녁거리를 사려고 들렀는데, 거기 직원이 그러더라고요. 여기 워리어라는 양반이 묵는데, 오늘 어떤 연설에서 내 팬이라고 공개적으로 밝혔다고요. 이 게스트하우스에서 파티가 열리는데, 나를 초대하고 싶다는 뜻을 전했다며, 꼭 가보라고 권유하더라고요."

기메라가 김도군 쪽으로 다가가자, 가설 링을 형성하고 있는 '진앙바나차결반전련' 회원들이 길을 열어 주었다.

"오, 뮤지션이세요? 제가 지금 노래를 부르려고 하는데, 무반주가 조금 부담이 됐거든요."

그룹 백두의 기타리스트 김도군은 당황한 기색 없이 GS25 로고가 새겨진 비닐봉지를 바닥에 내려놓고, 백산수 페트병을 꺼내 한 모금을 마셨다. 그런 뒤 등에 메고 있던 가방에서 기타를 꺼냈다. 김도군이 통기타 음을 조율하는 사이, 기메라가 김도군에게 허밍으로 교가 멜로디를 가르쳐 주었다. 김도군은 "참 아름다운 멜로디군요."라며 감탄사를 내뱉었다.

조율을 끝낸 김도군은 기타를 들고, 기메라와 마주 보고 섰다. 기메라가 말했다.

"1절은 생략하고, 바로 2절을 부를게요. 제가 2절 가사를 더 좋아하거든요."

진공청소기 돌아가는 소리가 박수를 대신했다.

"학우들아 학우들아 / 우리 주의는 도덕을 배양하고 지능 발하세 / 동해물과 백두산이 마르고 닳도록 / 하느님이 도와주사

우리 학교 만세~"

가라앉은 분위기를 끌어올리려는 듯 김도군이 즉흥적으로 교가 후주에 화려한 기타 애드립을 넣었다. 팔을 휘저으며 김도군의 연주를 지휘한 기메라가, 노래가 끝난 뒤 숨을 헐떡였다.

링에서 내려와 내 옆에 서 있던 민진 소장이 안내데스크 위에 있던 두루마리 휴지를 뜯어서 눈가를 훔쳤다.

"가사가 참 감동적이구먼. 그런데 애국가 작사가가 저 교가도 작사했나? 어쩐지 비슷한데?"

기메라가 분위기를 돋우려는 듯, 자신을 둘러싸고 있는 '진양바나차결반전련' 회원들을 향해 외쳤다.

"여기 멋진 분 중에 혹시 동덕여고 나온 분 없나요?"

'진양바나차결반전련' 회원들이 외쳤다. "경기고 나왔습니다.", "동덕여고 근처 상문고 나왔어요.", "영등포공고 출신입니다.", "저도 동덕여고 근처 학교 나왔어요. 경문고요."

기메라는 '진양바나차결반전련' 회원들의 외침에 아무 반응도 보이지 않았다. 분장에 얼굴이 가려진 탓에 기메라의 표정은 확인할 수 없었다. 남들에게 표정을 읽히면 안된다는 게 기메라, 워리어가 함께 속해 있다는 단체 WMP의 회칙이라도 되는 듯했다.

"오늘 오랜만에 무대에서 노래 불러 반가웠어요, 다음엔 전통적인 동덕여고 축제인 목화예술제 무대에 한번 서 보고 싶네요. 아이유야, 이거 보면 선배한테 한번 연락해라, 꼭. 알겠지? 창신동 매운 족발 한번 먹자. 너 바쁘면 목화예술제 기간에 창신동 매운 족발 방배 2동 지점에서 배달시켜 먹자."

기메라는 주위를 두리번거리더니 "이거 실황 중계되고 있는 거 맞죠?"라고 물었다.

내가 "맞습니다."라고 외치자 기메라가 손가락으로 오케이 사인을 만들었다. 현재 라이브 방송을 보는 이는 53명에 불과했지만, 그런 정보를 기메라에게 굳이 제공하진 않았다.

기메라가 링에서 내려가려는데, 문 쪽에서 "세계적인 팝페라 가수 기메라다!" 하는 외침이 들렸다. 새로운 손님들이었다. 이번에 온 이들은 원래 이 안에 있던 사람들과는 분위기가 사뭇 달랐다. 모두 수트 차림이었는데, 평범한 직장인들처럼 보이는 50~60대 아저씨들이었다.

맨 앞에 선 남자가 말했다.

"세계 8대 자연경관 선정위원회 한국 지부에서 나왔습니다. 원래 '7대'였는데, 좀전에 발기인 총회를 열고 명칭을 바꿨습니다. 내친김에 한국의 여덟 번째 자연경관을 찾으려 했는데, 여기가 자연은 아니지만 이곳의 경관이 오늘 한국에서 가장 화려하고 멋있다는 이야기를 들었습니다. 겸사겸사 점검 차원에서, 그리고 발기인 총회 뒤풀이를 겸해서 와 봤습니다."

#33

게스트하우스에 모인 레슬러들이 링 밖에서 관객들과 뒤섞였다. 선수 대기실이 있을 리 없었다. 빈방을 하나 주최 측에 내줄까 망설였지만, 그랬다간 삼촌이 내 월급에서 방값을 제할 게 분명하기에, 그냥 잠자코 있었다. 링과 대기실, 객석의 경계가 없었으나 레슬러와 관객은 서로를 어색해하지 않았다. 레슬러들은 관객들과 잡담을 나눴고, 스스럼없이 서로 술잔을 주고받았다. 텅 빈 링 위의 긴장감이 점점 고조되는 사이 로비에선 파티 분위기가 무르익었다.

맥주병을 손에 든 외국인 무리가 여럿, 링 근처 곳곳에 모여 있었다. 우리 게스트하우스 손님들은 아니었다. 어디선가 소문을 듣고 놀러 온 모양이었다. 원래 숙박하던 투숙객들도 방에서 한 명, 두 명씩 나오기 시작했다. 안내데스크 쪽으로 다가온, 캡틴 아메리카 분장을 한 태국 남자가 나를 보며 외쳤다.

"내 생애 최고의 핼러윈 파티예요."

캡틴 아메리카는 '진양바나나차결반전련' 회원들 속에 섞여 들어가더니, 어느새 무지개 깃발을 흔들고 있었다.

멋진 구레나룻을 기른 레슬러 홍키통크는 WWF 세계자연보호기금 회원들 사이에 들어가, 어깨에 두르고 있던 기타를 몸 앞쪽으로 내린 뒤 엘비스 프레슬리의 〈러브 미 텐더(LOVE ME TENDER)〉를 불렀다. 기타 연주와 노래가 따로 노는 느낌이 들었지만 아무도 그걸 지적하진 않았다. 닉 루드는 맥주병을 손에 들고 세계 8대 자연경관 선정위원회 한국 지부 회원들과 제주도 부동산 투자에 관한 대화를 나누었다. 달러맨 주위에 유독 사람들이 몰려들었는데, 달러맨은 손에 들고 있던 근처 대형 찜질방 할인 쿠폰을 외국인 백패커들에게 나눠 주는 데 여념이 없었다. 해당 찜질방이 몇년 전 영업을 종료했다는 뉴스가 기억났으나, 달러맨이나 백패커들에게 굳이 그 사실을 말하진 않았다.

경찰 곤봉을 들고 있는 보스맨 주위에는 사람이 없었다. '경찰관'은 축제의 현장에서 큰 환영을 받기는 어려운 기믹인 게 분명했다. 보스맨은 커다란 뱀을 몸에 두른 스네이크보다 더 인기가 없었다. 혼자 쓸쓸하게 서 있던 보스맨에게 세계 8대 자연경관 선정위원회 한국 지부 회원 한 명이 다가가더니, 한국 검찰과 경찰의 수사권 조정에 대한 미국 경찰관의 견해를 물었다. 보스맨은 자신에게 질문한 양복 차림의 아저씨를 말없이 노려보았다.

스네이크 옆에는, 그가 몸에 두른 뱀을 만져 보려는 술 취한 이탈리아 여성 두 명이 붙어 있었다. 여성들이 쓰다듬자, 뱀이 쑥스러운 듯 꿈틀거리더니 스네이크의 팔에 칭칭 감겼다.

"아니, 이런 큰 경기가 있는데 우리를 안 불렀다고?"

아깐 보이지 않았던 마초킹,[77] 퍼펙트맨,[78] 하트맨[79] 등 또 다

77 이 소설 등장인물 마초킹의 실존 모델로 추정되는 '마초맨'('마초킹'이란 별명도 활용함) 랜디 새비지(1952~2011)는 1980년대 중후반부터 1990년대 초반까지 선역과 악역을 오가며 헐크 호건과 함께 프로레슬링계에서 절대적인 인기를 구가했다. 화려한 무대의상, 현란한 제스처가 돋보였고, 링 위에서 캐릭터만큼 말투와 목소리도 독특했다. "우~예~(Ooh yeah!)"라는 유행어로 대중에 강렬한 인상을 남겼다. 프로레슬러 유행어의 원조격으로 평가받는다. 피니시 기술인 다이빙 엘보 드롭은 프로레슬링 사상 가장 완벽한 엘보 드롭이란 평가를 받는다. 1984년 결혼해 실제 부인이었던 각본상 미녀 매니저 '미스 엘리자베스'와도 링 위에서 다채로운 드라마를 연출했지만 1990년대 초 실제 이혼하며 활동이 주춤해졌다. 헐크 호건이 엘리자베스에게 마초맨과의 이혼을 권유했다는 설도 있고, 실제로 이 무렵 헐크 호건과 마초맨의 실제 사이에 금이 간다. 사후인 2015년 WWE 명예의 전당에 헌액됐다.

78 이 소설 등장인물 퍼펙트맨의 실존 모델로 추정되는 '미스터 퍼팩트' 커트 헤니그(1958~2003)는 프로레슬링 스타였던 아버지 래리 '더 액스' 헤니그의 뒤를 이어 선수 생활을 했다. 현역 시절 테크니션으로 평가됐다. 경기장 입장 시 씹던 껌을 뱉음과 동시에 손바닥으로 탁 쳐서 공중에 뜬 껌을 멀리 날리는 퍼포먼스도 유명했다. 사후인 2007년 WWE 명예의 전당에 헌액될 때 아들 조 헤니그가 아버지가 입던 재킷을 입고 아버지의 등장신을 재현했다.

79 이 소설 등장인물 하트맨의 실존 모델로 추정되는 '히트맨' 브렛 하트(1957~)는 1980~90년대 WWE, WCW에서 활약했던 역대 최고의 테크니션이라 불리

른 전설적인 레슬러들이 어느새 어디선가 나타나 DHR 민진 소장에게, 왜 자신들을 처음부터 초대하지 않았냐고 따지고 있었다. 민진 소장은 난처한 표정을 지으며 연신 자신의 민머리를 어루만졌다.

그들은 국민체조 시간에 참여하지 못해 몸을 제대로 풀 수 없었기에 실제 경기에 참여하지 못하게 된 데 대해, 민진 소장에게 유감의 뜻을 전하며, 조직 차원에서 심심한 사과 인사를 해줄 것을 공식적으로 요청했다. 민진 소장은 레슬러들에게, WWE와 DHR 홈페이지 두 곳에 팝업창 형식으로 사과문을 올리겠다고 약속하며 이마와 머리에 흐르는 땀을 맨손으로 닦았다.

연주를 막 마친 홍키통크가 기타를 집어 던지며 호기롭게 가장 먼저 링 위에 올랐다. 홍키통크는 엉덩이를 씰룩거리며 링 안을 돌아다녔다. 그는 비열한 표정을 지으며 관중의 야유를 유도했다. 관중을 향해 통기타를 휘두르는 시늉을 할 때 야유 소리는 더 높아졌다. 홍키통크의 뒤를 이어 보스맨이 링 위에

는 레슬러이다. 프로레슬러로 활동한 이래 공식 경기에서 상대를 단 한번도 실수로 다치게 해본 적이 없다고 자부할 정도로 자타공인 최정상급 테크닉을 보유했다. WWE '황금기'에도 활동하긴 했지만 숀 마이클스와 함께 '새로운 세대(1992~1997)'를 대표하는 아이콘으로 평가받는다. 2006년 WWE 명예의 전당에 헌액됐다.

올랐다. 둘의 체격 차이는 상당했다. 보스맨이 머리 하나는 더 커보였다. 홍키통크는 경찰복을 입은 보스맨이 눈앞에 등장하자 두려워하는 표정을 감추지 못했다.

보스맨은 홍키통크에게 다가가 로프 반동을 시도했다. 링에 튕겨서 다시 자신 쪽으로 다가오는 홍키통크의 목을 향해 팔을 뻗은 보스맨은, 한쪽 팔로 홍키통크를 들어 올려 바닥에 내리꽂았다. 오락실 '슈퍼스타' 속에도 등장한 그의 주특기, 일명 '딱지치기' 기술이었다. 바닥에 쓰러진 홍키통크가 비명을 질렀다. 나는 홍키통크의 비명이 연기가 아니라는 걸 알아챘다. 이 경기를 위해 급조된 가설 링 안 바닥에 쿠션 같은 게 있을 리 없었다. 맨 시멘트 바닥에 얇은 인조 카펫이 깔려 있을 뿐이었다. 홍키통크는 고통을 호소하며 옆으로 데굴데굴 구르다가 스스로 링 밖으로 떨어졌다. 로열럼블 대회 규칙상 홍키통크의 탈락이 확정되는 순간이었다. 홍키통크는 링 밖에서 허리를 붙잡고 한참 누워 있었다.

링 위에 혼자 서 있게 된 보스맨이 "다음 도전자는 누구냐?"고 외치자 기다렸다는 듯 바바샵, 스네이크가 동시에 링 위로 뛰어올랐다.

한 손에 두툼한 책자를 들고 있던 민진 소장이 "잠깐, 모두 오늘 나눠 준 '골든에라(황금기) 리부트 프로젝트' 대본 4페이지를 봐. 순서를 지키라고. 지금은 '몰래 온 손님' 퍼펙트맨이 링 위에 깜짝 등장할 차례란 말이야! 대본대로 움직여."라고 소리쳤지만, 스네이크와 바버샵은 들은 척도 하지 않았다. 링 아래서 관중과 술을 마시거나 묵묵히 스트레칭하고 있던 다른 레슬러들이 한두 명씩 링 위에 오르기 시작했다.

민진 소장은 고개를 옆으로 절레절레 저으며 "또 혼나겠구먼."이라고 중얼거리더니 들고 있던 책자를 내가 앉아 있는 안내데스크 위로 집어 던졌다. 어느새 민진 소장의 손에는 한 '진양바나차결반전련' 회원이 갖고 있던 『인디언 페미니즘 사상의 역사』 책이 들려 있었다. 민진 소장은 손에 침을 묻혀 가며 책 몇 페이지를 넘겨보더니 눈이 커졌다.

"이 책, 놀랄 정도로 흥미진진하군요."

#34

로열럼블은 정해진 순서에 따라 한 명씩 한 명씩 경기장에 입장하는 방식으로 진행되니, 초반에 링에 올라간 선수는 체력적으로 불리함을 안고 싸울 수밖에 없다. 그러나 우리 게스트하우스에서 열린 경기는, 일찌감치 입장 순서가 무너져, 경기 방식의 특성에 따른 핸디캡이 크게 적용되지 않을 듯했다.

링 아래 있던 대부분 선수가 한꺼번에 무대에 올라 서로 설전을 벌이거나, 서로를 밀쳤다. 얼핏 보면 각각 자신의 앞에 있는 선수와 싸우고 있는 듯했지만, 자세히 보면 꼭 그런 것만도 아니었다. 레슬러 대부분은 나이트클럽에서 모르는 사람들과 몸을 부대끼며 춤을 추는 사람들처럼 잔뜩 들뜬 표정이었다. 레슬러들이 링 위에서 얽혀 있는 모습은, 가까이서 보면 싸움 같지만 멀리서 보면 거대한 군무(群舞) 같았다.

링 위 레슬러들의 느슨한 동작 사이 사이에, 간혹 긴장감이 느껴지는 순간도 있었다. 어쨌든 링은 놀이터가 아니다. 자신이 링 위에 오른 이유를 잊으면 안 되고, 잊을 수도 없다. 순간 착각할 수 있지만, 링 위에서 마음을 놓고 편하게 놀아선 안 된다. 마지막까지 링 위에 남아 있으려면 냉정해야 한다. 벨트를 허리에 두를 수 있는 이는 오직 한 명. 나머지의 운명은 결국 링 아래로 떨어지는 것뿐이다. 과정이 어떤지는 중요하지 않다. 끝내 살아남아야만 웃을 수 있다. 이기는 것만이 유일한 목적이고, 이유인 것이다. 링 위의 베테랑들이 그 사실을 모를 리 없었다.

그렇게 생각하다가도, 또 한편으로는, 아무렴 어떤가,라는 생각이 들었다. 까맣게 잊고 있던 어린 시절의 슈퍼스타들이 링 위에 서 있는 걸 내가 보고 있다는 사실 자체를, 믿을 수 없었고, 거기엔 오랜 시간이 숙성시키는 종류의 묵직한 감동이 있었다.

내 옆에 서 있던 네덜란드에서 온 청년이, 열두 번째로 링에 오르는 이호건을 보며 "가짜 헐크다!"라고 외쳤다. 이호건이 네덜란드 청년을 향해 가운뎃손가락을 올렸다. 이호건이 노려보았지만, 네덜란드 청년은 기죽지 않고 엄지손가락을 아래로 내리며 "우~" 하는 야유를 보냈다. 이어 네덜란드 청년은 고개를 돌려, 옆에 서 있던 내게 맥주병을 들어 올리며 건배를 청해

왔다. 나는 안내데스크 위에 놓인 소주병을 들어 올려 그의 제안에 응했다.

이호건은 보스맨을 로프 반동시킨 뒤 발을 번쩍 들어 올려 되돌아오는 상대를 가격하는 빅 붓 기술을 시연했다. '가짜 헐크'임을 입증하듯 진짜 헐크의 주특기를 흉내내고 있었다. 바닥에 쓰러진 보스맨을 바라보며, 이호건은 입고 있던 자신의 멀쩡한 티셔츠를 두 손으로 찢었다. 그의 보잘것없는 가슴 근육이 드러나자, 관중의 환호성이 커졌다. 이호건은 자신의 출렁이는 뱃살을, 관객들에게 흔들어 댔다. 헐크를 똑같이 따라 하려고 노력할수록, 그는 더욱더 가짜처럼 보였다.

이호건을 링 위에서 쓰러뜨리는 상상을 했다. 그에게 기술 거는 장면이 연속동작으로 머릿속에 펼쳐졌다. 우선 역기를 들 듯 그를 번쩍 들어 올려 바닥에 패대기치는 워리어 프레스를 구사할 것이다. 그런 뒤 쓰러진 상대에게 몸을 날려 덮치는 워리어 스플래시. 이호건이 엎어져 있다면 몸으로 등을 덮칠 것이고, 이호건이 누워 있다면 배 쪽으로 떨어질 것이다.

링 위에 정해진 생존 법칙 따위가 존재하지 않는다면, 이미 각본이 무너진 상태라면, 한번 도전해 볼 만하다는 생각이 들었다. 로열럼블은 일반 일대일 레슬링 경기와는 다르니까. 3카운트 핀폴도 없고 서브미션에 의한 탭아웃도 없다. 링 밖으로 떠밀려 내려가면 그대로 아웃, 한번 떨어지면 되살아날 수 없다. 어떻게든 밖으로 밀어내면 상대는 링 위로 다시 올라올 수 없다. 어쨌든 버텨내기만 하면 계속 살아남을 수 있다. 폼 잡는 화려한 기술 따위는 쓰지 않아도 그만이다. 수단과 방법을 가리지 않고 눈앞의 상대를 링 밖으로 떨어뜨리기만 하면 되는 것이다.

"나는 최후의 인디언 전사다."

이렇게 중얼거리며 나는 호흡을 가다듬었다. 그러자 진짜 인디언이 된 것 같은 기분이 들었다. 링네임을 '늑대와 춤을'[80]로 지으면 어떨까, 생각했다.

나 김남일 혼자라고 생각했다면, 용기가 나지 않았을 것이다. 그러나 지금 나는 혼자가 아니었다. 내 손엔 워리어 마스크가 쥐어 있었다. 그냥 워리어 마스크도 아니었다. 워리어에게 직접 선물 받은 워리어 마스크였다. 추가 비용 50만 원을 내지 않아 인증샷이 없기에 이게 진품임을 입증할 방법이 없는 게 아쉬웠지만, 그건 워리어가 돌아오면 협의할 여지가 있는 부분이었다.

80 미국 영화감독 겸 배우 케빈 코스트너가 1990년 주연과 감독, 제작을 맡은 감독 데뷔작 겸 주연작. 2200만 달러의 제작비로 월드와이드 4억 2400만 달러의 흥행 성적을 올리며 대박을 터뜨렸고, 그해 아카데미상 7개 부문을 휩쓸었다. 마이클 블레이크의 동명 원작 소설로 인디언 땅에 백인이 들어오면서 생기는 우정과 신뢰 그리고 탐욕적인 침략을 그렸다.

이 마스크를 쓰고 링에 오르는 순간, 나는 더는 김남일이 아닌 것이다. 어린 시절 영상 속에서 무수히 접했던 워리어, 최후의 인디언 전사, 내가 바로 그 워리어가 될 것이다. 이호건은 헐크가 될 수 없지만, 김남일은 워리어가 될 수 있다. 마스크가 내게 용기를 줬다. 각본 없이 펼쳐지는 쇼에서, 내가 각본 없는 드라마의 주인공이 되지 말란 법은 없었다.

나는 자리에서 일어나 링 바로 옆에서 무지개 깃발을 흔들고 있는 '진양바나차결반전련' 회원에게 다가갔다. 금색 단발머리 가발을 쓰고 있는 근육질의 사내였다. 당장 링 위에 올라가도 현역 레슬러 두어 명은 순식간에 링 밖으로 쫓아낼 수 있을 것처럼 보였다. 그에게, 혹시 남은 노끈이 있는지 물었다. 그가, 어디에 쓸 것인지 되물었다. 나는 들고 있던 워리어 마스크를 보여 주었다. 그는 내 어깨를 쓰다듬었다.

"당신, 우리 회원이 될 자격이 있소. 난 보자마자 알아챘지."

그가 무슨 말을 하는지 완벽히 이해할 수 없었지만, 어쩐지 싫진 않았다. 나는 고개를 끄덕이며 "카페 회원 가입을 긍정적으로 검토 중"이라고 답했다. 그러자 그의 표정이 환해졌다. 그는 내게 빨간색, 노란색, 파란색 끈을 차례로 내주었다. 내가 감사하다고 인사를 하자, 그가 "묶어 줄까요?"라고 물었다. 나는 그에게 왼팔을 내밀었다. 그는 내 팔뚝에 빨간색, 노란색, 파란색 끈을 차례로 묶었다. 능숙한 동작이었다.

“난 원래 묶이는 걸 좋아해요. 그런데 내가 누굴 묶어 주는 것도 색다르고 재밌네요.”

그는 내 오른팔에도 끈을 묶은 뒤 “겉보기엔 물살 같았는데 통뼈네요.”라고 칭찬해 주었다. 내가 “감사하다.”라고 말하자 그가 손사래 쳤다.

“삼촌 잘 계시죠? 함께 피겨스케이트를 배웠던 기억이 새록새록 하네요.”

“저희 삼촌이 피겨스케이팅을요?”

“당신 삼촌의 싱글악셀은 굉장했지요.”

삼촌이 피겨스케이팅을 배웠다는 말은 처음 들어봤지만 어쨌든 삼촌의 운동 동료였다는 ‘진양바나차결반전련’ 회원의 격려를 받은 나는, 제자리에 서서 몸을 앞으로 90도로 숙이는 동작을 몇 차례 반복하며 몸을 풀었다.

#35

링에 들어갈 준비를 끝마친 듯해서 마스크를 얼굴에 쓰려는 찰나, 문 쪽에서 전자기타 소리가 요란하게 났다. 레슬링 팬들에게 익숙한 연주, 내 귀에도 익숙한 멜로디였다. 누가 입장하는지 눈치챈 몇몇 관중이 노래를 따라부르기 시작했다.

"No chance, no chance in hell~ You got no chance, no chance in hell!"[81]

검은색 스리피스 수트를 차려입은 건장한 체격의 한 사나이가 문 쪽에서 모습을 드러냈다. 링 위에 있던 레슬러들이 일제히 동작을 멈추고, 출입구 쪽을 바라보았다. 관중의 노랫소리가 커졌다.

81 WWE CEO였던 빈스 맥마혼의 등장 음악 〈노 챈스 인 헬〉의 가사. 이 곡은 얼티밋 워리어 등장 음악 〈언스테이블〉도 만든 뮤지션 짐 존스톤의 작품이다.

WWE의 창립자이자 전 회장 겸 CEO 빈스 맥. 그가 과장되게 팔을 아래위로 흔들며 특유의 거만한 팔자걸음으로 걸어 들어왔다. 요즘 격투기 팬들에겐 종합격투기 UFC의 슈퍼스타 코너 맥그리거의 전매특허로 더 알려진, 잔뜩 겉멋 든 과장된 동작의 걸음걸이였다.

걸음걸이만으로 사람들의 시선을 잡아끈 빈스 맥 회장이 민진 소장 앞에 다가갔다.

"누가 여기서 이런 경기 하래. 게다가 시나리오도 무시하고 말이야. 내가 왕년의 스타들과 함께 화려하게 부활하는 그림이 제대로 나와야 하는데, 이러면 내 컴백 일정에 차질이 빚어지잖아. 일처리가 왜 이리 엉망이야."

민진 소장이 『인디언 페미니즘 사상의 역사』 책을 안내데스크에 내려놓고, 잔뜩 주눅 든 표정으로 고개를 숙였다.

맥 회장이 민진 소장에게 소리쳤다.

"유 아 파이어드(You're Fired)!"[82]

그런 뒤 빈스 맥은 링 쪽을 바라보더니, 고함을 질렀다.

82 도널드 트럼프 전 미국 대통령의 유행어로 알려진 표현이지만 원조는 WWE CEO였던 빈스 맥마흔이다. 도널드 트럼프는 대회에도 직접 참가하는 등 WWE 및 빈스 맥마흔과 오랫동안 친분 관계를 유지했다.

"여기서 로열럼블을 하고 있다니, 1999년 로열럼블 우승자[83]로서, 로열럼블 이벤트가 이렇게 오용되는 걸 지켜볼 순 없어. 모두 해산!"

지금 이태원에서 그는, 시나리오가 사라진 링 위의 혼돈을 해결하기 위해, 악역을 자처하고 있었다. 원래 악역을 즐기는 사람이니, 악역을 누군가 맡아야 할 때 악역을 마다할 리 없었다. 한 단체의 CEO 겸 회장 출신으로서 당연히 취해야 할 조치일 수 있으나, 게스트하우스에 모여 핼러윈 파티를 즐기는 대부분에게, 그의 해산 선언은 그리 달갑게 들릴 리 없었다. 빈스 맥이 경기 중단을 선언하자, 관중이 야유하기 시작했다.

링 위의 선수들은 일제히 동작을 멈췄다. 빈스 맥이 거만한 걸음걸이로 링을 향해 걸어갔다. 선수들에게 해산을 다시 명령하려는 것 같았다. 하지만 곧 빈스 맥의 발걸음은 무지개 깃발에 막히고 말았다.

"나한테 원하는 게 뭐야?"

83 등장인물 빈스 맥의 실제 모델로 추정되는 빈스 맥마혼은 직업 레슬러가 아님에도 본인이 직접 링 위에 오르거나 연기 등을 통해 스토리 전개에 직접 관여한 적이 많았다. 그는 스티브 오스틴, 브렛 하트, 존 시나, 바비 래쉴리, 심지어 도널드 트럼프 전 미국 대통령 등과 링 위에서 대립했었다. 빈스 맥마혼은 단순한 CEO 역할만 한 게 아니라 실제 플레이어로 뛰며 공식적으로 WWE 챔피언, ECW 챔피언 그리고 1999년 로열럼블 우승 타이틀을 거머쥐었다.

누군가 외쳤다.

"쇼는 계속되어야 해!"

빈스 맥이 그 말에 고개를 끄덕였다.

"우리 프로레슬링만큼 멋진 쇼가 없긴 하지."

빈스 맥이 예상 밖의 긍정적인 반응을 보이자, 그의 앞을 막고 있던 무지개 깃발이 서서히 올라가기 시작했다. 길이 열리는 걸 보며 빈스 맥 회장은 흡족한 표정을 지었다.

"체면을 살려줘서 고맙소. 내가 나중에 봐서, 당신들이 좋아할 만한 '레인보우 휴먼' 캐릭터를 탄생시키는 걸 고려해 보겠소. 그 캐릭터의 필살기는 '평화'가 될 거요."

빈스 맥이 '진양바나차결반전련' 회원들을 향해 윙크했다. 그의 노련한 대처를 보니, 한 단체의 CEO로 오랫동안 승승장구한 이유를 알 것 같았다.

#36

빈스 맥이 다시 링 쪽으로 고개를 돌리려는 찰나, 갑자기 게스트하우스 출입구가 열리더니 한 남자가 모습을 드러냈다. 출입구 쪽에서 환호성이 터졌다.

한국 프로레슬링의 전설이자 삼촌의 선배이자 한국격투도협회 회장인 이황표였다. 그가 검은 팬티 한 장만 걸쳐 입고 등장하자마자, 관객 몇 명이 반대편에 서 있던 김도군을 바라보며 뭐라고 외쳐댔다. 김도군은 머쓱한 표정을 짓더니 곧바로 연주를 시작했다. 이윽고 〈아리랑〉 선율이 실내에 울려 퍼졌다.

"맥 회장, 여기서 만나게 되는구먼. 반갑네. 한국 프로레슬링계를 대표해 인사를 하겠네."

이황표는 웃으며 빈스 맥에게 걸어갔다. 이황표가 걸어가는 동선 주변에 서 있던 사람들이, 홍해가 갈라지듯 길을 열어 주었다. 둘 다 70대 나이였지만 70대로 보이지 않았다. 탄탄한 근육질 몸매 때문이었다. 이황표는 수영 팬티 핏이, 빈스 맥은 수트 핏이 여느 20~30대 청년 못지않았다.

〈아리랑〉 운율에 맞춰 천천히 걸어온 이황표는, 맥 쪽에 거의 다다르자, 오른손을 내밀어 악수를 청했다.

"현재 WWE의 대표인가?"

"정확히 따지자면 현재는 아니지만, 언제든 복귀할 수 있소."

빈스 맥은 별다른 의심 없이 이황표 쪽으로 손바닥을 뻗었다.

그건, 이황표의 속임수이자 노림수였다.

이황표는 빈스 맥의 손바닥을 잡는 척하다가 재빠르게 빈스 맥의 팔목을 잡았다. 이황표가 팔을 당기자, 빈스 맥의 몸이 앞쪽으로 쏠렸다. 그러자 이황표는 자신 쪽으로 기울어진 빈스 맥의 목에 팔을 두르며 헤드록을 걸었다. 내가 삼촌에게 이따금 당하던 기술이었다. 빈스 맥이 비명을 지르자 이황표가 호통을 쳤다.

"내가 자넬 몰라서 물었겠나? 프로레슬링의 정통성을 훼손한 장본인. 잘 걸렸다. 오늘 타향에서 향냄새 한번 맡아 봐라."

이황표는 빈스 맥의 목을 감고 있던 팔을 풀자마자 몸을 반대 방향으로 틀었다. 그러면서 다시 빈스 맥 회장의 목을 잡았다. 이황표는 맥의 목을 옆구리에 낀 채 뒤로 몸을 눕혔다. 머리와 목 부분에 충격을 받은 빈스 맥이 비명을 질렀다. 김도균이 기타로 연주하는 〈아리랑〉 선율이 한층 격렬해졌다.

한 관객이 외쳤다.

"DDT[84]다!"

링 위에 있던 스네이크가 소리쳤다.

"내 기술이잖아."

이황표가 스네이크를 향해 외쳤다.

"이건 네 기술 DDT가 아니야. 이건 내가 창안한 격투도 기술 중 하나인 '원산폭격'이라고! 이미 프로레슬링이 활성화되기도 전에 한국에선 군대와 학교에서 널리 쓰이던 기술이네. 궁금하면 격투도 교재를 구입해서 379페이지를 확인해 보게. 교재는 대형서점과 인터넷서점에서 구매 가능하네. 우리 협회 홈페이지를 통해 구매 신청을 하면 5% 추가 할인이 들어가고. 현금결제 시에만. 카드 구입 시 3%가 더 붙네."

이어 과장된 동작으로 바닥을 데굴데굴 구르는 빈스 맥 쪽을 보며 이황표가 비장한 목소리로 말했다.

"프로레슬링은 쇼가 아니야!"

관중들이 박수 치며 환호했다. 링 위의 레슬러들은, 이황표

84 1980년대 WWF 제이크 '더 스네이크' 로버츠(각주 63 참조)가 사용하던 피니시 기술. 상대방의 목을 옆구리에 낀 채로 뒤로 넘어져 머리와 목 부분에 충격을 주는 기술이다. 워낙 쓰기 편해 곧 여러 프로레슬러들이 쓰기 시작했다. 이 소설 속에선 DDT가 스네이크의 피니시 기술로 언급된 걸로 추정된다.

의 행동과 발언이 마음에 들었는지, 자신들이 속한 단체의 전수장이 쓰러졌는데도 모른 척하며 링 위에서 딴청을 피웠다.

빈스 맥이 벌떡 일어나며 소리쳤다.

"프로레슬링이 쇼가 아니면 뭐야."

이황표는 침착한 표정을 잃지 않았다.

"이 운동이 싸구려 쇼처럼 취급받아서는 안 돼."

"누가 싸구려 쇼라 그랬나? 프로레슬링을 지금처럼 고도의 산업으로 일궈낸 게 누군데. 바로 나란 말이야. 그리고 프로레슬링이 쇼가 아니라면 대체…."

빈스 맥은 누가 들어도 옳은 말을 하고 있었다. 그러나 그는 말을 마무리 짓지 못했다.

"쇼하지 마라!"

이황표가 크게 외치더니 반쯤 쥔 주먹으로 빈스 맥의 가슴팍에 해머링을 날린 뒤 그의 몸을 땅 위에 메쳤다.

"격투도의 기본 기술 중 하나인 '적반하장'이다."

바닥에 드러누운 빈스 맥을 내려다보며 이황표가 말했다.

"여긴 내 홈그라운드야. 똥개도 자기 집에서 절반은 먹고 들어가는 법. 맥, 당신에게 악의는 없네. 그런데 지금 나는 이렇게 할 수밖에 없네. 사나이답게 이해해 주게."

이황표는 링 쪽을 보며 외쳤다.

"대한민국의 프로레슬링 중흥기를 다시 열기 위해 한평생,

온몸을 던져 왔네. 오늘 내 조국에서 오랜만에 대규모로 열리는 프로레슬링 대회를 보니 눈물이 나는군. 제군들, 계속 경기를 이어가 주게. 정통 프로레슬링의 진수를 펼쳐 주게. 그게 내 마지막 부탁이네."

그러더니 이황표는 빈스 맥을 자리에서 일으켜 세우며 포옹했다. 급습을 당한 충격 탓에 정신을 못 차리고 있던 빈스 맥은 얼떨결에 이황표를 끌어안았다. 그렇게, 둘이 급격하게 화해하는 모양새가 연출되었다. 사방에서 핸드폰 카메라 촬영음이 울렸다. 이게 의도적으로 시나리오에 맞춰 나온 장면이라면, 두고두고 레슬링 팬들에게 손가락질받을 만큼 전개 과정이 생뚱맞고 촌스러웠다. 그러나 이 단순한 퍼포먼스엔, 사람을 울컥하게 만드는 요소가 있었다. 이황표는 "프로레슬링은 쇼가 아니다."라고 열변을 토한 직후, 더없이 진지한 표정으로 '쇼'를 하고 있었다.

관중의 시선이 이황표와 빈스 맥에 쏠린 사이, 링 위 분위기는 급속도로 냉랭해졌다. 레슬러들은 싸울 의지를 잃은 듯 제자리에 멀뚱멀뚱 서 있었다.

내 옆에 서 있던 기메라가 중얼거렸다.

"링 위에 다시 올라가서, 교가 2절을 불러야 하나…."

#37

다행인지, 불행인지, 기메라가 다시 노래를 불러야 할 상황은 오지 않았다. 기메라가 고민하는 사이, 기메라보다 먼저 링 아나운서 버퍼가 마이크를 들고 링 위에 올랐다.

"잠시 링 위에 '버퍼링'이 생겼군요. 그걸 해소하고자 저 버퍼가 링 위에 섰습니다. 제가 '버퍼링'이란 단어를 만든 창시자[85]인 거 아시죠? 모르신다고요? 포털 사이트에 '버퍼링'을 검색해 보세요. 제가 오늘 여러 게시판에 자세한 내용을 소개했거든요. '버퍼링'에 대해서도 새로 상표권 신청도 해두긴 했는데 잘 될지는 모르겠네요."

말을 마친 버퍼가 숨을 크게 들이마셨다. 그리고 사자후를

85 '버퍼링'이란 단어를 자신이 만들었다는 소설 속 등장인물 버퍼의 주장은 사실이 아니다.

토해 내듯 외쳤다.

"렛츠 겟 레디 투 럼블!"

값비싼 그의 외침은 즉각적으로 효과를 발휘했다. 이 마법의 주문에 맞춰, 선수들이 움직이기 시작했다.

다시, 1990년대 초반 AFKN에서나 보던, 동네 오락실에서나 즐길 수 있었던, 학교 운동장의 높이뛰기 매트에서나 경험할 수 있었던 그 장면, 그 경기가 눈앞에서 펼쳐졌다.

누굴 응원해야 할지 알 수 없었다. 분명 현역 시절 내내 악역을 도맡던 선수들이 있었지만, 경기 전 링 밖에서 직접 만나 보니 실제 모습이 악한 선수는 없었다. 그걸 알고 경기를 보니, 링 위에서, 더 이상 선역과 악역이 구분되지 않았다.

어느새 내 옆에 이황표가 다가왔다. 그는 진지한 표정으로 링을 쳐다보며 연신 고개를 끄덕였다. 나는, 그가 생각하는 프로레슬링의 본질이 뭔지, 궁금해졌다. 이황표에게 직접 물었다간 맥 회장처럼 DDT 아니 원산폭격 혹은 적반하장 기술에 당할까 봐 머뭇거리고 있는데, 다행히도 그가 먼저 입을 열었다.

"내가 힙합 뮤직비디오[86]에 출연해 했던 말 기억하나? 다시

86 소설 등장인물 이황표의 실존 모델로 추정되는 이왕표는 2000년 3인조 힙합그룹 CB MASS(다이나믹 듀오의 전신)의 〈진짜〉 뮤직비디오에 출연했다. 뮤직비

말하기 귀찮으니 내가 하고 싶은 말은 그 뮤직비디오를 참조하게나."

그러며 그는 자신의 일그러진 만두 모양 귀를 손가락으로 가리켰다.

"이게 쇼로 보이나? 아니야. 쇼는 없어. 이건 내가 흘린 피, 그리고 선배들의 땀, 동료들의 눈물의 증거야."

표정에서 느껴지는 비장함이, 그의 목소리를 통해서도 전달됐다.

나는 삼촌에게 들은 이야기를 그대로 읊었다.

"1960~70년대에 프로레슬링 열기가 대단했다죠? 젊은 여성들까지 프로레슬링에 열광했다니까요."

이황표가 흡족한 표정을 지으며 나를 바라보았다.

"어느 시대든 그 시대만의 꿈이 있지. 가난하고 힘들었던 60~70년대, 프로레슬링을 보며 많은 국민이 꿈과 희망의 가치를 알게 되었네. 나 또한 그러했고. 그리고 80년대엔 선수로서 어느 정도 내가 받은 걸 되돌려줄 수 있었지. 어쨌거나 밥

디오 오프닝에 이왕표의 내레이션이 나온다. 내용은 다음과 같다. "어떤 사람들은 레슬링을 짜고 한다고 말하지. 각본에 의해 기술을 부린다는 거야. 우리는 진짜 피와 땀방울을 흘리는 거야. 아무런 고통 없이는 좋은 결과를 얻기 힘들지. 그래서 내 챔피언벨트는 더욱더 값진 거야. 진짜 피와 땀방울이 묻은 챔피언벨트이기 때문이지."

값은 하고 산 셈이지. 그런데, 오늘 또 기회가 온 거야. 힘들어하는 이들을 위로할 무대가 필요한데, 노래 부르고 춤추고 웃고 즐길 순 없지 않겠나. 그런 건 시기적으로 좀 부담스럽지. 이럴 땐 프로레슬링만 한 이벤트가 없네. 그래서, 내가 내 나름대로 오늘 판을 조금 키워 보았네. 맥 회장에겐 미안하지만, 나는 모처럼 밥값을 해야 했네. 한국 프로레슬링의 발전을 위해서. 아쉬운 건 저 무대 위에 한국 선수가 딱 한 명뿐이라는 거네. 모자라. 부족해. 우린 한민족 아닌가. 백두산 정기를 이어받은 우리 민족의 얼을 세계만방에 화려하게 펼칠 수 있는 때가 바로 지금인데 말이야. 마침 BTS도 군 공백기를 거치는 마당에,[87] 이럴 때 우리 프로레슬링이 그 공백을 메워야 하지 않겠나. 내가 힙합 뮤직비디오 출연 경력이 있어서 K팝 시장에 대해선 좀 알지."

그러더니 이황표는 내 몸을 위아래로 훑어보았다.

"범상치 않군. 씨름선수였나?"

이황표는 내 어깨를 주무르더니 두 손을 내 가슴과 등에 대고 가만히 있었다. 나는 이 장면을 '진양바나차결반전련' 회원

87 글로벌 K팝그룹 BTS 멤버 7명 전원은 2022년 12월부터 2023년 12월까지 차례로 군입대 했다. BTS 멤버들이 모두 전역해 완전체 활동을 할 수 있는 건 2025년 6월 이후부터다.

들이 보지 않기를 바랐다. 이유는 정확히 모르겠으나, 왠지 부끄러웠다.

"겉보기완 다르군. 고도비만이긴 하지만, 전형적인 장사 체형이야. 살 속에 단단한 육체가 숨어 있군. 나는 전문가니까 그걸 알아볼 수 있지. 골격도 두껍고. 자네는 진작에 나를 만났어야 했네. 그랬다면 인생이 바뀌었을 거네. 아주 늦진 않았어. 언제라도 협회 체육관에 나와 등록하게. 잠재력이 보이니, 싸게 해주겠네. 원래 한 달 20만 원인데 19만 원만 받겠네. 현금 기준이네. 계좌이체 가능하고. 카드 결제 시 3% 추가 결제가 들어가네."

이황표의 말을 듣는데, 울컥했다. 나는 1990년대 초반, 프로레슬링을 보며 꿈과 희망을 키웠던 세대다. 굳이 따지자면 이황표의 경기를 보며 꿈과 희망을 갖게 된 건 아니었으나, 어쨌든 추억과 관련해 누군가와 공감대가 형성된다는 건 감격스러운 일이었다.

불현듯, 짚이는 부분이 있었다.

"저희 삼촌 부탁받고 오셨군요. 감사드려요."

"자네 삼촌이 누군데?"

나는 어리둥절해졌다. 이황표도 나를 보며 어리둥절한 표정을 지었다. 곧 이황표의 표정은 한심하다는 표정으로 바뀌었다. 나는 울 듯이 웃는 표정으로 화답했다. 우린 한참 말없이 서로를 바라보았다.

이황표가 먼저 입을 열었다.

"난 오늘 여기서 레슬링 축제가 열린다는 소식을 유튜브에서 보고 왔네. 여러 애국시민들이 내게 쪽지를 보내 이 행사를 소개해 주더군."

나는 손에 들고 있던 워리어 마스크를 꽉 움켜쥐었다.

이황표가 내가 쥔 마스크를 쳐다보았다.

"좋은 가면이구먼. 링 위에서 쓰면 근사하겠어. 각시탈[88] 콘셉트인가? 국뽕[89] 코드를 자극하기엔 좋겠구먼. 국뽕은, 우리나라 프로레슬링계에서도 아주 오래전부터 즐겨 활용한, 강력한 성공 방정식이지. 잘 생각했네."

나는 그에게 고민을 털어놓았다.

"저, 사실 지금 링에 오를까, 하는데요. 일하는 중간에 링에 올라갔다가, 이 가게에서 저 잘리는 거 아닐까요?"

"우리 협회 선수들은 다 투잡, 스리잡이야. 좋아하는 걸 하려는데 그런 것쯤 감당 못하나? 만약 여기서 쫓겨나면 우리 협회

88 만화가 허영만(1947~)의 데뷔 초창기 작품(1975년작). 일제강점기 때 각시탈을 쓴 독립운동가 이야기를 다룬 일종의 슈퍼히어로물이다. 2012년 KBS2에서 28부작 TV드라마로도 방영됐다.

89 '나라 국'과 '히로뽕의 뽕'의 합성어. 국가에 대한 자긍심에 과도하게 도취해 있는 것을 조롱할 때 사용되는 인터넷 신조어.

로 오게. 마침 남은 쪽방이 하나 있네. 싸게 쓰게 해줄게. 월세 48만 원, 현금 기준. 보증금은 협의 가능. 아까 말한 회비는 별도. 계좌이체 가능하고. 이건 카드 결제는 안 되네."

나는 여러 조언을 해준 이황표에게 고맙다고 인사한 뒤 손에 쥐고 있던 워리어 마스크를 얼굴에 댔다. 그리고 고무줄을 잡아당겨 머리 뒤쪽으로 넘겼다. 마스크를 쓰면서, 워리어의 마지막 연설을 읊조렸다.

"일생 다른 이들의 심장을 두근기리게 하고, 삶 자체보다 더 웅장한 떨림을 안겨 줬다면, 그의 존재는 영원히 기억될 것이다."

내 중얼거림을 들은 이황표가 고개를 끄덕였다.

"자네 시인 해도 되겠는데?"

이황표는 내 어깨에 손을 올렸다.

"살뙜군. 링 위에서 시 낭송이라도 한번 해주게. 좀 이따, 내가 이 거리를 오가다 만난 친구들이 잠시 들를 걸세. 159명쯤 되네. 자네가 시 낭송을 해도 좋고, 아니면 링 위에서 다른 퍼포먼스로라도 그들을 즐겁게 해줬으면 하네."

"159명이나요?"

그들에게서 얻을 수 있는 입장료 수익과 매출을 빠르게 계산해 보았다.

"혹시 오기로 하고, 안 오진 않겠죠?"

"우린 노쇼는 없네. 모든 게 진짜지."

나는 고개를 끄덕인 뒤 링을 향해 발걸음을 뗐다.

#38

링에 거의 다다르자, 링의 인간 기둥 역할을 하고 있던 '진양바나차결반전련' 회원이, 내가 링에 들어갈 수 있도록 로프를 벌려 주었다. 길거리에서 흔히 볼 수 있는 평범한 50대 아저씨인 그 회원이 나를 향해 윙크를 했다.

"좀 아까 안내데스크 쪽에서 이황표 선생과 다정한 모습을 연출하는 걸 감명 깊게 보았네. 참 고혹적인 장면이더군."

미소로 화답한 뒤 링에 오르려는 찰나, 뒤쪽에서 누군가 내 어깨를 잡아챘다. 돌아보니, 좀 전에 이황표에게 '원산폭격'과 '적반하장'을 당한 빈스 맥이 오른손으로 허리를 잡고, 얼굴을 찡그리며 나를 노려보고 있었다.

"자네는 누군가? 왜 우리 주최 측 허락 없이 링에 오르려 하나?"

빈스 맥의 질문은 나를 머뭇거리게 했다.

내가 누구인지 나도 알지 못하니 빈스 맥이 묻는 '나'가 누구인지 대답을 할 수 없었다. 한참을 머뭇거리다가 나는 겨우 입을 열었다.

"저는… 일종의 워리어입니다."

나 자신을 빈스 맥에게 오롯이 드러낼 용기가 나지 않았다. 나도 모르게 목소리가 작아졌다. 대답을 하면서도, 내 대답이 상대에게 뭔가 이상하게 들릴 거란 걸 알았지만, 지금의 나는 여러모로 이상한 게 맞기에, 어떤 면에선, 나다운 대답을 했다는 생각이 들었다.

빈스 맥이, 다른 사람들이 나를 볼 때와 마찬가지로, 한심해하는 표정을 지었다.

"워리어? 지금 종로에서 오는 길인데 택시비가 모자랄 것 같다고 그래서, 내가 계좌 이체까지 해주었는데. 자네는 진짜 워리어가 아니잖은가. 왜 자신을 속이고, 다른 사람까지 속이려 하나? 다시 묻겠네. 자네는 누구인가?"

빈스 맥은 레슬링 기술을 걸지 않고도, 뼈를 때리는 법을 알았다. 나는, 원래의 나답게, 아무 대꾸도 하지 못했다. 할 말이 떠오르지 않았다. 워리어 마스크를 쓴 뒤 생겨났던 자신감이 빠르게 사라지고 있었다.

빈스 맥의 말이 맞았다. 나는 몇 시간 전 워리어의 친구가 되었지만 내가 워리어인 건 아니었다. 빈스 맥의 말을 반박할 수 없었다. 워리어 마스크를 쓰고 워리어 티셔츠를 입었다고 진짜 워리어가 될 수는 없었다.

혼란에 빠진 나를 구해 준 건, 내게 윙크한 '진양바나차결반전련' 회원이었다.

"우리 회원 그만 괴롭혀라!"

그 한마디는 뜻밖에 큰 효력을 발휘했다. 빈스 맥의 표정이 순간 환해졌다. "자네, 이 멋진 단체의 회원인가? 잘됐군. 왜 미리 말 안 했나. 내가 아까 약속했거든. 이 단체를 위해 새로운 캐릭터를 하나 만드는 걸 고려해 보겠다고. 때마침 우리 단체에 꼭 필요한 캐릭터이기도 하고. 그런데 운명처럼 자네가 내 눈앞에 나타났군. 내가 촉이 좋은 거 알지?"

그는 아까 이황표처럼 내 어깨와 등, 가슴을 만져 보더니 "미국 NCAA 디비전1에서 활약하는 아마추어 레슬러 같은 몸이구먼. 아주 좋아. 남들은 비만 체형으로 볼 수도 있겠지만 그렇지 않아. 전문가니까 내가 알아볼 수 있는 거라고."라고 말하며 감탄사를 내뱉었다.

그는 내게 "몸의 유연성은 어떤가?"라고 물었다. 나는 대답 대신 몸을 앞으로 90도 각도로 숙이는 졸개 고릴라의 인사 동작을 취해 보였다.

빈스 맥은 고개를 끄덕였다.

"자넨 지금부터 '레인보우 휴먼'이네. 그 마스크를 당장 벗게.

오늘 이 대회에서 활약상을 보고, 정식 계약할지 말지, 정하겠네."

내 주위에 있던 '진양바나차결반전련' 회원 몇 명이 환호성을 질렀다. 어느새 무지개 깃발 두 개가 다가와, 내 머리 위에서 나부꼈다.

나는 워리어 마스크를 반쯤 벗었다. 마스크를 벗었는데도 다행히, 애초에 마스크를 쓰며 얻은 자신감은 사라지지 않았다.

이제 나는 '진공청소기'도 '워리어'도 아닌, '레인보우 휴먼'이었다.

빈스 맥은 내 얼굴을 보자마자 나지막이 탄식했다.

"일단은 임시로, 지금 가면을 쓰게. 그게 비주얼적으로 좀 더 낫겠구먼. 새로운 가면 디자인은 나중에 고려해 보세."

나는 그의 말에 다시 워리어 마스크를 내렸다.

링에 오르려는데 뒤에서 빈스 맥이 외쳤다.

"명심하게, 새 캐릭터의 피니시 기술은 반드시 '평화'를 기반으로 해야 하네. 그리고 더 중요한 게 하나 있네. 링 위에선 기술보다 캐릭터가 우선이네. 잊지 말게."

평화를 구현하기 위해 링 위에 오르는 '레인보우 휴먼'. 이 캐릭터를 어떻게 구체화시킬지 생각하느라 머릿속이 복잡해졌다. 그러나 고민을 한다고 저절로 해결될 성질의 문제는 아니었다. 일단은 본능에 몸을 맡겨 보기로 했다.

링에 오르려다 나는 다시 안내데스크 쪽으로 발걸음을 돌렸다. 나는 나 대신 임시로 카메라 촬영을 맡고 있던 기메라에게 다가갔다.

"부탁 하나만 들어주실 수 있나요? 저의 첫 공식 프로레슬링 경기인데요, 등장 음악이 필요해요."

"내가 아는 노래면 한번 불러 볼게요. 잘됐네요. 그 영상을 뮤직비디오로 편집해서 유튜브에 올려야겠어요."

"아마 아시는 노래일 겁니다."

기메라 옆에 있던 그룹 '백두' 기타리스트 김도균이 거들었다.

"내가 기타 연주를 맡을게요."

나는 기메라와 김도균을 향해, 90도 각도로 허리를 숙였다.

기메라가 노래를 시작하면 링 쪽으로 걸어가려고 마음먹고 있는데, 양복을 입은 중년 남성이 다가와서 다짜고짜 내게 명함을 건넸다. 나는, 지금 막 링에 오르려는 참이라, 명함을 받을 수 없다며 손사래를 쳤지만, 그는 내 말을 들은 척도 하지 않았다. 그는 기어이 내 손에 명함을 쥐여 주며 자신을 '세계 8대 자연경관 선정위원회 한국 지부장'이라고 소개했다.

"반갑네, 레인보우 휴먼. 나는 자네 삼촌의 친구네. 오늘 여기 와서 자네 대신 입장료를 받으라고 하더군. 단체 대화방에서 얘기를 듣자마자 달려왔네. 어떻게 받을까? 내가 제일 잘하는 건 유료 ARS 전화를 개설하는 건데, 빨리 하나 열까?"

나는, 알아서 하시라고 대답했다. 그는 나를 금방 놓아 줄 마음이 없어 보였다.

"미국에서 활동할 때 매니저가 필요하면 말하게. 우리 미국 본사 사람들이 대부분 몇 년 전 제주도 명예시민이 되었는데, 그 무렵 다들 백만장자가 되었거든. 우리 프로젝트가 한국에서 잠시 논란이 되기도 했지만, 지금은 아무도 기억하지 못하는 일이 되어 버렸지. 참 다행이지 뭐야. 그 이후 본사 직원들은, 한국 사람이라면 두손 두발 다 들고 환영한다네. 화끈하고, 빨리 잊고. 그 매력에 반했다나, 어쨌다나."

나는 시선을 둘 데 없어 고개를 돌리다가 기메라를 보았다. 기메라는 나를 향해 고개를 끄덕였다. 준비됐다는 신호였다.

나는 '세계 8대 자연경관 선정위원회 한국 지부장'의 어깨를 밀쳐서 길을 연 뒤, 링을 향해 걸어가기 시작했다. 김도군의 통기타 소리가 울려 퍼지자 관객들의 시선이 일제히 기메라와 김도군 쪽으로 향했다.

김도군이 아르페지오 주법으로 연주를 시작했다.

"지금도 기억하고 있어요~ 시월의 마지막 밤을~"

기메라가 김도군의 연주에 맞춰 〈잊혀진 계절〉을 불렀다. 10월의 마지막 주말 밤에, '레인보우 휴먼'의 평화로운 등장 음악으로 나쁘지 않은 선택이었다.

#39

링을 향해 걸어갔다. 천천히, 최대한 평화롭게. 10월의 마지막 주말, 핼러윈데이 이전에 〈잊혀진 계절〉이 있었다. 〈잊혀진 계절〉을 들으며 링 쪽으로 이동하니 어느새 주변 소음이 사라지고, 내 귀엔 기메라의 목소리와 내 심장박동 소리만이 들렸다.

노래의 클라이맥스에 맞춰 링에 오를 때, 잠시 울컥했는데, 33년 전 땅바닥으로 추락한 뒤 다시는 오르지 못했던 높이뛰기 매트에 마침내 다시 돌아온 기분이 들었다. 매트 바깥으로 떨어진 뒤에도, 나는 게임에서 탈락했다는 생각을 해본 적이 한번도 없었다. 애당초 그런 규칙 따위가 적용되는 무대가 아니었기에, 언젠가 그 매트 위에 다시 오를 거라 믿어 왔다. 로프 사이로 몸을 밀어 넣을 때 그토록 기다렸던 '언젠가'가 바로 지금이라는 걸 깨달았다. 중학교 때 마무리 짓지 못한 나의 로열럼블이 다시 시작되고 있었다.

내 인생이 어긋났던 그 지점으로 돌아와, 잘못된 매듭의 끝을 부여잡고 있다는 생각이 들었다. 마치 태극전사 같은 그런 비장한 각오로, 나는 이호건이 어디에 있는지를 살펴보았다. 이젠, 엉킨 매듭을 잘라 낼 시간이었다.

이호건은 내 반대쪽에서 달러맨에게 헤드록을 당하고 있었다. 나는 속으로 외쳤다. 최대한 평화롭고 나긋나긋하게.

'달러맨, 그 손을 치우라고.'

달러맨과 이호건 쪽으로 걸어가는데, 보스맨이 나를 막아섰다.

"친구. 눈에 살기가 가득하구먼. 진정하라고. 그래선 제 실력을 100% 발휘할 수 없어."

그는 손에 들고 있는 경찰봉으로 다른 손바닥 위를 툭툭 치며 말을 이었다.

"민중의 지팡이로서, 자네를 그냥 두면 안 될 거 같아서 평화롭게 조언 한마디 하지."

나는 그가 '조언'을 하기 전에 그의 입 쪽을 향해 촙을 날렸다. 이미 조언은 충분히 들을 만큼 들은 하루였다. 내가 하루에 들을 조언은 삼촌과의 통화로 일찌감치 총량이 채워진 기분이었다. 보스맨에게까지 조언을 듣고 싶지는 않았다. 그의 잔소리를 듣는 것은 내 마음의 평화를 깰 것이고, 그건 평화를 중시하는 '레인보우 휴먼'의 콘셉트와 맞지 않았다.

내가 보스맨에게 촙을 날리자 관중석에서 큰 환호가 나왔다.

함께 온 직원들에게 업무 지시를 하는 '세계 8대 자연경관 선정위원회 한국 지부장'의 다급한 목소리가 링 위에까지 들려왔다.

"이 게스트하우스를 세계 8대 자연경관으로 선정하는 프로젝트를 즉시 진행하자. 당상 홈페이지에 카드 결제 시스템을 열고, 유료 ARS 전화를 개설하고. 우리를 아껴 주고, 사랑해 주고, 부자로 만들어 준 한국인들에게 보답의 의미로 새로운 깜짝선물을 주자고. 문제 될 건 없어. 어차피 이것도 빨리 잊힐 테니."

나의 촙 기술에 일격을 허용한 보스맨이 고개를 뒤로 돌렸다.

"제법인데?"

나는 보스맨의 가랑이 사이에 한쪽 팔을 넣고, 한쪽 팔로는 어깨 쪽을 감아 그를 들어 올렸다. 내가 로프 쪽으로 다가가자, 링 쪽에 있던 '진양바나차결반전련' 회원이 로프를 내려 주었다. 난 보스맨을 링 밖에 다소곳이, 내려놓았다. 거칠지 않게, 평화롭게.

"보스맨 탈락!"

'진양바나차결반전련' 회원들이 외쳤다. 무지개 깃발이, 조롱하듯, 보스맨의 머리 위에 휘날렸다.

얼떨결에 링 밖으로 나가게 된 보스맨이 나를 향해 오른손 가운뎃손가락을 올렸다. 그는 잔뜩 화난 표정을 지으며, 복화술을 하듯 입술을 움직이지 않고 말을 전했다.

"경기 끝나면 소주 한잔 하세."

그때 누군가 내 등을 가격했다. 찰싹, 소리가 먼저 났고, 뒤이어 통증이 몰려왔다.

뒤를 돌아보니 빨간색 팔각모, 카키색 군복 윗도리와 바지, 전투화 복장이 눈에 띄었다. 미국 군인 콘셉트로 오랫동안 활약했던 '서전 슬로'[90]였다. 그의 군복에는 한글로 '귀신 잡는 해병대'라고 적혀 있었다.

그는 군인 콘셉트를 일관되게 유지했지만, 링 위에서 미군이었다가 나중엔 이슬람 용사가 되기도 했다. 한국에서 경기를

90 이 소설 등장인물 '서전 슬로'의 실제 모델은 '서전 슬로터' 로버트 리머스(1948~)로 추정된다. 1980년대부터 군인 기믹으로 팬들의 눈길을 잡았던 그는 1990년 '걸프전 특수'(?)를 노리고 아랍계 레슬러 제너럴 아드난과 손을 잡고 친이슬람 매국노 기믹으로 전환해 성공적으로 악역 메인 이벤터로 입지를 굳혔다. 이후 얼티밋 워리어, 헐크 호건 등과 대립각을 세웠다. 2004년 WWE 명예의 전당에 헌액됐다.

치르는 오늘은 '귀신 잡는 해병대'지만, 아마 조건과 금액만 맞는다면 서슴지 않고 '중국인민해방군', '조선인민군', '바그너그룹 용병', '하마스'라도 될 터였다.

그가 관중석까지 들릴 정도로 크게 외쳤다."이 짝퉁 워리어는 뭐야. 워리어 티셔츠를 입은 짝퉁 워리어라니. 워리어는 내 밥이었지. 그가 세계 챔피언에 오른 지 293일 만에 나한테 챔피언벨트를 갖다 바쳤던 기억이 생생하구먼."

그의 말대로 서전 슬로는 워리어와 인연이 깊었다.

챔피언이었던 워리어는 1991년 1월 'WWF 로열럼블'에서 벌어진 타이틀 매치에서 서전 슬로를 상대로 맞아 경기 내내 일방적인 공세를 펼쳤으나 마초킹 등 동료들의 도움을 얻은 서전 슬로에게 벨트를 빼앗겼다.

워리어는 헐크와 팀을 이뤄 WWF 서머슬램(1991)의 메인 이벤트에서 서전 슬로, 무스타파, 아드난을 상대했는데, 이 대회가 끝나자마자 워리어는 WWF에서 해고당하며 짧았던 전성기를 마감하게 된다.(워리어는 WWF에 이듬해 복귀했지만 그해 연말에 다시 해고당한다.) 워리어의 전성기, 결정적인 순간 두 차례나 맞서 싸우며 본의 아니게 바로 옆에서 워리어의 흥망성쇠를 지켜본 레슬러가 서전 슬로였다.

게스트하우스 안에서 친구가 된 해리 포터 분장을 한 미국 남자, 블랙위도우 분장을 한 영국 남자, 캡틴 아메리카 분장을 한 태국 남자 무리 중 한 명이 안내데스크에서 집어온 내 소주병을 링 안으로 던졌다. 소주병이 서전 슬로 옆에 떨어졌는데 다행히 깨지진 않았다. 링 바닥에 뒹굴던 소주병을 손에 쥐니 힘이 났다.

캡틴 아메리카 분장을 한 태국 남자가 외쳤다.

"레인보우 휴먼, 힘내라!"

태국 남자가, 내가 공식적으로 인정한 '레인보우 휴먼' 1호 팬이 되었다. 링에서 내려가면 그와 기념사진을 찍는 걸로 보답해야겠다고 생각했다.

'귀신 잡는 해병대' 서전 슬로의 고개가 캡틴 아메리카 분장을 한 태국 남자 쪽으로 돌아간 사이 나는 서전 슬로에게 달려들어, 그가 미처 어떤 동작을 취하기 전에, 잽싸게 그를 껴안았다. 내 품에 안긴 서전 슬로는 당황한 표정을 지으며 내 귀에 "제법이군."이라고 속삭였다. 서전 슬로가 귓불에 숨을 불어넣는 바람에 귀가 간지러웠다. 서전 슬로가 다시 속삭였다.

"스페셜 게스트치곤 실력이 쓸 만한데? 여기가 자네의 게스트하우스라서 홈그라운드 이점이 있는 건가? 똥개도 자기 집에서 절반은 먹고 들어간다더니."

말을 마친 서전 슬로는 내 어깨에 턱을 올렸다.

"이 상태로 잠깐만 있자고. 아주 잠깐이면 되네. 오랜만에 링에 오르니 힘들군."

나는 그를 껴안은 채 들고 있던 소주병 뚜껑을 열고, 병 입구에 입술을 댔다. 그러자 하루 종일 링 위에 서 있을 수 있을 것만 같은 기분이 되었다.

나는 서전 슬로가 쉴 시간을 벌어 주며, 그가 말한 '잠깐'은 대체 얼마만큼의 시간일까, 생각했다. 나의 '잠깐'과 그의 '잠깐'은 기준이 다를 터였고, 내 '잠깐'의 감각을 좇자면 우리는 아주 오래오래 껴안고 있어야 했다.

내가 너무 오랫동안 '잠깐'에 머물러 있었던 게 아닌가 싶은 생각이 문득 들었다. 돌아보면 눈 깜짝할 사이처럼 느껴지기도 하지만, 이 게스트하우스에서 머문 20여 년을, 일반적인 의미의 '잠깐'으로 보기엔, 아무래도 어려울 것 같았다. 지금까지 여기서 나는 잠깐, 잘 쉬면서, 잠깐, 멈춰 있었지만, 이제 다른 데로 시선을 돌릴 때가 된 듯했다.

나는 소주를 한 모금 입에 머금고, 병을 링 밖으로 던진 뒤, 서전 슬로의 몸을 감싼 팔을 더 세게 조였다.

나는 지금 내가 취하고 있는 이 자세가 '레인보우 휴먼'이란 링네임에 걸맞은 피니시 기술임을 직감했다. 그래서 이 기술을 '프리허그'라고 명명하기로 했다.

내 필살기의 첫 희생양이 된 서전 슬로가 내 품에 안긴 채 관객을 향해 크게 비명을 질렀다. 그러곤 고개를 돌려 내 귀에 속삭였다.

"품이 참 넉넉하군."

서전 슬로에게 '프리허그'를 구사하며, 이호건과 나 사이의 거리를 곁눈질로 가늠해 보았다. 그와 나 사이엔 여덟 명의 레슬러가 있었다. 이 링 위에서 지금, 내가 가장 껴안고 싶은 상대는 이호건이었다. 그를 품에 안고, 그의 어깨에 턱을 올리고, 긴 이야기를 나누고 싶어졌다. 내가 다가가기 전까지, 이호건이 링 밖으로 떨어지지 않고 버텨 주기를 바랐다.

#40

그때였다. 링 위를 비추던 핀 조명이 일제히 로비 출입구 쪽을 향했다. 전자기타를 어깨에 멘 김도군이, 머리카락을 이마 위로 쓸어올리며, 문 앞으로 당당히 걸어갔다. 관객들의 시선이 일제히 김도군을 향했다. 조명 아래서, 김도군은 관객들의 환호를 받으며 오른발을 구르기 시작했다. 그는 두 팔을 위로 들어 올려 손뼉을 치며 관객의 박수를 유도했다. 로비에 있던 모든 이들이 김도군의 리드에 맞춰 손뼉을 치고, 발을 굴렀다. 왕년의 록스타답게, 김도군은 장내 분위기를 쥐락펴락할 줄 알았다. 함성이 잦아들 무렵, 김도군은 천천히 두 팔을 내려 기타를 잡았다.

김도군이 연주를 시작했다. 익숙한 멜로디 〈언스테이블〉의 격렬한 기타 리프가 로비에 울려 퍼졌다. 그에 맞춰 출입구가 열렸다. 링을 향해 전력 질주해 오는 익숙한 마스크페인팅, 몸에 치렁치렁 매달린 무지갯빛 술, 그리고 익숙한 인디안 잠바.

워리어였다.

내 품에 안겨 있던 서전 슬로가 탄식을 내뱉었다.

"맙소사."

'진양바나차결반전련' 회원들이 워리어가 뛰어오는 길의 양쪽에 도열해, 알록달록한 끈과 무지개가 그려진 깃발을 흔들었다.

워리어가 링 위에 올라오자 다른 레슬러들이 그에게 가운데 공간을 내주었다. 워리어는 오케스트라를 지휘하는 마에스트로처럼 팔을 허공에 휘저었다. 작은 몸짓만으로도, 워리어는 거대한 함성을 끌어냈다.

워리어가 관중을 향해 외쳤다.

"나를 기다렸나?"

함성이, 더 커졌다.

링 위의 모든 레슬러가 동작을 멈추었다. 나는 서전 슬로를 감싸고 있던 두 팔을 풀며, 워리어를 바라보았다.

품에 안고 싶은 상대가 바뀌었다. 워리어와 함께라면, '선'과 '평화'의 충돌이라는 흥미로운 대결 구도를 만들 수 있을 것 같았다. 그건 워리어와 헐크가 만들었던 '선'과 '선'의 대결 못지않은, 명승부가 될지 모른다.

내가 워리어 쪽으로 몸을 돌리자, 내 의도를 알아챈 서전 슬로가 어깨를 잡아챘다.

"멍청아, 지금 가지 마. 지금 가면 제일 먼저 당한다고, 한심한 짓이야. 내가 워리어와 많이 붙어 봐서 잘 알아. 워리어가 힘 빠졌을 때를 노려."

나는 서전 슬로의 손을 뿌리치고 워리어 쪽으로 걸어갔다. 평생 한심하게 살아온 내가, 바로 이 순간에만 한심하지 않을 이유를, 딱히 찾을 수 없었다.

워리어에게 다가가는 레슬러는, 나뿐이었다.

워리어와 눈이 마주쳤지만, 90도 각도로 허리를 굽히지 않았다. 나도 모르게 얼굴이 찡그려졌는데, 그에게서 은은하게 풍겨 오는 오이비누 냄새 때문만은 아니었다. 나는 마스크를 살짝 들어 올려, 내 일그러진 표정을 워리어가 볼 수 있게 했다. 더 이상 나는, 친절하지 않았다. 내 친절함을 수치화해 냉정하게 평가하는 구글의 평점과 별점 그리고 순위 따위는, 잠시 잊기로 했다.

"나를 기다렸나?"

워리어가 내게 물었다. 허를 찔린 기분이었다. 뭐라고 대답해야 할지 모르겠어서, 그제야 나는 고개를 숙였다.

"맞다"고 하면 거짓말이 될 테고, "아니다"는 옳은 대답이 아닐 터였다. 어떻게 말한다고 해도 절반은 맞고, 절반은 틀린 대답이 되는 상황이었다. 무슨 대답을 한들, 내가 하고 싶은 말이 상대에게 오롯이 전달될 리 없었다.

둘 중 하나를 선택하는 건 무리였다. 내가 하고 싶은 말은, 단답형 대답과는 거리가 멀었다. 결국 나는 그의 질문에 어떤 대답도 하지 않기로 했다. 나는 대답을 하는 대신, 얼굴을 한 번 찡그렸다.

그가 나를 노려보았고, 나는 그의 눈을 피하지 않았다. 찡그린 표정도 풀지 않았다.

그러나 사실 나는, 설레고 있었다.

어린 시절 나의 우상이, 내 앞에 있었다. 지금은, 내가 넘어야 할 대상일 뿐이었다. 그와 마주 보고 있는 이 상황이 마치 꿈만 같았다. 꿈이어도 좋고, 아니어도 좋았다. 어린 시절 워리어를 만나 싸워보고 싶다는 바람을 가졌었다는 게 어렴풋이 기억났고, 내가 잊고 있던 오랜 꿈이 이뤄지고 있다는 걸, 깨달았다. 그런 꿈을 꿨는지조차 모르고 있었는데, 오래전 간절했던 꿈이 마침내 이뤄지고 있다는 사실이, 꿈처럼 아득했다.

다른 한편으로는, 워리어와 좀 더 함께 시간을 보내고 싶다는 마음도 커져 갔다. 워리어에게 미처 묻지 못한 질문이, 머릿속에 가득했다. 그와 '프리허그'를 나누며, 그가 착용하는 팬티를 어디서 살 수 있는지 물어야 했다. 꼭 인디안 잠바는 벗어 놓고 가라는 말도 해야만 했다.

워리어가 빠르게 다가온다고 느낀 찰나, 그가 내게 몸을 바짝 붙이고 귓속말했다.

"네가 싸워야 할 상대가 누구인지 잠시 잊었나 보군. 그럴 만도 해. 링은 다양한 방법으로 너를 혼란에 빠뜨리지. 그러나 거기 놀아나다간, 진짜 싸울 기회를 영영 놓치게 되는 거야. 그게 로열럼블의 함정이지."

머리를 망치로 얻어맞은 기분이 들었다. 설레던 마음이, 차분히 가라앉았다.

워리어를 신경 쓰느라, 내 상대가 누구인지를 잠시 잊고 있었다. 워리어의 말대로, 나는 진짜 싸움을 망각한 것이다. 언제나처럼 한참 늦은 깨달음이었지만, 다행히 완전히 늦진 않은 것 같았다.

그네에 실린 아이처럼 몸이 공중으로 솟구쳐 오르는가 싶더니, 어느새, 나는 로프를 향해 달려가고 있었다. 워리어의 동작은 빨랐고, 나의 눈이 그를 좇지 못하는 사이, 몸이 저절로 움직이기 시작했다. 워리어가 밀어서 내 몸이 움직이는 건지, 나 스스로 달려가고 있는 건지, 분간할 수 없었다.

등 뒤로 워리어의 목소리가 들렸다.

"이 쇼를 직접 마무리 짓게."

#41

팔이 로프에 닿으려는 찰나, 줄을 잡고 있던 '진양바나차결반전련' 회원들이 줄을 아래로 느슨하게 늘어뜨렸다. 나는 로프를 잡지 않고, 몸을 돌렸다. 다시 팽팽하게 당겨진 로프가, 내 몸을 링 중앙 쪽으로 보내려 할 때, 내 몸을 뒤에서 미는 거대한 기운을 느꼈다.

순간, 경기장 주변 공기의 밀도가 미묘하게 달라졌다.

한 명이 아니라 여러 명이 동시다발적으로, 마치 격려하듯, 내 등을 쓸어 주는 기분이 들었다.

나는 멈춰서서, 고개를 돌려 링 밖을 둘러보았다.

링 주변엔 사람들이 가득했다. 좀 전까지 없던 이들이 대부분이었다. 그들은 내가 초대한 것도 아니고, 처음부터 로비를 지키고 있던 관중들도 아니었다.

이황표가 부른 이들인 듯한데, 확실하진 않았다.

어디서 갑자기 나타났을까?

면면이 낯설지가 않았는데, 바로 어제, 길거리를 걸어 다니며 봤을 법한 사람들이 거기에 있었다.

그들은, 핼러윈데이 때마다 이 거리에 흔했던, 그러나 더는 보기 힘들어진 종류의 복장을 하고 있었다. 거기엔 마녀가 있었고, 요정이 있었으며, 오징어게임 경비원이 있었고, 배트맨이 있었다. 피터팬이 후크 선장과 어깨동무하고 있었으며, 인어공주와 알라딘이 나란히 있었다. 그리고 사촌 동생과 똑같이 생긴 사람이, 환하게 웃으며, 나를 향해 손을 흔들었다.

그들은 원래부터 여기에 있던 사람들 같았다. 어쩌면 내가 눈치채지 못했을 뿐, 그들은 쇼가 펼쳐지기 한참 전부터, 링 주변을 서성이고 있었는지 모른다.

기억이 불쑥 되살아나 견딜 수 없는 순간이 있는데, 지금이 내겐, 그런 순간이었다. 내 주위를 둘러싼 낯설지만 친숙한 눈빛들은, 잊고 있던 질문들을 떠오르게 했다. 우연한 화학 작용처럼, 어떤 감정이 내 속에서 비등점을 훌쩍 넘어 갑자기 끓어올랐다. 가슴 한구석이 아려 왔고, 갑작스러운 통증이 머리를 파고들었다.

링에서 내려가 한 명 한 명을 프리허그해 주고 싶어졌다.

나는 빨개진 눈시울을 관객에게 들키고 싶지 않아, 황급히 손을 들어 올려 양쪽 눈을 비볐다. 손의 마찰이 정전기를 일으킨 탓인지 눈이 뜨거워졌다. 눈물을 흘릴 순 없었다. 눈물을 흘리면 지는 거니까. 아직은, 질 수 없었다. 끝내 질 순 있겠지만, 지금은 아니었다.

링 중앙을 바라보았다. 워리어가 서 있던 자리에, 어느새 이호건이 있었다. 이호건이 나를 향해, 삿대질했다. 그러면서 연신 "YOU"를 외쳤다. 헐크의 컴백 무브먼트이자 필살기인 '헐크 업'의 시작을 알리는 퍼포먼스였다.

이호건에게 다가가면 그는 반격의 서막을 알리는 기술인 해머링을 시연한 뒤 나를 로프반동 시킬 것이고 내 얼굴 쪽으로 다리를 번쩍 들어 올리는 기술인 빅 붓을 쓸 것이다. 그런 뒤 쓰러진 내 위로 솟구쳐 올라, 허벅지로 목을 찍어 누르는 피니시 기술인 레그 드랍으로 나를 기절시키려 할 것이다. 그건 오래 전 워리어 외에는 아무도 깨지 못한 헐크의 필승 공식이었다.

그가 내게 사용할 기술들이 차례로 머릿속에 떠올라, 그에게 향하는 발걸음이 쉬이 떨어지지 않았다. 순간, 그냥 도망쳐 버릴까, 고민이 됐다. 등을 돌리고 반대 방향으로 내달리는 건, 내겐 너무도 익숙한 동작이었다.

그러나, 차마 링 밖으로 내려갈 순 없었다. 다시 내려가면 또 올라오기까지 얼마나 긴 시간이 걸릴지, 가늠할 수 없었다. 어쩌면 링에 직접 서 보는 건 이번이 마지막일지도 모른다.

내가 한 걸음 앞으로 내딛자, 어디에 꼭꼭 숨어 있다가 터져 나왔는지 짐작도 할 수 없을 만큼 거대한 함성이 게스트하우스를 가득 메웠다.

이 쇼의 클라이맥스가 다가오고 있음을 직감했다. 진짜 나의 쇼가, 막 펼쳐지려는 찰나였다. 쇼가 시작되자마자 내 손으로 직접, 쇼를 끝내야만 한다. 더 이상의 쇼는, 이제 없다.

다음 발걸음을 떼는 건 그리 어렵지 않았다. 나는 한 발짝 더 내디디며, 얼굴을 가렸던 마스크를 바닥에 내던졌다.

내겐, 반드시 해야 할 일이 있었다. 어떤 기억은 이따금 다시 떠올릴 필요가 있고, 어떤 고통은 이따금 끄집어낼 필요가 있다는 걸, 이호건에게 알려 주어야 했다. 반드시 그래야만 했고, 꼭 그러고 싶었다. 핼러윈데이를 앞둔 주말은, 그러기에 딱 좋은 날이었다.

일단 이호건을 꽉 끌어안아서 '헐크 업'을 무력화시켜야 한다. 그러지 않고는, 아무것도 시작되지 않을 테고, 아무것도 끝나지 않을 터였다.

내가 할 수 있는 한, 오래오래, 그를 껴안을 것이다. 그리고 우린, 아주 긴 이야기를 나누게 될 것이다.

주먹을 꽉 쥐고, 이호건을 노려보며, 나는 달리기 시작했다.

작가의 말

수림문학상 수상 직후, 문학상 공동주최사인 연합뉴스와의 인터뷰에서 나는 이 소설『쇼는 없다』의 장르를 'K-판타지 중장년 성장소설'이라고 소개했다. 거창한 의미가 있는 수사(修辭)는 아니었다. "남녀노소 상관없이, 삶에서 길을 잃었다는 생각이 드는 분이 이 소설을 읽으면 좋겠다."는 작은 바람이 담긴 표현이었다.

이 작품은, 내가 도저히 이길 수 없는 로열럼블 경기장 한가운데에 발가벗고 서 있는 기분이 들던 시기에 쓴, 일종의 자전소설이다. 그때의 나에게 내가 들려주고 싶었던 이야기가, 소설 안에 녹아 있다.

당시의 나와 비슷한 처지에 놓인(놓였다고 생각하는) 분들과, 이 작품을 통해, 공감했으면 좋겠다.

'작가의 말' 지면을 빌려, 여러 분들께 감사 인사를 전한다.

수림문학상 심사위원분들인 성석제 작가, 정홍수 평론가, 신수정 평론가, 양진채 작가, 김혜나 작가, 김의경 작가께 고개 숙여 인사드린다. 저의 가능성을 믿고 기회를 주셔서 감사하다.

수림문화재단과 연합뉴스 관계자분들께도 감사 인사를 전한다.

가운데서 조율해 주신 연합뉴스 DB·출판부 담당자, 아낌없는 격려의 박수를 보내 주신 연합뉴스 편집국 문화부 이은정 부장, 멋진 당선 기사 써 주신 김용래 차장, 전혀 '자세' 안 나오는 모델로 어떻게든 좋은 사진을 찍으려 노력해 주신 DB·출판부 조보희 선임기자, 감사하다. 출판 과정 전반을 책임지고 매끄럽게 진행해 주신 출판 전문가 심종섭 편집장, 멋진 표지를 만들어 준 도서출판 산문의 디자이너께도 감사 인사를 전한다.

소설을 쓰며 맞닥뜨린 숱한 고비 때마다, 순전히 '인복(人福)' 하나로 버틸 수 있었다.

길벗들인 김수영 작가, 원초이 작가, 박이강 작가, 도수영 작가, 오선호 작가, 그리고 이따금 모임에 참석하는 마요네즈 안덕희 대표에겐 고맙다는 말을 여러 번 해도 부족하다. 오래전 모두가 습작생이던 시절 "이 모임 구성원이 한 명도 빠짐없이 전원 등단하면 그다음 해에 해외 록페스티벌에 가자."던 약속, 마침내 필요조건을 갖추게 돼 기쁘다.

소설을 쓰며 만난 유일한 동갑내기 친구 도재경 작가, 항상 물심양면으로 신경 써 줘서 고맙다. 오래전 함께 소설가의 꿈을 꾸었넌 김유담 작가, 강나연 편집장, 내 당선 소식을 듣고 자기 일처럼 기뻐해 줘서 감사하다.

일부러 여러 사람을 만나려고 노력하는 편도 아니고, 인간관계에 서툰 데다가, 주변 사람을 잘 챙기는 것도 아닌데, 감사한 분들이 참 많다.

소설 외적인 인연으로 만난 소중한 한분 한분의 이름을 이 지면에 적을 수가 없는 점, 양해를 구한다.

나는 지금까지 늘 받기만 하는 사람이었다. 내가 받은 걸 세상에 되돌려주는 방법을 조금씩 배워 나가려 한다.

가족에게 고맙다는 인사 전한다.

엄마, 동생, 매제, 조카 애린이를 기쁘게 해줄 일이 생겨 다행이라는 생각이 든다.

내조의 여왕이자 외조의 달인인 아내('작가의 말'에 자신의 이름을 넣지 말라는 아내의 요청을 받았다. 아내 말을 잘 들으려 노력하는 편이다.)와 결혼하지 않았더라면 나는 일찌감치 얼어 죽었거나 굶어 죽었을 거란 사실, 너무 잘 알고 있다. 모든 면에서 턱없이 부족하고 한없이 모자란 남편을, 늘 믿어 주고 지지해 줘서 감사하다. 늘 아내에겐 사랑과 존경의 마음뿐이다.

마지막으로, 지난 2022년 10월 이태원 참사로 세상을 떠난 백오십아홉 분의 명복을 빈다.

유가족분들께는 깊은 애도와 위로의 뜻을 전한다.

2024년 늦은 가을 저녁
梨稜

제12회 수림문학상 심사평

올해 응모작은 181편으로, 전체적인 작품 수준은 고르고 높았다. 한 달여간의 예심 기간을 거친 뒤 본심에 오른 작품은 『드래그 헌팅』, 『스웨덴식 레시피』, 『목동자리 보이드』, 『호모』, 『쇼는 없다』로 총 다섯 편이었다. 심사위원들은 한 달간의 숙독 과정을 가지고 9월 초 수림큐브 사무실에서 본심 회의를 가졌다. 본심에 오른 다섯 편의 소설 모두 일정한 수준을 갖추고 있었으며, 저마다의 장단점이 뚜렷해 긴 시간 논의가 이어졌다.

우선 『드래그 헌팅』은 이민국에 대한 소재가 신선했으며, 근래에 보기 드문 서사라는 점이 이목을 끌었다. 다만 소재와 주제 면에서 문학상 수상작으로 적당한가에 대한 고민이 들었다.

『스웨덴식 레시피』는 호기심을 자극하는 제목과, 음식에 대해서 세밀하게 묘사하는 대목이 인상적이었다. 그러나 뒤로 갈수록 시시콜콜한 묘사가 장황하게 이어지고, 스웨덴 남자와의 관계가 지나치게 형식적인 점, 인간에 대한 이해가 피상적인 점, 소설적 재구성이 부족하다는 점이 단점으로 지적되었다.

『목동자리 보이드』의 경우 문장이 안정되어 있고, 작가가 이야기를 꾸려 가는 능력이 있었다. 양자역학과 서양사 그림들에 대한 소재가 적재적소에 배치된 점도 좋았다. 그러나 보험조사원과 강선영 캐릭터 사이의 관계가 도식적으로 다가오고, 쌍둥이 남매에 대한 아버지의 폭력을 납득하기 어려웠다. 잘 짜인 이야기로 시작했으나 전개 과정이 인위적이라면 독자는 동의하기 어렵다.

집중적인 논의가 이루어진 작품은 『호모』와 『쇼는 없다』 두 편이었다.

『호모』의 경우 제목에서는 별다른 기대감이 들지 않았으나, 거듭해 읽을수록 좋은 작품이었다. 철학적인 주제를 담고 있음에도 불구하고 굉장히 잘 읽혔다. 근래에 보기 드문 두터운 소설이며, 갈피마다 담긴 철학적 사유와 성찰이 훌륭해 밑줄 긋고 싶은 문장이 많았다. 작가가 요즘 소설의 흐름을 잘 파악하고 있다는 인상도 들었다. 무엇을 써야 하는지를 아는 작가라는 것은 장점이지만, 한편으로는 철학적 성찰이 다소 뻔해서 지루한 면이 있었다. 작가가 이야기란 얼마나 윤리적이어야 하는지에 대한 압박을 가지고 집필하지 않았나 싶다. 상황

설정이 기발하기에 뒷부분이 궁금해질 법도 한데, 뒤로 갈수록 재미가 떨어지는 점도 아쉬웠다. 인류학에 대해서도 정교하게 조사해 자기화했다고 보기는 어려웠고, 외형만 빌려 와서 자기 이야기를 나열하고 있어 아쉬웠다.

『쇼는 없다』는 이태원이라는 공간적 배경에 핼러윈데이라는 시간적 배경, 프로레슬링이라는 소재를 적재적소에 설정한 작품으로, 작가가 소설을 많이 써본 사람이라는 확신을 주었다. 헐크 호건, 얼티밋 워리어, 민 진 오클랜드, 빈스 맥마흔 등 프로레슬링 세계에 관심이 없는 독자라도 재미있게 읽을 수 있다는 점이 좋았다. 중심 서사가 굉장히 안정적이며, 기술적으로 돋보이는 부분이 많았다. 프로레슬러와 록밴드 기타리스트, 팝페라 가수 등 한때는 명성을 떨치던 인물들이 소설 안에서는 후줄근한 모습으로 등장하는 점도 재미있다. 작가가 다양한 개치와 패러디를 보여 주며 소소한 재미를 던져 주는 능력이 돋보였다. 더불어 그 속에서 비애감을 끌어내는 재능 또한 탁월했다. 자신 있게 무대 위로 등판하지 못하거나 자기 정체를 숨기고 살아가는 인물들에 대한 공감대를 형성하는 것도 장점이며, 소설의 전체적인 톤과 강약 조절을 잘해 나간 점도 훌륭했다.

『호모』, 『쇼는 없다』를 두고 어느 작품을 당선작으로 결정할지에 대한 논의가 길게 이루어졌다. 『호모』에 쓰인 기발한 설정과 철학적 성찰은 장차 한국 문학의 든든한 받침이 되어 주리라는 기대를 가지게 했고, 『쇼는 없다』가 가진 능숙함과 재치는 보다 많은 독자의 시선을 집중시킬 것이라는 확신을 주었다.

결과적으로 『쇼는 없다』의 탄탄한 서사와 재치 그리고 완성도에 심사위원단의 의견이 기울며, 길고도 즐거운 심사를 마무리 지었다. 당선자에게 축하와 격려를 전한다.

심사위원장 성석제, 정홍수, 신수정, 양진채, 김혜나, 김의경
(대표집필 김혜나)